geschreven

Omslag & Binnenwerk: Buronazessen - concept & vormgeving

Drukwerk: Hooiberg Haasbeek, Meppel

ISBN 978-90-8660-157-8

© 2011 Uitgeverij Ellessy
Postbus 30227
6803 AE Arnhem
www.ellessy.nl

Hélène Vijver

Vr. zkt. br.

liefdesroman

Voor Spock, mijn kleine, dappere, witte man.

Proloog

De kleuren van de tuin waren winters grijs en leken naadloos over te lopen in het landschap daarachter. De tekenaar legde de telefoon neer en keek mijmerend uit het raam dat zich over de gehele buitenwand uitstrekte. Het was een lange, koude winter geweest, zoals altijd hier in het hoge noorden, maar het dooide al een paar dagen en de bovenlaag van de sneeuw smolt langzaam weg. Een buizerd vloog rondjes boven het weiland tussen het huis en het bos. Opeens dook hij als een steen naar beneden. De tekenaar zag hem niet meer omhoog vliegen. Ongetwijfeld had de roofvogel een mals hapje verschalkt.

Het huis lag op een heuvel en bood uitzicht op het naaldwoud dat in zijn donkerte de hele horizon omspande. De sparren bewogen zachtjes in de wind en bij iedere vlaag viel er sneeuw af. Het leek op poedersuiker van deze afstand.

Hij nam een slok hete koffie die smaakte zoals de dure espressomachine beloofde: goed en sterk. Het was fris in de kamer. De tekenaar liep naar achteren om de thermostaat omhoog te draaien. Hij moest wijze beslissingen nemen. Bang was hij nooit geweest, laf ook niet. Maar deze spotprent kon zijn leven omgooien. Hij kon op de wereldkaart gezet worden, in één klap rijk worden, had de man aan de andere kant van de lijn gezegd. De tekenaar wist dat het waar was. Het kon kloppen, maar ten koste van wat? Ten koste van *haar*, dacht hij opeens. Het gezicht van het Mariafiguurtje dat het centrale personage in de prent was leek zo sprekend op het serene gelaat van de Hollandse vrouw waarmee hij negen jaar geleden een korte romance had beleefd dat het leek of ze model had gestaan. Ieder ander zou het misschien zijn vergeten, maar hij wist zich elk moment te herinneren van de tijd die ze samen hadden doorgebracht. Negen jaar, drie maanden en eenentwintig dagen... Waarom was ze nog steeds zo prominent in zijn gedachten dat hij elke keer als hij een vrouw tekende aan haar dacht en zelfs in de vrouwen die hij op straat tegenkwam de blonde Hollandse in een flits meende te herkennen. Eens was het zo sterk geweest dat hij de vrouw had aangesproken die hem bevreemd aankeek en snel doorliep: wat moet die vent? Hij schudde zijn hoofd. Ze woonde ver weg in haar eigen land en als ze niet zo verankerd zat in zijn hoofd, had ze van de aardbodem verdwenen kunnen zijn. Niet aan denken. Alles moest nu perfect gaan, had de man gefluisterd. Het plan was waterdicht, maar was het dat de vorige keer ook niet geweest?

1

Op een koude, heldere avond in februari 2010 liep een elegant geklede vrouw met stevige passen door de straten van Kampen, de oudste Hanzestad aan de IJssel. Isadora de Roi had haar auto achtergelaten op het grote parkeerterrein aan de rand van de binnenstad. Ze zegende haar ingeving om haar wandelschoenen aan te trekken voor de voettocht naar haar bestemming, een negentiende-eeuws huis aan de stadsgracht waar haar schoolvriendin Renée haar veertigste verjaardag zou vieren. De regen was opgehouden, maar de klinkers waren nog nat en glommen in het licht van de lantaarnpalen. In een linnen schoudertas zaten de schoentjes die Isadora op het feest zou dragen: elegant, maar totaal ongeschikt voor een wandeling op het onregelmatige plaveisel van de oude stad.

De straten waren verlaten. Af en toe gluurde ze in woonkamers van huizen die strak tegen de stoep lagen. Bijna overal hetzelfde tafereel: de televisie stond aan en daartegenover zaten de bewoners lui onderuitgezakt op de bank. Isadora wendde zich af en zoog haar longen vol met frisse buitenlucht. Iemand had zijn open haard aangestoken. De geur van verbrand hout deed haar aan haar jeugd denken.

Ze hoorde de feestmuziek al toen ze de Bovenkerk net gepasseerd was. Een monotoon gebonk gemengd met het gezang van een rauwe mannenstem. Het steegje waar ze doorheen liep zag er feeëriek uit. Sommige huizen waren scheefgezakt in de tijd en leunden tegen elkaar, als stokoude mensen op een bankje. Een beeld uit vroeger tijden, waarvoor het stadsbestuur ook gevoelig was, want de historische binnenstad was net voorzien van passende straatlantaarns, klassiek met een klein kroontje.

Voor het huis van Renée verwisselde Isadora haar schoenen waardoor ze acht centimeter groeide. Ze liet de koperen klopper vallen op de dubbele blauwe deur die bijna onmiddellijk werd opengedaan door een man in een wit pak. Zijn overhemd hing tot zijn navel open. Ze keek met een glimlachje naar de schaarse borstharen die uit de omlijsting van felroze ruches naar buiten piepten.

'Isadora, kom erin, met jou erbij is het feest compleet,' zei hij met een knipoog. Ze lachte verlegen. Hoe wist die onbekende man haar naam? Ze stapte naar binnen. De hal was ruim en aan de rechterkant was een spiegelwand gemaakt. Ze bleef even staan en bekeek zichzelf met de kritische blik van een andere vrouw. Maar zelfs de meest vileine mededingster moest toegeven dat ze er mooi uitzag en veel jonger leek dan haar veertig jaar. Haar blonde haar hing los en de krul die ze vlak voor ze wegging met behulp van de nieuwe fohn had aangebracht, had de wandeling overleefd. De golvende lokken gaven haar zwier.

Met nog meer zorg had ze kunstwimpers opgeplakt. Het was bijna mislukt en na drie pogingen wilde ze de moed opgeven, maar tenslotte zaten ze vast en nu had ze een prachtige, omfloerste oogopslag. Ze grijnsde naar zichzelf. Isadora, de stadsdiva. Wat een gigantisch verschil met de nuchtere vrouw die overdag haar boerderij bestierde, voor haar jonge zoon Gijs zorgde en voor iedereen in haar omgeving een prozaïsche, hardwerkende kaasboerin leek. Soms moet een mens uit die dagelijkse rol klauteren en het flamboyante deel van zichzelf een kans geven te schitteren, dacht ze terwijl ze naar de schoonheid in de spiegel staarde

In de uitnodiging stond *over the top* als dresscode. Het retrojurkje uit de jaren zeventig zat als gegoten. Bruin met oranje, drie jaar geleden gekocht in een kringloopwinkel, kort na de dood van haar man Willem. Hoewel ze toen aan niets anders kon denken dan aan hem en zich dagelijks bewust was van de afgrijselijke leegte die hij achterliet wist ze zelfs de prijs nog: zeventien en een halve euro. Hoe stompzinnig kunnen herinneringen zijn? Het polyester jurkje leek onverslijtbaar. Anders dan Willem die op zijn tweeënzestigste aan een hartritmestoornis stierf en zijn vrouw en haar vierjarige zoon Gijs in een moeras van verdriet achterliet. Gijs, inmiddels bijna acht had het verwerkt, met de lenigheid van een geest die een kind eigen is. Bij Isadora had het verdriet ook een plaatsje in haar ziel gekregen, maar nog steeds dook Willem op de meest onverwachte momenten in haar herinnering op, zo levensecht dat ze met een bijna fysieke pijn voelde hoezeer ze hem miste. Ook nu, terwijl ze in die enorme spiegel keek was het net of hij achter haar stond, zijn handen om haar buik vouwde en met zijn warme adem haar nek beroerde. Daarna deed hij een stapje achteruit en monsterde met zijn kenmerkende glimlachje haar uitrusting. Ze schudde haar hoofd. 'Niet doen, Willem,' zei ze geluidloos. 'Niet hier.'

Het witte pak keek haar verwonderd aan, maar gaf geen commentaar en leidde haar de woonkamer in. Rechts was een houten verhoging waarop mensen stonden te swingen. Het witte pak verdween en begon weer te zingen. De mensen op de bank keken geïnteresseerd naar Isadora. Ze stelde zich snel aan iedereen voor en vergat onmiddellijk weer alle namen. Iemand gaf haar een glas champagne. Isadora keek om zich heen, maar de gastvrouw was onvindbaar. Een dame met een sluike zwarte pruik opperde dat Renée boven was. Even later trof ze haar in de keuken die op de eerste etage lag.

'Daar ben je!' Uitgelaten door de alcohol en de aandacht viel ze Isadora om de hals. 'En wat zie je er mooi uit…mijn beste vriendin: mooi, intelligent, rijk,' zei ze met een knipoog. 'Maar nog steeds geen man, hoe kan dat nou?' Ze omhelsde haar opnieuw.

'Gefeliciteerd, meid,' zei Isadora met haar mond tegen de donkere krullen van haar vriendin.

Isadora was precies drie maanden ouder dan Renée. Ze kenden elkaar vanaf de lagere school. Renée's vader was internist in het stadsziekenhuis van Leeuwarden. Haar moeder was lerares Frans aan het stedelijk gymnasium. Ze had drie oudere broers die ook al uitblonken in schoolprestaties. Renée was de uitzondering: ze haalde de Havo met de hakken over de sloot, mocht door een klein wonder toch door naar het vwo. Dat haalde ze ook, maar daarna wilde ze er de brui aan geven. Op aandrang van haar moeder volgde ze eerst een kookcursus en onder druk van pa schreef ze zich daarna in voor de studie psychologie aan de Rijksuniversiteit Groningen. Boze tongen beweerden dat ze haar propedeuse alleen haalde omdat haar vader de rector magnificus van de universiteit van een tumor had afgeholpen die dodelijk had kunnen zijn. Hoe dan ook: René prijkte dus niet zoals haar begaafde broers met een universitaire titel, zelfs niet van een studie die de manlijke nazaten als bezigheidstherapie beschouwden. Ze woonden in een chique woning op dezelfde prominente locatie van Leeuwarden, waar ook Isadora toen met haar ouders woonde.

Fries bloed ontbrak hen beiden en die andere herkomst maakte dat de meisjes een band voor het leven kregen, al was die in hun volwassen leven soms met lange tussenpauzes onderbroken geweest. Isadora herinnerde zich de middagen waarop ze als tieners probeerden de Friese taal onder de knie te krijgen. Renée's vader, meneer De Graaf, hechtte er groot belang aan dat zijn kinderen goed integreerden op het Friese land. Hij gaf zijn kinderen tijdens zijn spaarzame vrije uurtjes zelf Friese les en Isadora deed mee. De oudere broers keerden zich mokkend tegen hun vader en door hun aversie tegen de streektaal staken ze niet veel op. Ook Renée zag niet veel heil in 'dat geknauw', maar Isadora genoot van de lessen en zoog alle kennis als een spons in zich op. Meneer De Graaf prees haar voor haar taalgevoel en doorzettingsvermogen. En zo kwam het dat Isadora als geboren Haarlemse nog steeds vloeiend Fries sprak met een mooie stadse tongval. Na het vwo werd het contact tussen de meisjes wat minder.

Renée's keuze om na twee jaar te stoppen met haar studie deed haar vader in woede ontsteken. Het contact tussen hen herstelde zich pas weer toen ze na een half jaar een baan als inkoopster vond bij een groot postorderbedrijf. Ofschoon Renée veel van haar vader hield, vond ze het onverteerbaar dat hij zo op zijn enige dochter neerkeek. Isadora werd toegelaten tot de Rietveld Academie, de meest prestigieuze kunstacademie van het land. Haar tekentalent was onmiskenbaar. Ze was gedreven door haar ambitie om beeldend kunstenaar te worden en keek reikhalzend uit naar alle kennis die haar kon verrijken. Ze verhuisde naar Amsterdam en bezocht tentoonstellingen in binnen- en buitenland voor zover haar krappe studentenloon het toeliet. Isadora was zo toegewijd aan de kunst dat mannen haar nauwelijks interesseerden. Er liepen genoeg kerels achter het knappe meisje aan en die belangstelling verflauwde ook nooit, misschien juist omdat ze hen geen aandacht schonk. Bij alle charme leek ze sterk en onafhankelijk en ze kon haar kwetsbaarheid meesterlijk verbergen tot ze even heftig als onverwacht viel voor die ene man met foute intenties. Hij kreeg wèl toegang tot haar en nam met de vanzelfsprekendheid van een heerser het stuur van haar leven over. Isadora vergat dat ze talentvol en veelbelovend was, ze was alleen nog maar mooi en leverde zich met huid en haar aan hem over. Na twee jaar samenwonen op een romantische, maar karig ingerichte en uiterst oncomfortabele zolder verdween de liefde door zijn ziekelijke jaloezie langzaam maar onafwendbaar. Ze ontsnapte uit zijn klauwen toen hij haar teckel had vermoord, maar het herstel van het vertrouwen in mensen koste veel tijd.

Renée wist wel wat van deze periode, maar Isadora sprak zelden over deze zwarte episode uit haar leven. Renée merkte die aversie en vroeg er ook niet meer naar. Isadora vroeg zich, niet helemaal terecht, af of ze wel genoeg diepgang bezat om het verdriet van een ander te begrijpen. Ach, Renée koos meestal de luchtige weg in het leven en bij mij is het vaak omgekeerd, dacht Isadora. Misschien passen we daarom zo goed bij elkaar. *Les extrêmes se touchent.*

Twee maanden voor haar verjaardag raakte Renée haar baan kwijt. De recessie dwong het bedrijf waar ze werkte tot een ingrijpende sanering. Ze durfde het niet aan haar ouders te vertellen en Isadora was meegegaan om het slechte nieuws aan haar vader te verkondigen. Hij had gereageerd zoals ze verwachtten;

in zijn ogen was ze zonder doctoraal op zak sowieso al geen knip voor de neus waard, zonder betalende baan nog minder. Op de terugweg naar huis was Renée erg van streek geweest. Isadora had haar getroost en getracht de boel te sussen, maar sindsdien was er geen contact geweest met haar ouders. Die middag was Renée zo van slag dat ze zelfmoord wou plegen. Isadora had de blaren op haar tong gepraat om haar vriendin van dat heilloze voornemen af te brengen en aan het eind van haar preek was Renée huilend in haar armen gevallen en had de longen uit haar lijf gejankt. Maar het zelfmoordplan was definitief van de baan, nog geen halfuur na zijn ontstaan en de net veertigjarige Renée die haar nu stralend en al een tikje aangeschoten begroette deed geen moment meer denken aan het hoopje ellende dat twee maanden daarvoor in haar armen had gelegen. Hoewel... Even kwam de herinnering terug aan het einde van hun gesprek op die middag.

'Kom op, je hebt Allon,' zei Isadora, maar Renée had haar hoofd geschud.

'We zijn getrouwd, maar ik heb hem niet,' had ze gezegd toen ze haar tranen had gedroogd. Jij hebt Gijs en Willem en ik heb niemand, niet eens een kind en ik wil dat zo graag...'

'Willem is dood,' antwoordde Isadora, maar Renée schudde haar hoofd.

'Hij leeft in jou voort,' zei ze zachtjes. 'En de herinnering aan Willem is sterker dan de aanwezigheid van Allon.'

Renée's man Allon maakte zijn opwachting en begroette haar met een glimlach die hij lang voor de spiegel had geoefend. 'Isadora! De belle van het bal!'

'Hallo Allon.' Isadora maakte zich van Renée los en gaf Allon een kus. Renée en Allon waren verguld geweest met de aankoop van hun knusse huis in de oude binnenstad waar ze nog geen jaar geleden introkken. Huis kopen, ontslag krijgen, zelfmoordplannen, lieve schat, word eens volwassen, dacht Isadora.

'Hi meid, hoe is het?' zei Allon met de geforceerd opgewekte stem die hij speciaal voor Isadora leek te bewaren. Hij is een beetje bang voor me, dacht ze geamuseerd.

'Het gaat prima.'

'Mooi, mooi.' Hij grijnsde. 'Wat zie je er weer fantastisch uit. Fenomenaal!'

Isadora glimlachte. "Fenomenaal", dat woord gebruikte Rob ook vaak als hij haar een complimentje maakte. Rob, psycholoog bij een adviesbureau was de man waarmee ze een korte verhouding had beleefd, ruim anderhalf jaar na Willems dood. Veel te vroeg, had ze zich achteraf gerealiseerd. Een man als Willem gaat levenslang mee, ook na zijn dood, maar ze moest het eerst ervaren hoe vreemd het was met een andere man, zelfs met zo'n man vol consideratie als Rob om te beseffen wat ze miste. Hoe zou het zijn als ze nu hier samen als stel waren. De affaire met hem was meer dan een jaar geleden, maar zo voelde het niet. Hoewel de relatie niet langer had geduurd dan een paar maanden, was deze heel heftig geweest, maar ook een bizarre; ze was gedwongen om het te beëindigen, ze moest hem voor altijd vergeten, omdat hij iets in haar losmaakte waar ze geen controle over had. Zijn persoon en aanwezigheid brachten naast liefde ook iets mystieks en ontastbaars en voor Isadora iets gruwelijks. Ze kreeg meer rust toen hij uit haar leven verdween, maar het gemis bleef.

Rob is geen *issue* meer. Inmiddels is hij al weer ruim een jaar gelukkig met professor Anna van Dam, alias de Tuimelvrouw. Wat was er toch veel gebeurd in een relatief korte tijd.

Ze wilde nu niet terugdenken, wat een dwaze verontrustende spinsels. Nu wilde ze plezier maken en alsof ze zichzelf van dat voornemen wilde overtuigen dronk ze in één teug het glas leeg.

'Goed zo!' Allon stond al met de fles klaar.

'Je blijft toch slapen?' Renée sloeg van achteren haar armen om Isadora heen. Isadora verstrakte.

Renée liet haar abrupt los en zei op nuchtere toon: 'Anders kun je niets drinken.'

'Kan dat? Nou, graag dan. Gijs logeert bij de buren.'

Renée en Allon hadden alle buren uitgenodigd. Slim, dacht Isadora, nu konden ze tot in de vroege uurtjes de muziek hard laten schallen en iedereen kon uit volle borst meezingen met de karaokeset. Het was een bont gezelschap. Sommigen hadden de uitnodiging letterlijk genomen en zich werkelijk *over de top* gekleed en liepen er als bugs bunnies bij. Overdadig, dat was het woord dat nog beter bij deze avond paste. Na een paar uur lag de vloer vol met veren alsof er een sperwer was tekeergegaan.

De man in het witte pak heette Eddy. Hij was charmant, maar niet het type waar ze op viel. Wat was wel haar type? bedacht ze opeens. Waarom vielen al die kandidaten in het niet bij de man waarmee ze de beste tijd van haar leven had doorgebracht. Kwam het omdat Willem bijna vijfentwintig jaar ouder was dat hij haar zo'n ongelofelijk gevoel van veiligheid had gegeven? Waarom konden die andere kerels dat niet? Rob was even nuchter als kwetsbaar. Een totaal andere man dan de geheim agent Martin van Ingen naar wie haar overpeinzingen, nu ze aan Rob dacht, bijna automatisch teruggingen. Van Ingen had haar bijgestaan tijdens de periode in Amerika. Hij was pragmatisch, rechtlijnig en betrouwbaar. Waarom val ik niet op zo'n man, ging het even door haar heen, dan weet je waar je aan toe bent. Maar liefde laat zich niet dwingen en ze eist meer dan een steun en toeverlaat in moeilijke tijden.

Willem was boer, een beroep waarmee ze als jonge vrouw nooit haar toekomstige echtgenoot had kunnen vereenzelvigen, maar toen ze met hem getrouwd was, leek het of ze na een jarenlange zoektocht eindelijk haar thuis had gevonden. Ze was nog geen zevenendertig toen hij stierf. Ze had zich geen raad geweten, maar ook nu was het of de voorzienigheid haar beschermde tegen de ondergang in het verdriet, want de boerderij die hij naliet eiste zoveel zorg dat ze nauwelijks tijd kreeg om te rouwen. Haar buren, Harm en Greetje, waren een grote steun. Ze huurden het land en hadden voor een riant maar fair bedrag de unieke veestapel van Willem overgenomen.

'Is het niet te veel?' had Isadora gevraagd toen Harm zijn bod op de veertig koeien had uitgebracht, maar hij had zijn hoofd geschud en gezegd dat je een bod van een boer nooit mag afslaan als het meer is dan wat je zelf in gedachten had.

'Alle gekheid op een stokje,' had Harm met ongewone ernst gezegd. 'Ik weet dat Willem zijn leven lang bezig is geweest om dit resultaat te behalen. En het mag er zijn. Ik denk dat hij de beste fokker van MRIJ-vee in de verre omtrek was, misschien wel van het land. En ik denk ook dat hij blij zou zijn als de dieren hier blijven.'

Ze had hem zwijgend aangekeken en tenslotte geknikt. Harm

wist wat hij deed en hoewel hij soms bot uit de hoek kon komen waren er ook momenten zoals nu waarin hij haar versteld deed staan met zijn fijngevoeligheid en inlevingsvermogen.

Isadora schudde haar hoofd. Niet aan denken, even niet aan denken. Viel ze op oudere mannen? Nee, niet speciaal, bedacht ze. Ze hield wel van mannen die wat konden dragen op hun schouders. Ze keek naar Allon die een buurvrouw het hof maakte, maar de vrouw liet staan waar ze stond toen hij Isadora's blik op zich gericht zag. Hij liep met een wervende grijns op haar toe. Ik moet hier weg, dacht ze. In de spiegel ving ze opeens de blik van Renée op: een smeulende blik vol haat die als een mes door haar heen ging. Renée reageerde betrapt, sprong op en begon een heel verhaal waarop Isadora nauwelijks inging. Allon was teruggekeerd naar de buurvrouw maar had zijn versierpogingen opgegeven toen ze hem een koel lachje toezond. Hij draaide zich om, liep naar Isadora en Renée toe en sloeg zijn arm om zijn vrouw heen. 'Hebben jullie het naar je zin?'

'Zeer,' zeiden Isadora en Renée tegelijk en ze barstten in lachen uit. De schaduw trok voorbij. De uren vlogen om. Eddy haalde voor de zoveelste keer een drankje voor haar. Ofschoon ze al heel wat champagne achterover had geslagen voelde ze zich nuchter en was ze zich er van bewust dat hij haar telkens over haar billen streek. Ze zou eigenlijk resoluut zijn hand moeten wegduwen, maar stiekem genoot ze van zijn aanrakingen.

Er stapten steeds meer mensen op en op het laatst zaten ze nog met zijn zessen. Renée ging naast Isadora zitten.

'Wat doe je? Blijf je hier of ga je met Eddy mee? Hij vindt je heel leuk.'

'Ik wil me nergens instorten,' antwoordde Isadora.

'Dat hoeft toch ook niet, maar hoe lang is het geleden dat jij...?'

'Lang, te lang,' gaf ze glimlachend toe.

'Meid, wat let je? Gijs zit veilig bij de buren, je bent een vrije meid vannacht.'

Eddy had een huisje om de hoek met uitzicht op de IJssel. Het bestond uit drie verdiepingen met een werkkamer op de begane grond waar hij zijn handel in pensioenen dreef. Hij woonde op de eerste verdieping en daarboven was de slaapkamer. Ze liepen achter elkaar de trap op, Eddy keurig voorop. Een bruine labrador verwelkomde hen bovenaan het trapgat en duwde zijn kop tegen Eddy's hand.

'We hebben vanmiddag een heel eind gelopen; we zijn het bos in geweest, hij is moe,' lachte hij en liefkoosde de kop van de lobbes. De hond slofte weer terug naar zijn mand en vervolgde zijn slaap.

Er stond een afgesleten bruine leren bank waar ze aarzelend in ging zitten. Haar schoenen knelden en voor ze het wist had ze deze uitgeschopt en onder de salontafel geschoven. Haar horloge had ze uit gewoonte afgedaan en op het tafeltje gelegd. In de kamer was het schemerig en het rook naar zware shag. Eddy schonk rode wijn in voor hen beiden en probeerde krampachtig het gesprek gaande te houden, maar zijn woorden hadden geen inhoud. De wijn smaakte prima, maar Isadora was moe en had geen zin in zouteloos gebabbel. Na een kwartier, waarin ze beleefdheidshalve haar best deed om te luisteren, vielen haar ogen dicht. Opeens stond ze op, trok haar schoenen aan en deelde hem resoluut mee dat ze naar de overkant ging, terug naar Renée en Allon. Hij knikte en zei dat hij het begreep. Ze aaide de labrador, liep langs hem heen naar beneden en pakte haar jas van de kapstok.

'Dag,' riep ze, 'bedankt voor de wijn.'

De buitendeur was niet van binnen afgesloten en ze stapte de koele lucht in. Ze dankte de ingeving van Renée om haar een sleutel mee te geven. Het slot gaf niet mee en ze moest kracht zetten, maar ineens stond ze binnen waar het nog warm was. Alles was opgeruimd en ze voelde zich schuldig dat ze niet geholpen had. Op de overloop brandde een warm nachtlampje en ze vond probleemloos haar bed. Ze kleedde ze zich uit en viel vrijwel onmiddellijk in slaap toen ze tussen de lakens kroop.

Die zondag werd ze vroeg wakker. Het was muisstil in huis. De regen tikte zacht op het dak en in de verte hoorde ze meeuwen schreeuwen. Die zaten hier natuurlijk in overvloed, zo vlak bij de rivier. Ze had buikpijn van de drank. Eigen schuld. Maar 's avonds een grote meid, 's ochtends ook een grote meid.

Voorzichtig sloop ze het bed uit, zocht haar kleren bij elkaar en kleedde zich aan. Haar jurkje stonk naar rook en haar schoenen konden wel een poetsbeurt gebruiken. Ze wilde naar huis om te douchen, om daarna in haar eigen bed verder te slapen. Zachtjes opende ze de voordeur.

Plotseling stond ze buiten, knipperend tegen het scherpe ochtendlicht. Hoe laat was het? Ze keek op haar pols en realiseerde zich dat ze haar horloge bij Eddy had afgedaan en finaal was vergeten. Wat dom! Nu moest ze wel terug, maar ze wilde hem niet uit zijn slaap bellen. Ach, het kwam wel goed. Ze liep langs zijn huis. Alles lag in diepe rust. De ochtend was grijs en somber. Hoe anders zag het steegje er gisteravond uit, toen ze voor de deur stond. Ze liep snel naar haar auto. De kou sloeg haar tegemoet en ze huiverde toen ze instapte. Ze veegde een gaatje in de beslagen ruit. De motor startte meteen en verstoorde de zondagstilte. Het was koud en mistig. De takken van de bomen staken schril af tegen de grijze hemel en leken daardoor nog donkerder dan normaal. Ze was blij dat ze geen ijs weg hoefde te krabben. De aanjager verspreidde na een paar minuten lauwwarme lucht en de cabine voelde al snel minder kil aan. Eind februari was ook het eind van een lange vorstperiode die zo lang en zo hevig was geweest dat de secondaire wegen door gebrek aan strooizout niet meer schoongehouden konden worden. Een bizarre toestand. Isadora en haar buren hadden er veel overlast van gehad. Harm had een paar keer met zijn tractor gestrande mensen geholpen. De herinnering aan de ontmoeting met Rob kwam bovendrijven. Het was midden in de zomer, maar het was een van de natste die ze gekend hadden, het bos was maandenlang een vochtige humuslaag geweest. Hij was met Anna - toen waren ze gewoon nog vrienden - aan het wandelen in het bos en hun auto had diep in de modder vast gezeten. Anna was het erf opgelopen en Isadora had gezorgd dat ze weer konden rijden. Zo was haar relatie met Rob begonnen. Niet meer aan denken, hij was nu van een ander. Zinloze gedachten, vergeefse energie.

De oude boerderij doemde in de mist op, als een schip zonder richting. Ze reed de kleine binnenplaats op. Het dichtslaande portier klonk hol in de eenzame morgen. Het was nog te vroeg om Gijs op te halen en het kwam haar ook wel goed uit. Nu had ze even de handen vrij.

Binnen draaide ze de verwarming op 22 graden, deed haar kleren in de wasmachine en nam een hete douche. Haar nekspieren deden pijn. Altijd dezelfde klachten na een avond feesten en drank. Het warme water voelde als een massage, maar ze voelde hoofdpijn opkomen. De avond was de kater wel waard. Ze kroop in bed en viel direct in slaap. Wat een zegen dat ik geen vee meer heb, dacht ze voor ze insliep.

Rond het middaguur stormde Gijs de kamer van zijn moeder binnen.

'Lig je nu nog te slapen, ben je nu nog niet wakker? Ik ben allang op, ik heb gewandeld met Harm en deze is voor jou.' Hij liet een tekening zien. 'Kijk, dat ben jij en dat ben ik en we lopen in het bos.'

Hij had ook een hondje getekend. Gijs wilde dolgraag een hond en dit was zijn manier om het nog eens te onderstrepen. Ze aaide hem over zijn bol.

'Boef,' zei ze. Gijs keuvelde verder over zijn avonturen bij de buren en over wat hij op televisie had gezien.

'Hoe laat ging je naar bed?'

'Niet zo laat, hoor. Maar wel later dan bij jou. Ik heb vanmorgen geholpen bij de koeien.'

'Goed zo. Ik ben trots op je. Is het allemaal gelukt?' Hij knikte. Gijs vond het heerlijk op de boerderij. Hij woonde er al zowat zijn hele leven, hij was amper twee toen ze bij Willem introkken.

'Ik ga zo spelen met Colard, zijn vader haalt me zo op. Is wel goed toch?' Hij keek zijn moeder aan. Hij heeft zijn lange wimpers niet van mij, dacht ze opeens. Hoe lang zou het nog duren voordat hij naar zijn vader ging vragen? Het was haar opgevallen dat hij veel bezig was met kwesties van gescheiden ouders en over gedeelde ouderschappen. Wat wist ze zelf nog van deze jonge Zweed, zes jaar jonger dan zijzelf? Hun relatie was hevig geweest en tegelijk was het de eerste keer waarin ze zich volkomen op haar gemak had gevoeld bij een man waarmee ze intiem was. Helaas had het maar kort geduurd. Vijf, hooguit zes weken. Hij had in Zweden weg- en waterbouw gestudeerd en deed hier in Nederland een aanvullende studie watermanagement, het vakgebied waarin de Nederlandse kroonprins zich ook zou bekwamen. Hij heette Frederik Johansson. Hij had een markant gezicht met een vierkante kaak. Toen ze ontdekte dat ze zwanger was, zat hij alweer in Zweden. Ze speelde nog met de gedachte hem daar op te zoeken, maar het was er nooit van gekomen. Abortus was niet *im Frage*. Hij wist niet eens dat Gijs bestond. Soms had ze daar wroeging over, maar niet genoeg om in actie te komen, en de tijd deed de rest. Ze zou hem nu onmogelijk kunnen traceren. Mijn kleine Zweed, dacht ze vertederd toen Gijs naar zijn kamer rende om zich te verkleden.

Later die middag ging de telefoon. Greetje vroeg of ze zin hadden om zuurkool te komen eten. Helemaal vegetarisch.'

'Je bent een engel. Ja, ik kom graag, maar Gijs is er niet. Hij eet bij Colard.'

Mooi, ze had nog een paar uur voordat ze verwacht werd aan de overkant. Ze ging achter het bureautje zitten om haar mail te checken. In haar inbox stonden twaalf ongelezen berichten. Ach ja, daar had ze totaal niet meer aan gedacht. Gistermiddag had ze in een overmoedige bui een profiel aangemaakt op een relatiesite. Absurd natuurlijk. Snel de hele handel weer wissen. Maar nieuwsgierig als ze was bekeek ze toch hun foto's. Ach,

wat stonden die kerels soms verschrikkelijk op de site; ongege-
neerd grijnzend in een te krappe zwembroek of leunend tegen
schouders van personen die bruusk van de foto afgesneden waren. Was dat hun ex en moest je daar als vrouw of vriendin in spé
van onder de indruk raken? Het waren meestal wazige beelden,
van zo veraf genomen dat je niemand kon herkennen, laat staan
bepalen of iemand je type was.

Eén portret intrigeerde haar, hoewel het qua compositie nauwelijks verschilde van de voorgaande. De foto was onscherp, maar
de man in kwestie had een vriendelijke uitdrukking en zijn ogen
lachten terwijl hij in de lens keek. Hij was genomen in een bos
of een park. Ze klapte het profiel open en las dat hij notaris was.
Ze kon niet zien in welke regio hij woonde, maar zijn postcode
begon met 22, dus dat zou wel ergens in Zuid-Holland zijn, Den
Haag begon met 25. Ver weg. Hij was begin vijftig, gescheiden en
zonder kinderen. Er stonden nog meer kiekjes op, ergens in een
café of kroeg genomen en een op de golfbaan. Hij was slank en
lang. Bij zijn interesses stonden kunst en muziek en hij speelde
piano.

'Niet slecht,' zei ze hardop. Hij had haar een glimlach toegezonden en geschreven dat hij haar beroep interessant vond. Ze had
behalve agrariër ook kunstenaar ingevuld en daar was niets van
gelogen. Ze mailde een glimlach terug en typte erbij wat een notaris in een boerin zag. Ze grijnsde: daar zou hij wel geen antwoord op hebben.

Met tegenzin begon ze aan de boekhouding. Even een paar fac-
turen verwerken. Als je het elke dag of om de twee dagen deed
was het zo klaar. Het piepje op de computer liet weten dat ze een

nieuwe mail binnenkreeg; hij was van ND1256321, de notaris. Hij antwoordde: 'Geen idee, koeien melken, misschien?' Isadora glimlachte. Hij had gevoel voor humor.

Ze typte direct terug: 'Heb je wel een overall? En misschien heb ik geen koeien, maar struisvogels of kamelen.' Ze wachtte nog een kwartier maar er kwam niets terug. Ze stond op om naar haar buren te gaan en klapte de laptop dicht.

2

'Fijn dat je er bent. Hoe was het feest gisteren?' vroeg Greetje toen Isadora de keuken binnenkwam. 'We hoorden je niet thuiskomen. Ben je daar blijven slapen?'

Isadora knikte. Greetje keek haar even onderzoekend aan, maar Isadora staarde blanco terug.

'We hadden er al rekening meegehouden. Die mist is altijd vervelend.' Harm had haar jas weggehangen en nodigde haar met een handgebaar uit aan de grote eettafel.

'Waren er veel bekenden?' vroeg Greetje.

'Nou voor mij eigenlijk niet veel, alleen Renée en haar man,' antwoordde Isadora.

'Vind je dat niet vervelend? Ik zou me niet erg op mijn gemak voelen, denk ik.' Greetje schudde met haar schouders om haar gevoel kracht bij te zetten.

'Nee, dat vind ik juist leuk, nieuwe mensen leren kennen met een andere frisse kijk op zaken.' Dat er niet veel gepraat was, maar vooral gezopen, gedanst en gezongen, liet ze wijselijk achterwege. Greetje was van een andere generatie, geboren en getogen in het veenweidegebied van Kampen en woonde haar hele leven op een boerderij. Dat vormde een mens, het was een leven waarvoor je geschikt moest zijn: hard werken en vaak eenzaamheid. Het was maar net hoe je in elkaar zat. Sommige mensen voelen zich al eenzaam als ze een avond met z'n tweeën zitten en hebben altijd meer mensen om zich heen nodig om zich goed te voelen. Anderen zijn als koningin Wilhelmina die in haar speeches graag aanhaalde dat ze eenzaam was maar niet alleen. Isadora had haar

atelier en vond het heerlijk om daar te werken. Ze bracht er zoveel tijd door als de kaasmakerij, het huishouden en de zorg voor
Gijs toestonden. Gelukkig had ze geen bemoeienis meer met de
veestapel, die onderhielden Harm en Greetje. Isadora, die overtuigd vegetariër was, had er niets meer over te zeggen, maar in
haar hart bleef ze het moeilijk vinden de kudde te verjongen. Ze
wist dat het moest en dat het erbij hoorde, maar iedere keer als
Harm de beslissing nam dat een koe weg moest omdat ze niet
genoeg melk gaf, draaide haar hart om. Gijs en Isadora aten beiden geen vlees. Ze zou zelf nooit een dier kunnen doden en bio-
industrie deed haar walgen. Met het eiwitrijke menu dat ze met
iedere dag met grote toewijding samenstelde zorgde ze dat Gijs
niets tekort kwam. Een enkele vis stond sporadisch wel op hun
menu, maar ook vissen werden gekweekt en kwamen op dezelfde
dieronwaardige manier aan hun eind.

De laatste tijd overdacht ze regelmatig haar leven, wilde ze dit bestaan continueren waarin ze door haar huwelijk met Willem was
verzeild? Ze was nu veertig, een leeftijd waarop alles nog kon.
Wilde ze hier oud worden? Ze was er ingerold, in dit boerenleven, ze kon er ook weer uitrollen… Met Willem was het een rijk,
intens bevredigend leven geweest, maar nu ze er alleen voorstond
kwamen haar vroegere ambities langzamerhand weer terug.

'Je blijft toch nog wel even gezellig tv-kijken?' vroeg Greetje nadat ze de zuurkool verorberd hadden. 'Hé, wat zit je te dromen?
Boer zoekt Vrouw, vanavond.'

Isadora schrok op.

'Och nee toch niet dat vreselijke programma, *Boer zoekt Vrouw*,
te gênant voor woorden, maar Greetje zwijmelt er bij weg,' hoon-

de Harm grijnzend.

'Ach, jij hebt geen gevoel voor romantiek,' zei Greetje laconiek. 'Bovendien is het geen grapje. Die jongens komen zelf niet aan de vrouw, en de televisie helpt ze in hun zoektocht.'

'Romantiek, romantiek, mens schei toch uit. Romantiek is een kunstzinnige en maatschappelijke stroming, begin 19^e eeuw, Goethe, Victor Hugo, Sturm und Drang...'

Greetje trok een grimas.

Isadora lachte. 'Harm heeft gelijk, maar hij zegt het wel wat bot. Of bot... Nee, ik vind het eigenlijk wel een goede analyse.' Ze had net als hij een hekel aan de term die ze associeerde met vals sentiment en kaarslicht.

'We kijken samen,' zei Greetje. 'Ik schenk koffie in en jij, oude mopperkont, kijkt gezellig mee.' Harm zuchtte.

'Het is op Nederland 1,' vervolgde Greetje. 'Het is de herhaling van de eerste aflevering, waarin de boeren worden voorgesteld.'

Isadora had het programma een paar keer gezien. Het was een kijkcijferkanon, mede door de frisse presentatrice die vooral haar best deed om 'naturel en zichzelf' te blijven.

'Je hebt toch geen plannen met me, hè? Haal je niets in je hoofd, Greetje,' zei Isadora quasi dreigend.

'Zoek jij een boer? Daar gaat dit over, boeren die vrouwen zoeken en vice versa. Jij zoekt een man,' zei Greetje terwijl ze onderuitzakte. 'En boeren zijn ook mannen. Kom je erbij?'

De boeren werden voorgesteld. De kennismaking op televisie verliep in sommige gevallen tenenkrommend onbeholpen. Het leek of sommigen nooit het erf af waren geweest. Ze communiceerden moeilijk en de omgang met de presentatrice verliep stroef. En de camera's zoomden graag in, filmden sobere woonkamers met behang en meubels uit de jaren zeventig, verbleekt papier, verschoten stof, het was om triest van te worden. Wat moest je als vrouw beginnen in zo'n interieur? Hoewel de meesten de dertig al ruim gepasseerd waren, woonden de boerenzonen bijna allemaal nog bij hun ouders. In geruite overhemden dronken ze zwijgend hun koffie aan een eettafel die met een ouderwets kleed was bedekt. Een klok tikte monotoon de uren weg. Greetje genoot. 'Die ouders krijg je er gratis bij als je gaat trouwen.'

Presentatrice Brenda Vermeulen stelde directe vragen waardoor de deelnemers nog meer in hun schulp kropen. Harm en Isadora wisselden een blik van verstandhouding.

Toch was het wel leuk om een kijkje in de levens van die kerels te krijgen, dacht Isadora en er zat tenminste één flamboyante boer tussen. Hij woonde met twee volwassen dochters op een boerderij in Twente. De man had schwung, maar tegelijk bekroop haar een gevoel dat hij niet oprecht was. Meestal liet Isadora haar verstand prevaleren, maar de laatste tijd luisterde ze vaker naar haar intuïtie. Iemand had ooit, lang geleden eens tegen haar gezegd dat ze alles omzette in gevoel. Dat was bedoeld als compliment, maar het was ook een valkuil die dieper en verraderlijker werd naarmate het kunstenaarschap meer aan de oppervlakte kwam.

Het programma liep op zijn eind. Brenda, de mooie blonde presentatrice deed een oproep aan alle vrouwen die single waren.

'Isadora, dit is je kans.' Greetje stootte Isadora aan.

'Wat ben jij erg, wat ben jij erg,' antwoordde Isadora en kreeg spontaan de slappe lach. Harm lachte met haar mee.

'Ze wil je koppelen aan die Harco uit Paesens-Moddergat,' zei hij. Ze lachte nog harder.

'Paesens-Moddergat? Hoe zei je?'

'Ja, zo heet het daar.'

'Aan die jongen met die schapen en dat gezin!' Ze rolde haast van de bank. 'Met die lelijke laarzen.'

'Die ene man was toch best leuk, die Peter uit het Oosten?' zei Greetje licht verbolgen. Isadora bedaarde, maar samen met Harm grinnikte ze nog wat door.

'Ja, die was best leuk,' gaf ze toe. 'Maar wat wil je nou, ik heb toch zelf een boerderij?'

'Juist,' zei Greetje, 'jij kunt toch ook een van die boeren zijn?'

Harm kondigde aan dat hij een borrel ging inschenken voor zichzelf en vroeg of er nog anderen belangstelling hadden voor een neut. Hij slofte de kamer uit op pantoffels van geruite stof die hun beste tijd hadden gehad. Zijn linkerteen stak door het textiel heen.

'Geef ons maar een wijntje,' zei Greetje.

'Oké, eentje dan,' zuchtte Isadora, die nog niet helemaal hersteld was van het drankmisbruik en slaapgebrek van de vorige nacht, maar dat wist Greetje niet. Zij dronk misschien twee glazen per week en dan alleen in het weekend. Ze dronken hun drankjes. De moeder van Colard belde of het goed was dat Gijs bij hen bleef slapen, zij bracht de jongens de ochtend erop naar school. Prima, dacht Isadora. Vannacht zou ze alleen zijn.

Het was goed half tien toen ze thuis kwam. Het was stil in huis, de wind huilde om het oude gebouw. Ondanks haar vermoeidheid zette ze zich achter de computer die nog aanstond. In haar mail was een nieuw bericht van de notaris. Hij was nu serieus

en vertelde dat hij opgegroeid was in een boerengezin. Akker-
bouwers. Ze verbouwden bieten, aardappelen, uien en wortelen.
Het bedrijf was acht jaar geleden verkocht, want geen van de zes
kinderen had de intentie het over te nemen, tot groot verdriet van
hun vader. Wat er verder met de boerderij was gebeurd vertelde
hij niet, want de persoonlijke geschiedenis stopte even abrupt als
hij was begonnen. De notaris stelde voor om te bellen.

Ze antwoordde niet en sloot de laptop af. Tijd om naar bed te
gaan. Het laatste etmaal had ze haar bed nauwelijks gezien en het
vooruitzicht op een goede nacht lokte. Binnen een kwartier was
ze ingeslapen. Midden in de nacht werd ze gewekt door een uil,
die hier sinds lange tijd weer voorkwam. Ze genoot van het diepe,
geheimzinnige geluid en bedacht dat de krassende klanken met
geen pen te beschrijven waren. Ze dutte snel weer in.

Maandagmorgen. Ze had een hekel aan deze dag na het weekend. De normale gang van zaken begon weer. Opstaan, douchen,
ontbijt... Lunch klaarmaken voor Gijs hoefde nu niet. Hij was
bij Colard. Het verstoorde het ritueel enigszins, maar gaf haar
gelegenheid haar tijd te besteden aan andere zaken. Toen ze op de
binnenplaats van de boerderij kwam bekeek ze haar terreinwagen
eens goed. Aan de onderkant koekte een dikke laag modder. Hij
moest nodig gewassen worden.

'Mooi klusje voor later vandaag,' zei ze hardop tegen zichzelf
toen ze weer naar binnen liep.

De telefoon ging terwijl ze aan haar eerste kopje koffie zat en
de computer net had opgestart. Het was een van de afnemers,
Ronald Bannink uit het Friese IJlst, een vrolijke jongen van nog

geen dertig. Met zijn rode wangen leek het alsof hij zo uit de polder kwam. Hij had een groothandel in fijne wijnen, kaas en noten. In het dorp had hij een delicatessenwinkel, die hij samen met zijn vrouw bestierde.

'Hé, Isadora, hoe staat het leven?' klonk het belangstellend.

'Tige bêst en mei dij?' antwoordde ze in het Fries. 'Hoe is het met Marion?' Marion was zwanger en verwachtte over een maand haar eerste kindje.

Hij was even stil. 'Ach, die hormonen. Ik kan niets zeggen of ze is alweer van streek en een moment later is alles weer goed, het zal er wel bij horen, maar leuk is anders.'

'Ja kerel, of wilde je het omdraaien, dat jij met zo'n dikke buik moest lopen?' grapte Isadora.

'Nou, het gaat aardig die kant op, ik heb ook al een buik, dus euhh, wat dat betreft...'

'Ja door het bier, grapjas,' lachte Isadora, maar kwam daarna terzake. 'Maar waar belde je voor?'

'O ja, ik heb aan het eind van de week dertig kilo jong nodig. Denk je dat het lukt?'

'Dertig kilo, dat zijn drie ronde. Dat moet ik nakijken, twee moet lukken, maar wat betreft die laatste moet ik kijken of ik die kan missen. Ik bel je vanmiddag voor vijf uur terug.'

'Prima, tot vanmiddag,' groette Ronald.

Ze startte Outlook op. Over de twintig berichten, bijna allemaal van *Relatieplanet*. Dat kwam later wel. Er zat een mailtje van Renée tussen.

Lieve meid,

Ben je goed thuisgekomen? Het was een super feest.
Fantastisch dat je er was. Je was al vroeg weg zondag,
jammer dat we je niet meer gezien hebben. O ja, Eddy
heeft naar je gevraagt. Wil je contact met hem?

Liefs,
Renée
PS: komend weekend gaan we naar vrienden in Amers-
foort. Er schijnt een leuke vrijgezelle man rond te lopen.
Interesse om mee te gaan?

Spelling en taal waren nooit Renée's sterke punten geweest. Isadora glimlachte. Maar Eddy...! Bij hem had ze geen minuut meer
stil gestaan. Ze mailde terug dat ze erg had genoten van het feest,
maar dat ze haar horloge bij Eddy had laten liggen en dat ze het
snel kwam ophalen. Misschien kon hij het bij hen brengen? Maar
hij mocht haar ook wel mailen of bellen. Ze dacht opeens met een
schok aan de blik vol haat waarmee Renée naar haar had gekeken
en schudde haar hoofd: misschien had ze het verkeerd gezien en
was ze alleen een beetje aangeschoten geweest. Maar een stemmetje in haar hoofd zei: je hebt het goed gezien, je beste vriendin
heeft de pest aan je.

Opnieuw ging de telefoon. Het was een leverancier die iets zei
over problemen met verpakkingen en uitstel vroeg van bezor-
ging. Ze had al eerder woorden met deze man gehad en voelde
er weinig voor om weer hetzelfde verhaal af te steken. Ze had af-

spraken met hem gemaakt die zwart op wit waren vastgelegd en hij probeerde er telkens onderuit te komen. Ze kon lang en breed met hem spreken maar ze wist wat ze wilde. *No more excuses.*

'Meneer, we hebben hetzelfde gesprek twee weken geleden gehad. Toen gaf ik u het voordeel van de twijfel, maar ik houd u nu aan het contract. Ik verwacht de spullen uiterlijk vrijdag aanstaande.' De leverancier sputterde tegen, maar gaf zich tenslotte gewonnen en beëindigde het gesprek kortaf. 'Jammer dan,' zei ze hardop. 'Afspraak is afspraak.'

Isadora werkte de rest van de middag in de koele boerenschuur, waar haar ambachtelijke kaasmakerij zich bevond. Ze droeg een witte jas en haar blonde haar was afgedekt met een mutsje. Af en toe gunde ze zichzelf een kopje koffie of thee, maar ze werkte de hele middag hard door. Ze zat redelijk op schema. Die derde kaas kon ze missen en ze mailde Ronald om de levering te bevestigen.

Het was na vieren toen Gijs werd teruggebracht. Door het donkere weer leek het al veel later en ze keek verward op de klok toen ze de koplampen de weg af zag komen. Buiten rukte de wind aan de kale takken. Er werd storm voorspeld, de wind stuwde de donkere wolken vooruit.

'We voelden de wind aan de auto trekken en ik moest het stuur af en toe goed vastpakken,' zei Dorien, de struise chauffeuse van het taxibusje.

'Dat zal best, moet je er nog veel naar huis brengen, Dorien?' vroeg Isadora. De chauffeuse schudde haar gepermanente bos haar. In de wind leek het op een bos rood stro.

'Nog twee. En dan moet ik nog naar huis rijden.' Isadora wist niet precies waar Dorien woonde, maar in ieder geval ver achteraf. Ze was tien jaar jonger dan Isadora, maar zag eruit als een moeke van vijftig. Ze was klein en fors en het leek of ze altijd de dezelfde kleren droeg: een blauwe broek en een afgedragen Nike-sweater. Ze liep op degelijke, stevige platte schoenen. Mephisto's. Haar gezicht was bleek en rond en leek opgeblazen. Make-up had wonderen kunnen doen, maar daar had ze kennelijk nooit van gehoord. Haar wenkbrauwen waren donker en liepen op haar voorhoofd in elkaar over. Zei niemand dat tegen haar? vroeg Isadora zich terloops af. In het verleden had ze haar weleens op de koffie gevraagd, uit een soort medelijden, maar na een tijdje merkte ze dat Dorien er op ging rekenen en Gijs als laatste afzette. Uit een van de eerste gesprekken die ze met Dorien voerde maakte ze op dat ze nog thuis woonde en weinig vrienden had. Ze had een goed hart, maar wist niet meer te vertellen dan de dingen die ze in de bus ervoer. Ze sprak zelden over thuis en na een paar pogingen die op niets uitliepen vroeg Isadora er wijselijk ook niet meer naar. Ze was geen therapeut. Maar het beklemde haar iedere keer meer als het witte Connexxion-busje het erf op kwam rijden. En ook de vermoeidheid, die opkwam als Dorien haar hielen had gelicht, gaf haar geen goed gevoel. Allengs had ze het contact afgebouwd, door te zeggen dat ze bezoek verwachtte of nog weg moest en op tijd moest eten. In het begin had Dorien gekeken alsof ze het niet begreep, maar nu was het gewoon weer net zoals vroeger: Dorien, die Gijs van maandag tot en met vrijdag 's morgens kwam ophalen en 's middags weer kwam thuisbrengen. Het busje keerde en reed weer weg. Soms bekroop Isadora een vaag schuldgevoel. Was ze te laf om de waarheid te zeggen? Wat had ze moeten zeggen: jij ontneemt me energie en je maakt nooit eens wat mee?

Sommige dingen moest je op een diplomatieke manier oplossen, dacht ze de laatste keer waarop ze het busje nakeek. Ze rook een lichte dieselgeur die haar plots deed terugdenken aan haar jeugd. De wind blies hem weg.

3

Het mailtje van de notaris was aardig: geen onzin, geen bedekte seksuele toespelingen en vooral geen haast. Hij vroeg om haar telefoonnummer. 'Prima, bel me maar.' Isadora mailde haar mobiele nummer en een halve dag later belde haar internetdate, de notaris. Lennard Brouwer heette hij en ze vond meteen dat hij een leuke stem had. Hij sprak met een westers accent, compleet met Leidse r. Hij was geboren in Den Haag. Na de vroege dood van zijn moeder nam zijn vader een ingrijpende beslissing en verhuisde met het gezin naar zijn ouderlijke boerderij even buiten Kinderdorp. Lennard vertelde er niet veel over. Wel dat hij erg had moeten wennen als jongste telg, maar zijn vader bloeide op; hier tussen de weilanden was hij geboren en getogen. Omwille van zijn moeder, die niets voelde voor het boerse leven, had zijn vader indertijd gekozen voor een leven in de stad.

Lennard kletste graag en veel tot Isadora hem in de reden viel en zei dat ze vond dat hij wel heel veel aan het woord was.

'Je bent verbaal goed ontwikkeld en dat past bij je vak,' zei ze, 'maar je moet van goede huize komen om daar tegen bestand te zijn. Misschien kom je daardoor - wellicht onbedoeld - erg dominant uit de hoek. Heb je daar nooit problemen mee gehad?'

Hij klonk oprecht verrast. 'Dat vind ik nu zo leuk, dat je dat zegt, scherp ook. Ik heb iemand naast me nodig waarmee ik kan sparren, iemand die wat terugzegt.'

Blijkbaar was deze notaris niet gebelgd over wat tegengas. Dat had ze weleens anders meegemaakt. Ooit, jaren geleden - nog ver voor Willem - had ze een relatie gehad met een cellist. Musici werken op andere tijden; in de ochtend zijn ze meestal vrij, terwijl de middagen en avonden gevuld zijn met repetities en uitvoeringen. In het holst van de nacht reed hij terug over de nachtelijke wegen. Lyrisch door de luisterrijke avond kwam hij dan thuis. Te opgewonden om te kunnen slapen vond ze hem soms 's morgens op de bank waar hij dan uiteindelijk onder een plaid in slaap was gesukkeld. Dat was geen probleem, ware het niet dat hij het onverteerbaar vond dat Isadora zich niet aan hem aanpaste. In het begin deed ze gewillig wat hij van haar verwachtte. Het was vaak voorgekomen dat ze - zodra ze de sleutel in het slot hoorde - opstond om zijn verrukkingen van de avond aan te horen. En het was ook heerlijk om in zijn extases te kunnen delen. Het was een emotionele man; tot tranen toe bewogen vertelde hij hoeveel hij van haar hield en hoe groot zijn zegeningen waren dat ze zijn leven doorkruist had. Ze hield het een paar maanden vol, tot het niet meer ging met haar werk als accountmanager bij een incassobedrijf, waar ze iedere ochtend om half negen moest zijn. Soms had ze andere afspraken in de ochtenduren en dan moest ze extra vroeg van huis. De ochtenden gingen meestal nog wel, maar 's middags werd ze een zombie, niet meer in staat normaal te functioneren. Deze man had alleen kans op een blijvende relatie als hij een vrouw vond die zich helemaal naar hem voegde. Hij leefde al zo lang alleen en was verstrikt in zijn eigen regelmaat en patronen. Vind maar eens zo iemand…

Ofschoon ze nog steeds van elkaar hielden verhuisde Isadora weer terug naar het piepkleine appartementje dat een straat verderop lag. Idioot, die herinneringen. Waarom kwamen ze opeens in haar op nu ze met een andere man praatte die haar intrigeerde?

'Maar je klinkt in ieder geval leuk,' zei Lennard. 'Sta je allang op *RP*?'

'Nou, eerlijk gezegd nog maar een paar dagen, in een uitgelaten bui heb ik een profiel van mijzelf aangemaakt en geplaatst. Ik ga het er zo weer afhalen.'

'Waarom?'

'Omdat het niet in mijn leven past,' antwoordde ze beslist.

'Wil je dan geen man?' vroeg hij adrem. Ze kreeg het warm. Hij leek wel die Brenda uit dat stomme boerinnenzoekprogramma met haar directe vragen. Ze zweeg even.

'Ben je er nog?' vroeg hij.

'Ja, ja.' Aarzelend vervolgde ze: 'Natuurlijk wil ik wel een man in mijn leven, maar...'

'Je hebt nogal wat teleurstellingen ondervonden?' vulde Lennard haar aan.

Ze zuchtte onhoorbaar, wat klonk het goedkoop. 'Ja, zo is het wel, maar er zijn ook goede verhalen, het is niet allemaal kommer en kwel. Maar nu over jou: je ziet er goed uit op die foto en je hebt een goede baan. Hoe komt het dat jij nooit de juiste bent tegengekomen?'

'Tja, nooit de ware Jacoba ontmoet, denk ik. Ik had graag een gezin gehad.'

'Misschien moet je dan op zoek gaan naar een jongere vrouw,' opperde Isadora.

'Heb ik wel geprobeerd, maar dan is het altijd: je bent te oud. En dan zeg ik, leer me nou eerst eens kennen.'

'Tweeënvijftig is natuurlijk niet echt jong meer om nog aan kinderen te beginnen. Dan ben je begin zeventig als je kind twintig is en kun je dan nog studentenkamers behangen...' Ze lachten beiden.

'Maar je klinkt leuk,' zei hij weer.

'Jij ook,' antwoordde ze terughoudend. 'Maar vertel eens wat over het notarisschap, het lijkt me een boeiend beroep. Merk je veel van de recessie?'

'Natuurlijk merken we dat, er worden minder huizen verkocht en dat beslaat nu eenmaal een groot deel van ons werk, maar het andere werk gaat gewoon door: erfenissen, verbintenissen op huwelijkse voorwaarden, bedrijven die in oprichting zijn, testamenten opstellen, statutenwijzigingen...'

'Tja, je hebt altijd met mensen te maken, dat lijkt mij boeiend.'

'Dat is het ook en het is prettig dat je zo geïnteresseerd bent. En jij? Vertel eens wat over je leven.'

Isadora vertelde over de boerderij, haar gelukkige huwelijk met Willem, de schok van zijn plotselinge dood. Het bleef een poosje stil aan de andere kant van de lijn. Toen vroeg hij: 'En nu?'

'Nu woon ik nog steeds op de boerderij. De buren hebben de koeien overgenomen en ik heb er een kaasmakerij van gemaakt.'

'Goed contact met je buren?'

'Kan niet beter,' zei ze.

'Kinderen?' vroeg hij

'Een zoontje van bijna acht.'

'Uit je huwelijk met Willem?'

'Nee, van een man die ik daarvoor heb ontmoet.'

'Is die man nog in beeld?'

'Nee. Waarom denk je dat ik op deze site terecht ben gekomen?' Het klonk onbedoeld als een snauw.

'Oké, je hoeft niet boos te worden. Ik vraag het maar... We moeten toch een beetje weten met wie we te maken krijgen.'

'Inderdaad. Ik heb alles verteld. Nu jij.'

'Wat wil je weten?'

'Hetzelfde. Huwelijk, kinderen, relaties. Wat je verwacht van een contact als dit...'

'Dat zal ik je allemaal vertellen,' zei hij kalm. 'Maar nog één vraag: wat is jouw passie?'

'Schilderen,' zei ze zonder aarzelen en vol hartstocht praatte ze over haar schilderen en ze vond een willig oor. Lennard had veel belangstelling voor kunst. Ineens was het anderhalf uur later. Achteraf besefte ze dat hij eigenlijk niets van zichzelf had verteld, maar haar met slimme vragen uit haar tent had gelokt.

'Heb je zaterdag wat te doen?' vroeg hij toen ze eindelijk uitgepraat was.

'Ik heb altijd wat te doen, maar wil je wat afspreken?' vroeg Isadora nieuwsgierig.

'Ja, we kunnen naar het museum. In Laren is een mooie tentoonstelling.'

'Bij Singer, bedoel je, die art-nouveau tentoonstelling? Ja daar wil ik wel graag heen.'

'Afgesproken, ik mail je nog waar we elkaar treffen.'

'Leuk, ik heb er echt zin in,' zei ze spontaan.

'Ik vind het ook leuk,' zei hij warm.

Ze legde met een blij gevoel de telefoon neer. Wat spannend, ze had een afspraakje, en wat klonk hij ontwikkeld en geïnteresseerd. Iemand waarvan ze een hoop zou kunnen leren.

"Een boek over Zweden" stond op het verlanglijstje van Gijs die volgende week jarig was.

Ofschoon hij Willem altijd als zijn vader had beschouwd en hem ook aansprak als zijn papa - hij was tenslotte nog maar een peuter toen ze bij hem introkken - was Isadora van meet af aan open tegen hem geweest. Hij wist dat Willem niet zijn biologische vader was. En kort geleden waren zijn eerste vragen gekomen. Wie was zijn echte vader, waar woonde hij en waarom waren zijn ouders niet getrouwd, net als alle andere vaders en moeders van de kinderen in de klas? Waarom had hij maar één opa en oma? Terwijl alle kinderen er toch echt twee hadden.

'Natuurlijk heb jij net als iedereen een echte vader,' had Isadora geantwoord. 'Dat heb ik je toch al eerder verteld?'

'Maar waarom woont hij hier niet bij ons?'

'Omdat we niet getrouwd zijn.'

'Waarom zijn jullie niet getrouwd, ik ben toch geboren?' Moeilijke vragen, volwassen vragen die een volwassen antwoord verdienden.

'Kom eens bij me zitten.' Isadora stak haar arm uitnodigend uit. Het tengere jongenslichaampje schoof haar richting uit. Ze sloeg haar arm om hem heen. 'De laatste tijd heb je het vaak over je klasgenootjes dat hun mama en papa uit elkaar gaan.' Hij knikte.

'Weet je ook waarom ze dat doen?'

'Omdat ze ruzie maken.'

'Kun je nog een andere reden bedenken?'

Er verscheen een denkrimpel op zijn voorhoofd. Hij dacht diep na, maar hij wist geen antwoord.

'Omdat ze niet meer van elkaar houden, Gijs.'

Hij keek haar verschrikt aan. 'Hield jij niet van mijn vader?'

'Niet genoeg, denk ik.'

'Maar ik ben er toch? Als er een baby komt, dan moeten toch eerst de mensen van elkaar houden? Was dat bij jullie anders dan?'

Isadora voelde zich door de onverlette reactie van haar eigen zoon bijna ongemakkelijk.

'Ik denk het wel, Gijs.' Moeder en zoon zaten een paar ogenblikken zwijgend naast elkaar op de bank, ieder met zijn eigen gedachten.

'Lijk ik op hem?' vroeg hij ineens.

'Ja, heel veel,' zei ze zacht.

'Maar hij woont niet in Nederland?'

'Nee hij is geen Nederlander. Ik denk dat hij in Zweden woont.'

'Waar dan?'

'Ja schat, dat weet ik niet.'

'Echt niet? Anders konden we hem gaan opzoeken.'

Het was koud toen ze zaterdag wegreed. Nog steeds hetzelfde mistroostige weer als de laatste dagen. Ze had zich warm aangekleed, een beige wollen jurkje, ruim boven de knie en daaronder een dikke maillot in dezelfde kleur. De mist was als een onzichtbare deken neergedaald en leek niet snel op te lossen. De koplampen van haar Landrover Discovery sneden door de dikke witte muur. De thermometer op het dashboard gaf aan dat het twee graden boven nul was. Ach, het was maar drie kwartier rijden en ze reed binnendoor via een B-weg die haar door de polder leidde. De polder... Ze had er een haat-liefde verhouding mee. Ze verfoeide hem vanwege het gebrek aan historie en de zielloze dorpen met uit de grond gestampte doodse winkelcentra, maar aan de andere kant genoot ze van de opbloeiende natuur die zo haar best deed op deze vruchtbare aarde en de grond uit bruiste. Het kon haar ontroeren hoe de bomen hier omhoog schoten, hoe wilgen zich een weg zochten. En dan de vogels… Ontelbare roofvogels die altijd in het polderlandschap te zien waren. Het was bijna een magisch tafereel. Haar gemijmer werd wreed verstoord toen ze vlak naast het wegdek een dode haas zag liggen, zijn ingewanden lagen naast hem en een buizerd deed zich er tegoed aan.

Ze hadden afgesproken elkaar te treffen bij een golfbaan, ergens in het buitengebied van Almere. Vanaf daar zouden ze in één auto naar Laren rijden. Ze was vroeg en parkeerde aan de zijkant van de slagboom zodat andere auto's haar konden passeren. In het spiegeltje keek ze naar een stukje van haar gezicht. Het kon er mee door, ze zag er fris uit. Hoe zou hij haar zien? Als een uit de klei getrokken boerendeerne? Ze glimlachte om haar eigen grapje. Ik ga je verbazen, kerel. Hij was een heel stuk ouder dan zij, twaalf, dertien jaar, maar met Willem was er nog meer leeftijdsverschil. Een lichte getinte Rover 75 kwam in de verte aanrijden. Zou dat hem zijn? De auto kwam langzaam dichterbij en minderde vaart. Twee kinderen keken nieuwsgierig door de achterruit naar de blonde vrouw in de grote stoere auto. Ze zwaaiden. Isadora zwaaide terug. De slagboom ging open en de Rover reed het parkeerterrein op. Wat had Lennard eigenlijk voor auto? Hadden ze het daarover gehad? Dat interesseerde haar ook allerminst. De radio stond op de klassieke zender en speelde een stuk uit het Italienisches Concert van Bach. Een andere auto draaide de afrit naar de golfbaan op. Een blauwe BMW met een man achter het stuur. Hij stak een gehandschoende hand op toen hij haar zag. Geen kinderen op de achterbank, dit moest hem zijn. Een slanke lange man stapte uit. Hij lachte en ze zag dat hij kuiltjes in zijn wangen had. Een dikke bos krullen. Charmant, dacht ze. Charmant en sympathiek.

'Dag Isadora.'

Ze was al uit de wagen en gaf hem een hand. Wat een ogen heeft die man, dacht ze. Glinsterden ze door hun diepe ligging of door hun intens donkere kleur? Hij nam haar zo scherp op dat ze het gevoel kreeg dat hij door haar heen keek.

'Hoe kom jij hier zo snel? Ik dacht: ik wacht maar op je, daar op de toegangsweg.' Lennard gebaarde naar links. 'Ik vermoedde dat je het niet zou kunnen vinden, maar ik had het dus mis,' zei hij met een lachje. 'Je was hier dus al op tijd?'

'Kwartiertje,' antwoordde Isadora gemaakt onverschillig.

'Heb je hier weleens gespeeld?' vroeg ze. Lennard had op zijn profiel geschreven dat hij graag golfde en hij besteedde op vakanties daar graag een deel van zijn tijd aan. Het trok Isadora niet, maar ze had het nog nooit gedaan. Ze had zelfs niet eens een clinic gevolgd. *Wat de boer niet kent,...*

Ja, hij was hier eerder geweest, een paar jaar terug, vertelde hij.

Ze besloten met Isadora's auto te gaan. De slagboom opende zich en hij parkeerde zijn BMW op het grote bijna verlaten parkeerterrein.

'Plaats genoeg,' zei hij overbodig. Isadora glimlachte.

Ruim twintig minuten later arriveerden ze in Laren.

'Dat had ik me toch anders voorgesteld,' zei ze toen ze aan kwamen rijden. Het geheel zag er erg kubistisch uit, maar toen ze later aan de andere kant de schitterende villa zag liggen herkende ze de stijl: Art Nouveau.

'Dat is de theaterzaal. Ken je Willem Duys nog? Die shows zijn hier opgenomen,' vertelde Lennard.

'Dat is er dan later zeker bij gebouwd. Die zwanen zijn wel mooi.' De sierlijke beelden verfraaiden de voorkant.

'Zo heet het huis oorspronkelijk,' antwoordde Lennard: '*Villa de wilde zwanen.*'

Je weet er heel wat van.' Ze keek even verbaasd opzij. 'Weet je ook van de kunstroof die hier een jaar of wat geleden plaatsvond?'

'Je bedoelt die bronzen beelden?' vroeg hij, alsof hij een lopend nieuwsarchief was.

'Zeven waren het er, gewoon afgezaagd bij de sokkel, de ijzeren exemplaren lieten ze staan, dus het ging om het brons. Dat prachtige beeld van Rodin, was ook meegenomen.'

'Mijn favoriet,' zei hij. '*Le penseur.* Het is natuurlijk een afgietsel, een van de zeven die ooit zijn gemaakt en het is meer dan een miljoen euro waard.'

'Ik geloof dat ze het beeld in stukken hebben teruggevonden; een van de daders had hem in zijn achtertuin begraven. Ze zijn gewoon door de toegangspoort heengereden. Ontzettend brutaal.' Ze draaide het contactsleuteltje om.

'Maar ze zijn gepakt,' zei hij met hoge stem. 'Kort na hun daad kwam justitie hen op het spoor, door een bizar toeval, aan de hand van een verscheurd briefje waarop de route naar het museum was getekend. Het waren amateurs, maar zulke idioten dat het lachwekkend werd. Het OM eiste zes jaar, de rechters oordeelden milder, maar toch vier en vier en een half jaar.'

'Ja, dat las ik,' antwoordde Isadora. Ze hadden in de buurt van de plaatsen waar die beelden stonden getelefoneerd en een van de daders had nog van alles in zijn computer staan, allerlei info, maar het mooiste was dat ze de slijptol die ze hadden gehuurd een paar dagen later keurig terugbrachten. Waarschijnlijk kregen ze hun borg ook nog netjes terug.' Ze lachten breeduit, terwijl ze uitstapten.

'Zo, nu eerst koffie. Ga jij maar zitten, ik haal wel. Wat wil je, koffie of espresso?' Lennard bracht hun jassen weg naar de garderobe en wenkte ondertussen een ober.

'Café latte graag, hebben ze dat?' riep Isadora hem achterna.

De koffiehoek zag er prachtig uit, Jugendstil, inclusief de verfijnde tafeltjes. Ze keken uit op de tuin, links stond een idyllisch tuinhuisje.

'Wil je er iets bij?' vroeg hij toen hij bij het bescheiden buffet stond, ze hebben warme apfelstrudel,' zei hij met een grijns.'

'Nou, dat klinkt niet verkeerd, heerlijk.'

De barman schonk wijn in grote glazen.

'Het lijken wel vissenkommen,' grapte Lennard. Het was aan het einde van de middag en om de geslaagde dag gepast af te ronden, waren ze na een korte wandeling in café *t' Bonte Paard* terechtgekomen. Er straalde warm licht door kleine raampjes met roeden. Het pandje zag er verzorgd uit en was wit geschilderd.

'Het is een oude dorpsherberg, al zo'n 400 jaar oud. Het heeft

zelfs melkvee gehad en in die aanbouw, daar heeft ooit een bar-
bier ingezeten,' somde Lennard op.

'Hoe weet je dat nu weer? vroeg Isadora verbaasd. 'Waar haal je
die kennis vandaan?'

'Ach lieve Isadora, dat lijkt zo. Ik ben hier natuurlijk weleens
eerder geweest. Hindert het je?'

'Niet in het minst. Kom, laten we proosten.'

'Op ons.'

'Op ons.'

Wat doe ik hier? dacht ze. Wat is dit voor een belachelijke verto-
ning, maar ze drong de gedachte weg. 'Nu ben jij aan de beurt,
vertel eens wat over jezelf, ik luister.'

4

Op de weg lagen de plassen in geulen, ingereden door zware vrachtwagens. Ofschoon Isadora een sterke wagen had met vier-wielaandrijving was ze beducht voor aquaplaning en ze matigde haar snelheid. Felverlichte auto's raasden met sissende banden voorbij. De ruitenwissers werkten op maximale kracht.

Twee dagen na de ontmoeting met Lennard reed ze naar Dr. Heutz, een kinderpsycholoog en een collega van haar ex-vriend Rob. Na de breuk met Rob hield ze contact met de oudere man die qua leeftijd haar vader had kunnen zijn. Hij was al jaren we-duwnaar en bewoonde een herenhuis in het centrum van Zwolle. Ze mocht hem om zijn wijsheid en zijn interesse in kunst en ze deelden dezelfde humor die het midden hield tussen gortdroge, zwartgallige en zelfs melige scherts. Isadora liep al dagen met iets rond waar hij misschien mee kon helpen. Ze was uitgenodigd bij hem thuis, midden in de stad.

Ze schrok van de witte bewegende gedaantes schuin voor haar. In de berm liepen twee grote zwanen, vlak naast de rijbaan. Het ging goed zolang ze daar maar bleven. Ze hield haar hart vast. Via haar spiegels hield ze de dieren in de gaten tot ze af moest slaan.

Ze passeerde een paar net aangelegde rotondes en reed de stad in. Ze parkeerde de auto in de straat waar Dr. Heutz woonde, vlak naast de gracht. Het kaartje uit de parkeerautomaat kostte vijf euro voor twee uur. Het leek of ze de prijs per maand verhoogden. Rob leerde hem kennen in de tijd dat hij stage liep en Heutz een pand deelde met een huisarts. Daarna maakte hij de overstap naar een gezondheidscentrum waar hij nog steeds praktijk hield. Hij werkte graag samen met collega's en vond het prettig om te kunnen overleggen.

Zijn huis lag in een bocht van de gracht. Het trottoir was hier breder zodat het huis wat verder van de eenrichtingsstraat lag. Het was een statig grachtenpand, oud maar goed onderhouden. De sponningen waren nog niet lang geleden geverfd. Ze trok aan de ouderwetse trekbel. De galm weerklonk in de woning. Een vrouw van een jaar of vijfenveertig met een beschaafd, rond gezicht deed de deur open.

'U bent?'

'Isadora de Roi. Ik heb een afspraak met Dr. Heutz.'

'Komt u verder.' De vrouw deed de deur wijd open en Isadora stapte naar binnen. De grote ruime gang had een vloer van marmer. Chique maar koud.

Ze stak haar hand uit. 'Ik ben Annet Dames.'

Isadora drukte haar hand en herhaalde haar naam. Beide vrouwen glimlachten.

'Zal ik uw jas aannemen?'

'Hallo Isadora, dat is een tijdje geleden,' zei Heutz die ondertussen de gang was ingelopen. 'Ik zie dat jullie al kennis hebben gemaakt?'

Isadora knikte.

'Ik zag je al aankomen. Is dat slagschip van jou?'

'Ja,' zei Isadora met gepaste trots.

'Tsstst,' hij schudde zijn hoofd, maar lachte. 'Met zo'n ding kun je toch nergens meer mee aankomen! Weet je zijn verbruik?'

'Natuurlijk weet ik dat. Ik heb er al heel wat gestrande auto's mee gered en nooit niemand over benzineverbruik gehoord. En ik vind het een auto die bij me past. Of bespeur ik hier een lichte jaloezie?' Ze keek Annet aan. 'Hij wil zeker zelf zo'n wagen?' plaagde ze lachend.

'Nu u het zegt: vorige week zag ik hier folders van een soortgelijk vehikel rondslingeren,' antwoordde Annet terwijl ze Dr. Heutz quasi beschuldigend aankeek.

Ze lachten alle drie. Dr. Heutz mocht graag prikkelen. Als je er mee om kon gaan was het een leuke karaktertrek. Je moest altijd bij hem op je qui-vive zijn en een weerwoord klaar hebben.

'Meid, kom verder,' zei hij hartelijk. Ze kwam in een modern ingerichte woonkamer die opvallend ruim was en uitkeek op de tuin die er troosteloos en grijs uitzag. De bast van de bomen was natgeregend en het hoofd van het stenen engeltje tussen de struiken was donkerder dan de torso. De open haard brandde en gaf de kamer een zacht aanzien. Een slanke siamees keek verstoord op, rook even aan de bezoekster en nam dezelfde slaaphouding als voorheen aan.

Annet knipte een lichtje aan en zei dat ze koffie ging maken. Ze pakte een dienblad en verliet de kamer.

'Wat vind je van mijn nieuwe vriendin?' vroeg Heutz. 'Of dacht je dat het mijn dochter was? Zeg eens eerlijk…'

'Nee, ik had nog niet zover gedacht, maar wat leuk, hoe lang al?'

'Al een tijdje. Ze woont hier niet, maar ze komt vaak.' Hij liep naar de kast en zette een cd op. Kamermuziek van Haydn. De kamer werd gevuld door de rijke klanken van strijkers, lyriek, afgewisseld met onstuimigheid.

'Vertel eens, hoe is het met Gijs?' kwam hij terzake.

'We hebben er al even over gesproken toen ik u belde. Hij vraagt steeds naar zijn vader, of hij op hem lijkt, wat hij doet, waar hij vandaan komt, waar hij woont. Het houdt hem de laatste tijd zoveel bezig dat ik er niet meer omheen kan.'

'Heb je nog contact met de vader?'

Ze schudde ontkennend haar hoofd. 'Het is een Zweed, hij studeerde hier waterbouwkunde en hij was alweer terug toen ik ontdekte dat ik zwanger van hem was.'

'Heb je nooit contact gezocht?' vroeg hij op een toon of hij haar ter verantwoording riep.

'Nee.' Ze kreeg een kleur.

Dr. Heutz zweeg een ogenblik. 'Opmerkelijk,' zei hij afwezig. Op het moment dat ze wilde reageren kwam Annet met een vol dienblad binnen.

'Ik zet het hier neer, dan kunnen jullie zelf pakken.' Het houten blad had een ingelegd motief van zwanen. Isadora's gedachten gingen terug naar de witte vogels in de berm op de heenweg. Hoe zou het ze vergaan op dit moment? Twee kopjes, de lepeltjes ernaast en een bijpassend suiker- en melkstel. De strijkers speelden een sequens. Het plaatje klopte helemaal.

'Bedien jezelf,' hij gebaarde naar het dienblad. 'Waarom heb je de vader van je kind niet ingelicht?'

'Ik weet het niet. Het kwam gewoon niet bij me op, denk ik. Hij was jonger dan ik en hij woonde niet in Nederland. En ik wilde de buitenwereld tonen dat ik geen man nodig had.'

'Zou je het anders doen als je weer voor de keuze stond?'

'Precies onder dezelfde omstandigheden, bedoelt u?' vroeg Isadora, in haar kopje starend.

Hij knikte.

Ze nam een slok koffie. 'Mijn eerste impuls is: ja, ik zou niet anders handelen. Maar nu ik weet wat er in Gijs omgaat en wat het is om moeder te zijn dan zou ik meer rekening houden met de inzichten die ik nu heb. Het is makkelijk praten met de kennis van nu.'

'Dat is waar. En je kunt op geen enkele manier de betreffende man nog traceren?'

Ze haalde haar schouders op. 'Ik zou het niet weten, het is dik acht jaar geleden dat we elkaar zagen, hij is terug naar Zweden gegaan, ik heb geen adres van hem, niets.'

'Je zou naar de ambassade kunnen gaan,' stelde Dr. Heutz voor.

'In Zweden? U vindt dus dat ik hem wel moet zoeken, omwille van Gijs.'

'Als jij het niet doet, doet hij het vroeg of laat zelf. Dat kan ik je voorspellen. En hij is er al jong bij. Meestal beginnen kinderen in hun puberteit zich af te vragen hoe en wat.'

'Is hij niet te jong voor een confrontatie?'

'Nee, hoor. Er is een kans dat je de vader niet vindt en dan is dat natuurlijk ook een teleurstelling voor hem, maar teleurstellingen horen bij het leven,' klonk het bemoedigend.

'Stel dat hij een gezin heeft in Zweden. Ik wil zijn leven niet over de kop gooien.' Isadora zocht verwoed naar excuses.

'Stel jij dat gezin boven het welzijn van je zoon, Isadora?'

'Nee, natuurlijk niet,' antwoordde ze snel.

'Nou dan, probeer het maar, dan kan je zoon het je later nooit verwijten,' besloot Dr. Heutz.

Op de terugweg regende het nog harder dan op de heenweg. Isadora's gedachten gingen alle kanten op. Ze moest dus naar Zweden, maar niet op korte termijn.

Haar telefoon piepte. Een sms'je van Lennard. Hij meldde dat hij een paar onrustige nachten had gehad en uitkeek naar een nieuwe ontmoeting. Was alles goed met haar? Ze glimlachte. Sms'en in de auto was geen doen en zeker niet met dit weer, maar het bericht deed haar goed. Vanuit haar ooghoek zag ze een witte vogel in de berm liggen: een van de zwanen die ze op de heenweg in de berm had gezien. Hij lag op zijn rug. Zijn poten met de grote zwemvliezen staken in de lucht. Bedrukt kwam ze thuis. Ze belde de dierenambulance en gaf door waar ze de vogel had zien liggen.

'Ja, meid,' zei Harm later toen ze Gijs kwam halen. 'Dat soort dingen gebeuren nou eenmaal, hoe triest ook.'

'Zo jammer van zo'n majestueus beest,' zei Isadora met spijt in haar stem. Hij knikte. Harm hield van dieren, net als Greetje, maar het bleven nuchtere boeren die nooit zouden wennen aan de stadse visie die hun buurvrouw somtijds uitdroeg.

'Een borreltje voor de schrik?'

'We moeten zo eten, maar vooruit, eentje dan.' Isadora vertelde ondertussen over het bezoek aan de kinderpsycholoog.

'Dus je gaat naar Zweden binnenkort?' vroeg Harm.

'Over een paar maanden, in de zomervakantie,' antwoordde Isadora aarzelend.

'Heb je er wel zin in?' Harm keek haar onderzoekend aan.

'Nee, maar het gaat nu niet om mij.'

Ze ontwaakte in de vroege ochtend. Langzaam vloeide de slaap uit haar lichaam, terwijl ze luisterde naar de vogels die - nauwelijks bekomen van de winterkou - ingetogen zongen. De wekkerradio ging af. Een barokensemble speelde aangename muziek.

De wind bewoog zachtjes het riet aan de rand van het weiland. De herinnering aan de dode zwaan kwam weer boven en stemde haar triest.

Drie weken geleden had ze Lennard voor het eerst ontmoet en vanmiddag zou hij voor het eerst op de boerderij komen. Alles was opgeruimd, hij zou rond half twaalf uit Leiden wegrijden en rond half twee - twee uur bij haar zijn. Het was tien over tien, nog een paar uurtjes, dan zou ze hem weer zien.

Ze stond naakt voor de grote spiegel die in de gang naast de slaapkamer hing. De huid van haar lichaam was bleek. Hier en daar waren nog vaag de strepen te zien van de badkleding die ze de laatste zomer gedragen had. Hoe zou een man haar zien? Ze zag er nog goed uit, haar borsten hingen niet, ze had altijd aan sport gedaan en ze had lange, gespierde benen. Het vel van haar armen was strak en ze had stevige spierballen. Ze was blij met haar lengte: 1.77 was flink. De jeugd werd steeds langer, maar ze kon nog goed meedoen. Lennard was 1.94, aardig in verhouding. Alleen het litteken van de keizersnede verraadde haar zwangerschap van acht jaar geleden. Eigenlijk was ze trots op haar lijf. Ze kreeg kippenvel op de onverwarmde overloop en liep naar de badkamer en nam een lange, hete douche. Ze koos een rode gedessineerde jurk met lange mouwen, het was een jurk voor later in het seizoen, maar hij stond zo mooi dus trok ze hem aan. Met een vestje was het prima te doen.

Tegen tweeën reed de donkere BMW het erf op. Lennard stapte kwiek uit de wagen. Hij zag er anders uit dan tijdens de eerste ontmoeting, maar ze kon niet precies zeggen waarom. Haar hart klopte in haar binnenste.

Hij keek verrukt om zich heen.

'Meid, wat een plek om te wonen, zo tegen het bos,' riep hij uit. 'Wat een uitzicht.' Betoverd bleef hij een moment staan om de omgeving in zich op te nemen. Een seconde later draaide hij zich om naar Isadora.

'Kom eens hier, lief meisje,' zei hij. Ze omhelsden elkaar. 'Wat heerlijk om je te zien, ik heb je gemist,' fluisterde hij terwijl hij haar stevig vasthield.

'Ik jou ook.' Ze streelde zijn gezicht. 'Kom we gaan naar binnen.'

'Fraai,' zei hij toen ze de woonkamer betraden waarin de zon een gouden licht liet schijnen. 'Prachtig antiek, je hebt smaak.' Hij keek haar recht aan.

'Die kasten zijn mooi en zo rond de vierhonderd jaar oud. Ze komen uit Willems erfenis. Ik denk dat ze voor deze boerderij gemaakt zijn.'

Hij legde zijn handen op zijn rug, terwijl hij naar het raam liep en het uitzicht in zich opnam.' 's Avonds is het hier natuurlijk aardedonker.'

'Dan zie je inderdaad geen hand voor ogen, maar daar links ligt de stad en als het donker is kun je bij helder weer over de weilanden de lichtjes zien.' Isadora kwam naast hem staan.

'Is Gijs er niet?' vroeg Lennard belangstellend.

'Hij komt straks. Ik dacht dat het beter was als we eerst even met zijn tweetjes konden zijn. Wil je koffie?'

'Ja, lekker.'

Isadora verdween naar de keuken en hij ging zitten op de chaise longue.

'Had ik al gezegd hoe mooi je eruit ziet?' zei hij toen ze met een vol blad terugkwam. 'Een plaatje...' Hij keek haar aan terwijl hij achterover leunde. Isadora bloosde.

'Word je daar verlegen van? Ach, wat charmant, een verlegen meisje.' Hij lachte.

'Zo verlegen ben ik nooit,' antwoordde ze adrem.

'Hoe komt het dan dat je het nu wel bent?' Zijn ogen leken glinsterende edelstenen in dat vierkante gezicht... Maar hij zag er anders uit dan toen ze elkaar op de parkeerplaats zagen. Bleker en ouder. Misschien kwam het door de kleur van zijn trui. Het was een lichtbruine, mosgroene tint die zijn gezicht flets maakte. Of was hij misschien gewoon moe?

Isadora haalde haar schouders op. 'Geen idee,' zei ze met een flauw lachje. 'Maar het is alweer voorbij.'

'Jammer.'

We hebben nog niet eens gezoend, dacht ze ineens. Wel had hij de vorige keer haar hand een paar keer gepakt en haar haar gestreeld, maar meer was er nog niet gebeurd.

Na de koffie stelde Isadora voor een boswandeling te maken.

'Ik moet me even verkleden,' zei ze. 'Ga maar even mee, dan kun je het boven ook even zien.'

Hij liep achter haar aan de trap op. Van de vijf slaapkamers waren er twee als zodanig in gebruik. De andere gebruikte ze voor praktische zaken. Een kamer met sportapparaten, één diende als droogkamer voor de was en er was nog een ruime logeerkamer, die ze onlangs opgeknapt had. Pastelroze had ze hem geverfd, roze met bloemetjesbehang. Gijs vond het natuurlijk een meisjeskamer. Toen ze haar slaapkamer had laten zien, trok ze een spijkerbroek en een trui uit een van de laden. Hij maakte aanstalten om naar beneden te gaan, maar ineens was hij weer boven. Hij begon een weinig doordachte zin, maar strandde al snel.

'Mijn hemel, wat ben je mooi,' was het enige wat hij nog kon uitbrengen.

Ze stond in haar ondergoed, precies op dezelfde plek waar ze zich 's morgens uitgebreid had gekeurd voor de spiegel. Isadora was niet preuts. Alhoewel ze uit een calvinistisch nest kwam, had ze zich nooit voor haar naaktheid geschaamd. Op haar 25e ging ze voor het eerst naar een sauna. De eerste keer moest ze wel wennen aan al die vreemde blote lijven. Dikke en dunne mensen, rimpelige, onbevallige lichamen. Mannen met gele teennagels op slippers - waarin die verkleurde tenen in al hun afzichtelijkheid te zien waren - in dikke badjassen gehuld met tijdschriften op schoot die ze als alibi gebruikten om over hun leesbril naar haar en haar vriendinnen te loeren.

Ze liep terug haar kamer in en liet zich op het bed vallen.

'Kom heel even bij me liggen, even maar.'

Hij deed zijn schoenen uit, ging naast haar liggen en trok haar tegen zich aan. Ze lag met haar rug naar hem toegedraaid. Ze voelde de stof van zijn colbert tegen haar rug kriebelen. Zijn warme hand streelde haar dij en hij begroef zijn neus in haar blonde haar dat los over het kussen waaierde.

5

Het was vredig in het bos dat na de lange winter nog weinig voortekenen van de naderende lente vertoonde. De knoppen van de bomen waren nog in diepe rust en de kale takken staken scherp af tegen de lucht, die nu weer bewolkt was. Van de welige plantengroei in de zomer restte slechts een hoopje verdroogde stengels. Het waaide stevig. De wind stuwde de wolken voor zich uit. Ze had Lennard de laarzen van Willem geleend en terwijl ze de bemodderde schuiten uit de koude schuur pakte bedacht ze dat Rob ze ruim een jaar terug ook gedragen had. Het voelde een tikkeltje vreemd, maar het gevoel dat ze Willems nagedachtenis ermee ontheiligde was ze gelukkig kwijt. Ik ga vooruit, dacht ze, niet zonder ironie.

Ze liepen het hele bos door en passeerden de zwanenvijver waarin een paar uit de kluiten gewassen woerden elkaar achterna zaten. Het water spatte om hen heen. Ze vertelde van de zwaan die een paar dagen geleden dood in de berm lag. Lennard maakte een meelevend geluidje en praatte over wandelingen die hij als kind met zijn vader maakte in Meyendel, de waterleidingduinen bij Wassenaar. Hele zondagen waren ze dan van huis.

'Ik weet het nog precies; zodra het licht begon te worden op de vroege zondagmorgen hoorde ik mijn vader al in de keuken rommelen. Ik kan die specifieke geur van versgebakken eieren en pasgezette koffie zo weer oproepen. Verse koffie ruikt altijd lekker, maar die geur bij ons thuis was volstrekt uniek.' Hij zweeg even, overmand door de herinnering. 'Nou, ja,' vervolgde hij, 'voor jou zal het waarschijnlijk niet veel uitmaken. Koffiearoma is tenslotte koffiearoma. Maar het heerlijkste was de geur die je huid en je haar aannamen na een dag wandelen in de duinen. Zelfs na het douchen rook ik hem nog.'

'Ja, ik kan me dat wel voorstellen. Ik heb ook bepaalde herinneringen die heel nauw verbonden zijn met geuren. Bijvoorbeeld een verwaaide dieselgeur met frisse lucht, dan denk ik altijd terug aan de vakanties toen ik nog klein was. Tijdens de heenreis op de veerboot naar Ameland... Leeft je vader nog?'

Hij knikte. 'Ja hij is er nog. Hij kan helaas geen lange wandelingen meer maken, maar hij maakt het goed. Hij zit in een soort aanleunwoning in Scheveningen, wel met uitzicht op zee,' voegde hij er een beetje mistroostig achteraan.

'Kijk!' Ze pakte zijn arm. Een halfwas ree stond verderop op het pad naar hen te kijken.

'Niet bewegen,' fluisterde ze, maar hoewel ze stonden als standbeelden was het dier een moment later verdwenen. In zijn kielzog volgde een tweede die er identiek uitzag.

'Die zie je niet zo vaak bij ons in Meyendel,' zei hij toen de dieren met een paar elegante sprongen weer in het bos waren verdwenen. 'Daar hebben we halfwilde paarden en konijnen natuurlijk. Vossen zitten er ook.'

Ze lachte. 'Ook leuk. Worden die paarden bijgevoerd?'

'Ik geloof het wel,' zei hij. 'Hoewel… Ze zien er graatmager uit. Enfin, dan gaan ze dus gewoon dood. Nou ja, anders komen er toch teveel.'

Ze keek hem ontsteld aan. 'Hoe kun je dat zeggen? Heb je wel eens iets over die discussie over de dieren in de Oostvaardersplassen gehoord of gelezen?'

'Over dat bijvoeren? Ik heb het niet precies gevolgd, maar ik weet wel dat er uitgesproken voor- en tegenstanders zijn.'

'Wat vind jij?' vroeg ze gespannen.

Hij grinnikte. 'Nou wil jij natuurlijk horen dat ik ook vind dat ze gevoerd moeten worden. Dat wil ik dus niet. Als je beesten houdt in een min of meer natuurlijke omgeving dan moet je ook niet ingrijpen.'

'En dus moet je de arme beesten gewoon laten creperen? Dit is geen natuurlijk gebied, maar een gecreëerd domein; ze kunnen niet verder komen dan het terrein dat voor hen bepaald is en dus moeten we deze dieren ook helpen als die omgeving even wat minder te bieden heeft. Een kennis van me woont daar in de buurt, ook iemand van een boerderij. Het moet afgrijselijk zijn om te zien hoe die beesten langzaam de hongerdood sterven. Ze praat er met afschuw over, en zij zegt ook: bijvoeren!'

Hij haalde zijn schouders op. 'Dood gaan ze toch een keer. Je kunt ze ook slachten, dan leveren ze ook nog iets op.'

'Hoe kún je het zeggen!' riep Isadora verbolgen uit.

'Wat doe jij dan op die boerderij?'

'Ik slacht geen dieren,' snoof ze.

'Dat doe je niet zelf, maar wat gebeurt er met een koe die niet genoeg melk meer geeft?'

'Die gaat naar de slager,' gaf ze toe.

'En dat mag dus wel?'

'Het kan niet anders,' zei ze stuurs. 'Met paarden is het soms mogelijk om heel oude dieren in een paardenrusthuis te plaatsen, maar met koeien kan het eenvoudig niet.'

'Het blijft inconsequent,' hield hij vol.

Ze zweeg. Dezelfde discussie had ze met Harm gevoerd, maar die was het roerend met haar eens dat de dieren in de Oostvaardersplassen bijgevoerd moesten worden als ze in de winter niet zelf meer hun kostje op konden scharrelen. Harm wel, waarom Lennard niet? We kennen elkaar amper en als dit soort principiële kwesties nu al een heikel punt worden, dan… Niet aan denken, dacht ze. Probeer nu van zijn gezelschap te genieten.

Ze kwamen die middag niemand tegen behalve een jogger die ze in de verte zagen zwoegen.

Na een kleine twee uur dreef de honger hen naar huis.

'Of zullen we uit eten gaan?' vroeg hij terwijl ze het bos uitkwamen.

'Ik vind het prima, maar dan moet ik alleen iets voor Gijs regelen.'

'Hij kan toch mee?' vroeg Lennard verbaasd.

'Weet jij hoe een kind van bijna acht zich in een restaurant gedraagt?'

'Geen idee, hoe dan?' Hij grijnsde. 'Lastig waarschijnlijk. Ikzelf was als kind de braafheid zelve.'

'Dat is nu wel anders en dat mag je een andere keer ondervinden. Ik vraag meteen de buren, we komen langs hun huis. Kom maar even mee,' moedigde ze hem aan toen hij aarzelend op de weg bleef staan.

'Dit is Lennard Brouwer,' zei ze tegen Harm. 'Lennard en ik willen graag een hapje gaan eten in de stad.' Harm nam Lennard op, hij knikte naar hem en schudde zijn hand. 'Kijlstra.'

'Lennard Brouwer, aangenaam.'

Harm knikte, zonder zijn voornaam te noemen. Hij keek Isadora aan en zei: 'Breng die kleine jongen maar hier.'

'Nou, hij is er nu nog niet, dan bel ik Dorien even en zeg ik dat ze hem bij jullie af moet zetten. Jullie zijn engelen.' Ze wierp hem een dankbare blik toe.

'Bedankt,' zei Lennard. Harm knikte en deed de deur dicht. Isadora verwonderde zich over Harms afstandelijke houding. Normaal was hij veel hartelijker, maar voordat ze het erf af waren was ze het alweer vergeten.

'Misschien heb je wel gelijk,' zei Lennard toen ze in de auto zaten. Isadora keek hem van opzij scherp aan.

'Waar doel je op?'

'Op dat bijvoeren van die beesten in de Oostvaardersplassen, ik dacht er misschien iets te rechtlijnig over, sorry.' Hij pakte haar hand en kuste hem. 'Het spijt me, vergeef je me?'

'Is wel goed,' antwoordde Isadora schor.

Hij startte de BMW die nog geen twee maanden oud was en al zesduizend kilometer op de teller had staan. Hij keek geamuseerd toen ze het opmerkte en pakte weer haar hand.

'Je bent een uniek, lief mens; er zijn niet veel vrouwen die me daar op zouden wijzen, denk ik.' Hij pauzeerde even: 'Ik heb zo'n goed gevoel bij je, een heel goed gevoel.'

'Ik ook bij jou,' zei ze terwijl ze de herinnering aan hun discussie wegduwde. Hij liet haar hand niet meer los tot de motor begon te gieren en hij wel moest schakelen.

'Had ik nu maar een automaat,' mompelde hij.

Hij toonde zich een heer van de oude stempel. Voordat ze uit kon stappen, stond hij naast de auto en opende het portier. Het restaurant lag in het hart van het centrum en heette *De Bottermarckt*. Lennard hield de deur van het net heropende etablissement voor haar open en hing haar jas weg.

De knusse, kleurige zaal zat vol. Ze hadden niet gereserveerd maar toen ze even hadden gewacht met een drankje aan de bar kwam een tafel voor hen beschikbaar. Het pand was ongeveer tweehonderd jaar oud, Neo Classicisme. Er hingen vijf enorme kroonluchters aan het plafond en de bekleding op de muren was rood. Het interieur droeg de sfeer van een oud theater en pluchen stoelen zouden hier zeker niet misstaan. Een wand was gevuld met matte stenen van glas of kunststof die telkens in een andere kleur oplichtten.

'Je kunt hier ook kleine porties bestellen, small, medium of large,' merkte Isadora op.

'Heb je hier eerder gegeten?' vroeg hij terwijl hij de kaart bekeek.

'Aparte namen, hier: *Gepaneerd kabouterhuisje*, gepaneerde portobello met een romige saus van parmezaan geserveerd met zoetzure rettich. Lijkt niet verkeerd. Of hier: *Stroperige eend,* Eendenborstfilet met venkeljus en een sinaasappelstroop. Grappig hoor.'

Isadora koos drie kleine gerechten: geitenkaassalade, iets met gamba's en ze ging door de knieën voor de gepaneerde portobello, het kabouterhuisje.

'Weet je wat boerengenot is?' zei Lennard geamuseerd. 'Crème brûlée van boerenjongens. Ik vermaak me kostelijk met die inventieve namen.'

De ober nam hun bestellingen op. Lennard bestelde voor haar, wat ze erg prettig vond... Blijkbaar was ze het ontwend, al die hoffelijkheden. Geen wonder: op de boerderij was geen gelegenheid voor galanterieën.

De wijnkaart werd snel door hem geanalyseerd; het werd een Pomerol uit 2002.

'Die nemen we,' zei hij en hij pakte de menukaart uit haar handen en gaf hem aan de ober.

'Gek, weet je wat die kost?' siste Isadora.

'Dat weet ik….of wil je liever de huiswijn? We hebben toch wat te vieren, mijn lief…'

Liep die man niet te hard van stapel? Ze kenden elkaar welgeteld misschien een halve dag en nu al gedroeg hij zich of ze de liefde van zijn leven was. Zo simpel is het niet, mijn waarde Lennard, er zijn mannen voor jou geweest, waarvan er minstens één is van wie ik op dat moment dacht dat *hij* de grote liefde was. Maar zoiets komt langzaam, onontkoombaar en het kondigt zich niet aan, het is er op een gegeven moment en als je dat tegelijk voelt dan heeft het betekenis. Hij keek haar zo smachtend aan dat ze moeite had haar lachen in te houden. Hij zag het en lachte verstolen mee.

'Jij vindt het belachelijk, nietwaar?' vroeg hij. 'Ik stel me aan. Of dacht je dat niet?'

'Ik dacht dat je wel erg hard van stapel loopt. Heus Lennard, ik vind je aardig. Eerlijk gezegd zelfs meer dan aardig. Ik zou best verliefd op je kunnen worden, maar gun me de tijd. Weet je, soms heb ik het idee dat in elke man die belangstelling voor me toont de schaduw van zijn voorganger is besloten en die komt soms onweerstaanbaar naar voren.'

'Nu ook?' vroeg hij kalm.

'Niet meer. Maar net waren ze er nog.' Ze pakte zijn hand en zei met alle warmte die op dat moment op kon brengen: 'We hebben de tijd, Lennard. Laten we die nemen...'

Hij bracht haar naar huis en reed meteen door naar het westen, de volgende dag had hij een golftoernooi waar hij niet gemist kon worden.

Maar het afscheid zou niet voor lang zijn, beloofde hij. Volgende week of misschien donderdag al zou hij weer komen. Hij moest deze week naar Leeuwarden en kon misschien op de terugweg langskomen. Dan zou hij ook kennis maken met Gijs die ze nog niets over hem verteld had. Op haar verzoek zette hij Isadora aan het begin van de afslag zodat ze nog een stukje kon wandelen en even uit kon waaien. Ze zwaaide tot de rode achterlichten waren verdwenen en liep de weg af. Wat was dit een geweldige vent; dat zulke mannen nog bestonden. Ze ademde diep de boslucht in. Wat was het een heerlijke dag geweest. In een opwelling belde ze hem met haar mobieltje. Hij nam niet op, en daarom sprak ze in dat ze hem nu al miste. Een minuut later ontving ze een bericht op haar gsm van hem met drie kruisjes.

Ze liep naar de boerderij van Harm en Greetje. Gijs deed de deur open en stortte zich in de armen van zijn moeder. Hij begon honderduit te vertellen wat hij de hele middag gedaan had, maar Isadora merkte dat hij moe was.

'Hoe heb je het gehad?' vroeg Greetje.

'Heerlijk. Zo gezellig en ontspannen. Vanmiddag maakten we een lange wandeling en bij *De Bottermarckt* aan de Broederstraat hebben een hapje gegeten.'

Greetje keek haar nieuwsgierig aan. 'En, is-ie leuk?'

'Om eerlijk te zijn had ik geen idee dat dit soort mannen nog bestonden. Ik bedoel zo ontwikkeld, galant en intelligent, een droomvent.'

Gijs begon op zeurderige toon aandacht te vragen en trok aan Isadora's arm. 'Gaan we nou naar huis, mam?'

Ze knikte. 'We gaan. Dit zeurpietje moet naar bed.'

'Ik wil niet naar bed.'

'Dat had ik ook niet verwacht.' Ze glimlachte naar Greetje. 'We praten morgen verder.'

'Wat was het voor man?' vroeg Greetje aan Harm toen Isadora en Gijs weg waren. 'Je zegt er niet zoveel over.'

'Ik heb zelden een zo uitgesproken gevoel over iemand,' zei Harm bedachtzaam. 'Maar één ding weet ik wel. Ze moet uitkijken voor deze Lennard.'

'Dat zeg jij inderdaad nooit zomaar over iemand.'

'Klopt.'

Lennardbrouwer@live.nl, dat was zijn privé mailadres. Op internet had ze zijn bedrijf bekeken: een unit in een strak modern gebouw. Het notariaat was net verhuisd uit de oude binnenstad van Leiden. Die zondag stuurde Isadora de foto's die ze de vorige dag van hen genomen had per mail naar hem toe. De ober had ook een paar kiekjes gemaakt die erg leuk waren. Maar Lennard reageerde niet. Wel kreeg ze twee dagen later een mailtje van hem dat hij de foto's erg leuk en geslaagd vond. Helaas ging zijn reis naar het noorden deze week niet door, het was jammer dat ze elkaar niet konden zien. Maar het moest ook niet te snel gaan, schreef hij, want daar had hij geen goede ervaringen mee.

Ze antwoordde enigszins teleurgesteld dat ze het wel begreep en verder stond ze er niet bij stil. Waren hardlopers immers geen doodlopers?

Een week lang hoorde ze niets van hem tot ze een mail ontving waarin hij schreef dat het niet goed met hem ging. Hij vertelde dat hij had geprobeerd haar te bellen en omdat dat niet gelukt was had hij besloten om zijn gevoelens op te schrijven. Het was een korte bijna zakelijke mail. Het gevoel voor haar was verdwenen. Hij wilde niet verder en wenste haar het allerbeste. Isadora zat met een droge mond achter de computer een antwoord voor te bereiden: dat hij niet eerlijk was geweest, dat ze in de war was en dat er maar één reden voor dit gedrag kon zijn. Een andere vrouw. De volgende dag schreef hij dat dit absoluut niet het geval was. Het had hem ook overvallen en hij voelde zich er beroerd onder. Maar het gevoel van die zaterdag was echt en puur.

'Bindingsangst,' zei Greetje toen Isadora haar hart bij haar kwam uitstorten. 'Iets anders kan het niet zijn.'

'Of hij heeft al die tijd toneelgespeeld. Of hij liegt en is er toch een andere vrouw in het spel, maar ik zal het waarschijnlijk nooit weten.'

'Ach meid, ik vind het zo rot voor je. Als iemand het verdient dan ben jij het.'

Isadora verbeet haar tranen. *'C'est la vie.'*

'Ze houdt zich zo groot,' zei Greetje later tegen Harm, 'maar ik heb wel met haar te doen.'

'Tja, ik had meteen al argwaan bij die rare kwibus. Die man is begin vijftig en bemiddeld. Hoe kan zo iemand geen vrouw hebben?'

'Je mag nooit generaliseren. Isadora is ook bemiddeld en heeft ook geen man, met haar is toch ook niets mis? Er zijn ook normale mannen die alleen zijn.'

'Daar heb je wel gelijk in, maar dit was hem niet voor haar.'

Gelukkig heb ik niet met hem geslapen, overdacht ze toen ze naar huis liep. Al voelde het wel zo. Ze had veel met hem gedeeld, maar dat was ook wederzijds geweest. Hoewel, wat kende ze hem nou? Misschien was hij een fantast en had hij nooit op een boerderij gewoond, was hij opgegroeid in kindertehuizen en tijdelijke pleeggezinnen. Ze vond het zo erg wat haar overkomen was. Het leek of ze abrupt uit een euforische droom ontwaakte, alsof hij nooit echt geweest was. Een droomstart waaruit ze ruw ontwaakte, maar wat moest je dan in de liefde? Je gereserveerder opstellen was misschien beter, maar hoe deed je dat? Moest je op je verstand afgaan? Zo gingen veel mensen met liefde om, maar ze twijfelde of ze dat zou kunnen. Je moet toch op z'n minst iets voelen? Die helderziende gaven... waarom waren ze niet gekomen toen ze die nodig had. Ze wist het antwoord daarop. Ruim een jaar geleden waren ze er wel geweest en het was een afgrijselijke ervaring, maar even plotseling als ze waren gekomen, waren ze ook weer verdwenen, tegelijk met Rob, toen de relatie met hem eindigde. Het was een onbegrijpelijke geschiedenis, bijna bizar, waaraan ze niet graag terugdacht. Misschien was dit het leven wel voor haar: een goed leven, gezondheid, een schat van een zoon, lieve vrienden waar ze echt wat aan had en dat was het dan. Geen man.

De rest van de dag bracht ze door in haar geïmproviseerde atelier in de schuur, waar ze werkte aan een stilleven. Het ware genot van de kunst is het maken, dacht ze toen ze aan het eind van de dag naar de vrucht van haar handen keek. Scheppen, iets uit niets maken. Het had een sacrale betekenis.

6

De brief was klaar. Greetje las hem nog eens grondig over en knikte tevreden. De programmaleiding had duidelijk gezegd dat geïnteresseerden alleen kans maakten als ze zelf schreven, maar dit was anders: hier zocht een boerin een man. Vrouw zoekt Boer. En wat voor een vrouw, dacht Greetje. Ze las de zin nog eens over waarin ze haar buurvrouw aanprees: Isadora was mooi en jong, net veertig en in de bloei van haar leven. Zo was het goed. Ze vouwde de brief op. Vanavond zou ze hem aan Harm laten lezen.

En Harm las hem 's avonds bij de lamp. Hij wordt ouder, dacht ze vertederd toen ze hem met zijn leesbril op in het schijnsel van de ouderwetse lamp zag zitten.

'Ze wil het toch niet,' was het eerste dat hij zei. 'Je weet toch hoe ze over dat programma denkt.'

'Ja, maar dat was voordat ze die snuiter uit Leiden had ontmoet. Wie weet zit er iemand tussen waar het mee klikt,' bracht Greetje in.

'Nou ja, stuur hem maar weg, ze kan zich altijd nog terugtrekken. Ik praat het je toch niet uit het hoofd, maar je moet het haar wel gaan vertellen. Straks overvallen ze haar met een cameraploeg in haar huis. Mens, wat haal je allemaal aan, besef je dat wel, straks komen ze nog hier in huis filmen, heb je daar zin in?' Harm keek zijn vrouw aan.

'Dat moeten we dan maar voor onze buurvrouw over hebben. Maar Harm, dan trek je toch een burka aan... Probleem opgelost!' Ze lachten beiden.

's Nachts lag Greetje te malen. Ofschoon Harm er niets van afwist, hadden de twee vrouwen het er al een tijd over gehad om hulp op de boerderij te nemen. De kaasmakerij had de mogelijkheden en de potentie om te groeien en die groei zou welkom zijn, want de prijs van de melk was de laatste tijd drastisch gedaald zodat Harm en Greetje daar maar een klein deel van hun inkomsten mee verwierven. Formeel waren de twee bedrijven gescheiden, maar er was een stilzwijgende afspraak om elkaar te ondersteunen als het met de een vanwege het prijsbeleid wat minder liep. Isadora verwerkte een groot deel van de melk van haar buren en als de melkprijs daalde zoals nu het geval was hield ze vast aan de prijs voor de crisis. Omgekeerd: als de melkprijs steeg, rekenden Harm en Greetje aan haar de prijs vóór de stijging door. Isadora was het van harte met deze werkwijze eens, maar het was net alsof het haar allemaal minder bezighield. Deels begreep Greetje dat ook wel. Isadora had kunstenaarsbloed, ze was in dit leven verzeild geraakt door Willem, God hebbe zijn ziel. Maar hun toekomst stond op het spel, er moest binnenkort wat gebeuren, een man erbij voor de kaasmakerij, wat op dit moment het beste rendement opleverde en later een hulp op de boerderij.

'Wat een zak,' zei Renée. Ze nam een slok van haar cappuccino en keek Isadora met een meelevend grijnsje aan.
'Tja, je hebt wel gelijk.' Ze hàd gelijk, dacht Isadora, maar waarom voelde het opeens als verraad? Ze zaten in *Het Kroegje*, een knusse pijpenla in de oude binnenstad. Het was vier uur in de middag, maar het liep vol en de weinige tafeltjes waren allemaal bezet. Bezoekers lazen de krant of speelden spelletjes. Op het tafeltje van Isadora en Renée lag een kartonnen ondergrond van

Ganzenbord met houten pionnetjes waarvan de verf afgebladderd was.

'Ik snap niet dat mensen hun kinderen meenemen naar de kroeg. Die horen hier toch niet thuis?' zei Isadora.

'Verveel je je?' vroeg ze aan een fors kind van een jaar of tien dat apathisch op een stoel hing. Hij knikte. Zijn moeder zat tegenover hem en was zo druk in gesprek met een vriendin, dat ze niet eens merkte dat Isadora met haar zoon praatte.

'Wil je een spelletje doen?' vroeg ze, maar hij antwoordde dat hij er net klaar mee was.

'Hallo,' zei Renée, 'ben ik in beeld? We hadden het nu even over jou.'

'Ja, wat een bizar verhaal hè,' zuchtte Isadora. 'Dat overkomt mij weer.'

'Inderdaad, en je weet dat er maar één remedie op is hè?' Renée maakte een gebaar of ze zand over haar schouders gooide. 'Weg ermee, niet meer mee bezig zijn, hij is het niet waard, hij is *jou* niet waard, in geen duizend jaar.'

'Je hebt gelijk, maar denken en voelen zijn twee dingen.' Isadora keek bedrukt.

'Weet ik, meid, maar je moet het toch proberen.'

'Dank je wel.' Ze kneep even in Renée's arm.

'Eddy vraagt trouwens nog steeds naar je,' zei ze met een speels lachje. 'Waarom spreek je niet een keer met hem af, het is toch best een leuke vent?'

Isadora leunde achterover. 'Ja, hij is wel leuk, maar de wereld zit vol leuke mannen. Als ik iemand ontmoet dan moet ik wel een gevoel hebben van *wow, wat is dat..?*'

Ze lachten. 'Dat is waar,' gaf Renée toe. 'En dat had je bij die Lennard?'

Isadora knikte. Ze grijnsde ineens.

'Waarom lach je, mag ik ook even meegenieten?'

'Weet je nog dat ik een paar jaar geleden die dikke man ontmoette? Hij kwam uit Breda, Joost heette hij. Had een goede baan, ontwierp vakantiewoningen. Ik had mijn eerste expositie na een lange tijd in het *Paard van Troje*, weet je nog?' Renée knikte.

'Vlak voor de kerst was Joost helemaal uit het zuiden gekomen om bij de opening te zijn. Bijzonder aardig natuurlijk. Hij had zijn moeder meegenomen. Enfin, een hele kermis, de tentoonstelling werd geopend door de wethouder cultuur, er waren veel mensen gekomen, het is natuurlijk een enorm gebouw. Joost feliciteerde me. Ik vroeg naar zijn moeder en kreeg een vaag antwoord waar ik niets van begreep. Het slot van het liedje was dat zijn moeder het vertikte om mij een hand te geven en zich voor te stellen. Ik heb hem die avond niet meer gezien. Hij is vrijwel meteen weer naar het zuiden gereisd.'

'Wat!? Dat heb je nooit verteld, ik weet nog wel dat je zei dat hij een extreme band met zijn moeder had.'

'Ach nee meid, dit is weer zo'n absurd verhaal. Ik heb hem er later wel mee geconfronteerd. Ik vond het bespottelijk dat zijn moeder zich zo gedroeg, maar hij ging haar ook nog verdedigen. Ik zal je de details besparen. Schoolvoorbeeld van een Oedipus-complex.'

'Echt? Ongelooflijk.' Renée schudde haar hoofd en maakte een sceptisch geluid.

'Ook bij latere ontmoetingen gedroeg mama zich als een jaloerse ex. Ik kan er nu om lachen, maar tegelijk word ik ook weer boos.

Dat heb ik weer… Blijkbaar heb ik patent op rare kerels.'

'Zullen we nog eentje nemen?' zei Renée. Ze hield de serveerster aan en vroeg: 'Mogen we nog een cappuccino?'

Het meisje, dat het blijkbaar erg druk had, gaf met een kort knikje te kennen dat ze de bestelling had gehoord.

Een week later ging in huize Kijlstra de telefoon. Het was donderdagochtend. Harm was net klaar met de stallen en Greetje schonk voor hen beiden koffie in. Harm nam op.

'Voor jou,' zei hij met een geamuseerde uitdrukking terwijl hij haar de hoorn overhandigde.

'Wie is het?' vroeg ze.

'Dat hoor je wel,' grinnikte hij.

Ze trok een lelijk gezicht naar Harm. Flauwe vent.

'Met mevrouw Kijlstra?' vroeg een hoge opgewekte stem. 'U spreekt met Brenda Vermeulen van het programma *Boer zoekt Vrouw*. Ik bel naar aanleiding van uw brief. U schreef over uw buurvrouw…' Het bleef even aarzelend stil aan de andere kant. Greetje hoorde geritsel van papier en toen vervolgde de stem 'Eh…Isadora… U bent twee maanden te laat met reageren, want de oproep voor boeren die actief mee wilden doen is allang voorbij. Maar een van de boeren heeft zich teruggetrokken en we vonden het op de redactie een goed idee om het eens om te draaien: *Vrouw zoekt Boer*.'

'Maar dat is fantastisch, ze kan dus nog meedoen?'

'Ja, maar we hebben wel haast. We zijn een week geleden begonnen met opnamen bij de boeren, dus we willen morgen komen draaien.'

'Morgen al, dat is wel heel kort dag.' Het zweet brak haar ineens uit.

'Ja, ik begrijp dat we u hiermee overvallen, maar dit is de enige mogelijkheid.'

Greetje handelde snel, noteerde het telefoonnummer en beloofde binnen het uur terug te bellen.

'Afgesproken, ik hoop echt dat het doorgaat,' zei de presentatrice hartelijk.

Greetje had een kleur gekregen en stond met de hoorn in de hand. Harm begon te lachen.

'Ja, dit kon gebeuren, dat wist je.'

'Ik had er niet meer bij stil gestaan. Wat zal ze ervan vinden?'

'Tja, dat zal je d'r zelf moeten vragen, vrouw. Kom nu eerst maar een bakkie doen.'

'Ze is er niet,' zei Greetje. Ze hadden twee keer aangebeld en er verscheen niemand. 'De auto staat er wel.'

'Misschien zit ze in het atelier.' Harm liep om de boerderij en bonsde op de deur aan de zijkant. Door de kleine raampjes zag hij haar zitten achter haar ezel. Toen ze hem zag, gebaarde hij dat hij weer naar voren liep. Isadora legde de kwasten neer. Een beetje verbaasd was ze wel toen Greetje en Harm samen voor de deur stonden. Greetje keek gespannen en Harm grijnsde wat.

'Kom erin. Koffie?' Ze liet hen binnen. 'Er is toch niets?'

'Welnee, meid,' zei Greetje snel. Isadora schonk koffie in met warme melk, zoals Harm het graag dronk.

'Greetje heeft je wat te vertellen,' zei hij.

'Weet je nog het televisieprogramma dat je laatst bij ons zag?'

begon Greetje terwijl ze een hoogrode kleur kreeg.

'Ja....'

Harm liet hen even alleen. Sinds een week kreeg hij 's middags hulp van een stagiaire, die Polle heette. Het was een schriele jongen, tweeëntwintig jaar oud. Hij studeerde aan de landbouwuniversiteit en wilde in de toekomst biologisch gaan boeren. Toen Harm hem voor het eerst zag, had hij zijn twijfels want hoe kon een jongen met het lichaam van een kind het fysiek zware werk in de stallen klaarspelen? Maar hij werkte als een paard en rustte niet voor dat alles aan kant was en de stallen er schoon en opgeruimd uitzagen. Het klikte tussen die twee. Biologische boerderijen waren in dit land van duizend en één regels een moeilijk verhaal, had Harm hem gezegd en hij informeerde of Polle misschien wilde emigreren. Eerst hier proberen had Polle geantwoord. Ze lieten het toekomstperspectief van de jongen voor wat het was en keerden terug naar de arbeid.

In de melkstal kwam Polle onder een koe vandaan en had het melkstel met de bekers in zijn rechterhand. Zijn donkere haar plakte tegen zijn voorhoofd.

Harm was tevreden. Het liep hier prima zonder zijn aansturing en na een praatje waar de drukke Polle amper de tijd voor had, liep hij weer naar de boerderij van Isadora.

Een grote haas zat doodstil in het weiland dat hun erven scheidde en de wind trok aan de bomen. Het was nog geen lente.

Greetje zat gespannen op de bank. Zoals ze al verwachtte had Isadora vol ongeloof op hun verhaal gereageerd en Harm gaf haar vierkant gelijk dat ze het afwees.

Ze was boos geworden en had hen voor bemoeizuchtig uitgemaakt. Ook daar had ze gelijk in, maar hij kon moeilijk zijn vrouw afvallen en ze hadden het min of meer samen bekokstoofd. Maar Isadora hield van avontuur en impulsief had ze plotseling ingestemd, op voorwaarde dat ze gewoon door kon gaan met haar werk. Dat zou wel gaan, dachten ze beiden. Het was immers geen opgesmukt programma, maar *real life*. Hij glimlachte om Greetje's grapje over de burka. Het hield wel in dat ze morgen met een cameraploeg over de vloer kwamen. Greetje hielp met het ordenen van haar huis. Al vond Isadora het onzin om het speciaal voor het programma te doen, boende Greetje op de ramen, klopte karpetten uit en stofzuigde het halve huis.

'Het is mooi zo, Greetje,' zei Isadora na een paar uur. 'Ik heb er genoeg van. Zo moet het goed zijn.'

Ze kwamen met vier auto's, waarvan één regiewagen, drie cameramannen, een styliste, een visagiste, een regisseur met twee assistenten en natuurlijk presentatrice Brenda Vermeulen, de mooie blonde dame die ze duidelijk herkende. Nu pas zag Isadora de fijne lijntjes die op televisie zorgvuldig waren weggeschminkt onder dikke lagen make-up. Brenda schudde haar de hand en liep ongevraagd samen met de styliste het huis binnen. Ondertussen stelde de regisseur zich voor als Jan Huitz. Huitz was klein en een beetje gezet. Twee vriendelijke ogen keken nieuwsgierig door een zwarte hoornen bril de wereld in. Hij had een dikke bos zwart haar. Isadora schatte hem midden veertig. Brenda kwam terug en begon meteen te ratelen over meubelstukken die verplaatst moesten worden vanwege een verkeerde lichtinval.

'Pardon?' vroeg Isadora gepikeerd.

'Sorry, ik zal het even uitleggen... We willen alles zo mooi mogelijk filmen, zodat het er goed uitziet op televisie, zo compleet mogelijk. Dus…'

'Dat lijkt me toch voor jullie niet moeilijk als televisiemakers; er wordt niet geschoven met meubilair.' Isadora zette haar handen in haar zij. Dit moest niet gekker worden.

'Prima,' zei de regisseur. 'We doen het op jouw manier.'

Isadora zag de verbijsterde blik van de presentatrice Brenda die zich echter snel herstelde en haar opgeruimde televisiegezicht weer opzette.

'Waar kunnen we rustig zitten om alles door te nemen?' vroeg Jan.

Isadora noodde hen in de keuken en na tien minuten begonnen ze al te draaien. Eigenlijk viel het haar wel mee. Door de onlangs opgedane ervaring met de datingsite gaf ze al snel het beeld dat ze zochten: een intrigerende vrouw in een speciaal boerenbedrijf. Ze schetste uitgebreid haar kaasmakerij, vertelde over haar buren die haar hielpen en de verantwoording droegen aangaande haar deelname aan dit programma. Dat laatste zei ze met een schalkse dreiging en iedereen lachte. Ze zocht een man met belangstelling voor kunst, een facet dat steeds belangrijker werd in haar leven. Weliswaar had ze die passie weggestopt en zich op het boerenleven gestort, maar de laatste tijd borrelde het weer naar boven. Ze wist ook dat ze deze prachtige woonplek niet wilde missen, maar de kost moest ook verdiend worden. Ze pareerde de lastige vragen van Brenda Vermeulen en gaf intelligente antwoorden.

'Welke leeftijd denk je aan?'

'Ach, dat vind ik niet zo belangrijk.' Isadora dacht na, 'Ik moet iets van hem kunnen leren.'

'Hoe bedoel je dat?'

Isadora had geanticipeerd op deze vraag. 'Het is een breed begrip: het betreft algemene zaken, dingen kunnen overzien en kunnen relativeren, maar het gaat ook om andere aangelegenheden, dan kom ik terug op cultuur. Ik schilder en ik zoek iemand die daar iets mee heeft, dus niet iemand die de schilderijen het liefst ergens in een boerensloot ziet liggen.' Grote hilariteit alom.

'Heb ik het goed gedaan?' vroeg ze na afloop van de opnamen aan de regisseur.

'Je bent ontspannen en natuurlijk voor de camera. Helemaal jezelf. Ik heb genoten, we gaan er iets moois van maken.'

'Ik weet het niet, hoor,' zei Brenda later tegen Jan, de regisseur, toen ze weer onderweg naar Hilversum waren. 'Een boer met culturele belangstelling, die bestaat toch niet?'

'Hoe weet je dat zo zeker? Ben jij zo'n kenner van alle alleenstaande mannen?'

'We hebben het hier wel over boeren hè?' Ze keek even opzij. 'Heb jij weleens een boer ontmoet die op pianoles zit of op schildercursus of een passie heeft voor musea?'

'Jazeker,' antwoordde Jan met een lach.

'Nou, ik niet. Ik zal Gabriëlla zeggen dat we haar eruit moeten laten, dit wordt niets.'

'Brenda, ik vond haar geweldig. Ze is mooi, intelligent, welbespraakt, kortom ze heeft kleur. Net wat nodig is, zeker als contrast met die Pieter bijvoorbeeld.'

'Ja, die kreeg de kaken amper van elkaar af,' gaf Brenda toe.

'We hebben niet veel tijd en de uitzending is volgende week. We moeten in ieder geval nu al extra tijd gaan inruimen voor de montage.'

'Dat verhaal van dat echtpaar deed het wel goed,' mijmerde Brenda. 'Die man is echt een komisch talent, hoe hij dat uiteenzette van zijn vrouw, en hoe ze het haar gisteren samen gingen vertellen. Schitterend.'

En Isadora... Ze is prachtig, dacht Brenda. Ze was zichzelf en bleef in alle opzichten kalm ondanks alle camera's die op haar in zoomden. Dat had ze wel anders meegemaakt: kandidaten die het zweet in de handen stond zodra de camera begon te snorren en in hun zenuwen nauwelijks uit hun woorden konden komen. Een van de boeren had in een van de eerste uitzendingen gezegd dat het net leek alsof ze een enorm kanon op hem richtten, maar Isadora bleef ijskoud toen de camera langzaam dichterbij reed en zijn enorme oog op haar gezicht inzoomde. En Brenda merkte dat Jan - anders altijd de koele regisseur die met gepaste reserve naar de talloze vrouwen in de uitzending keek - gecharmeerd van haar was, net als de andere collega's. De visagiste was maar kort met haar bezig geweest en toen Brenda zonder dat beiden dat in de gaten hadden even in de deuropening van de kleedkamer was blijven staan hoorde ze dat het meisje Isadora complimenteerde met haar huid. Brenda had zich haastig uit de voeten gemaakt en haar gram willen halen voor de camera in een vraaggesprek waarin ze de meest confronterende vragen had gesteld die ze kon bedenken, maar onze boerin had haar opzet doorzien en zich er handig doorheen gemanoeuvreerd. Ze zuchtte; liever tien stugge boeren die in hun schulp kropen dan één zo'n vrouw.

7

Eén week later, op zondagavond zaten Greetje en Harm gekluisterd aan de buis. Het toestel stond afgestemd op Nederland 1. Harm haalde nog snel zijn favoriete snack uit de keuken: een portie kaas met augurk die hij 's middags al in de koelkast had gezet.

'Harm, ze beginnen!'

Hij rende terug en plofte op de bank. Greetje kreunde: 'Harm, wat ben je toch een kluns, kijk nu wat je doet!' Een plens rode port was op haar trui terechtgekomen.

'Trek die trui maar uit, ik stop hem in de week en haal een schone van boven.' Bonkend liep hij de trap op. Greetje liep in haar bh naar de keuken om een doekje te pakken; er waren ook spetters op de bank terecht gekomen.

Nog nahijgend installeerde ze zich op de bank. De begintune was net afgelopen. Ze begonnen met een korte terugblik. Aalt was een kalende varkensboer uit het oosten. Zijn schaarse haarslierten hingen langs zijn ongeschoren kaken. Greetje rilde. Al was het de laatste man op aarde… Aalt praatte over de varkenshouderij en vertelde dat hij ruim honderd zeugen had waarvan ongeveer de helft drachtig was. De stallen waarin de dieren op roosters lagen kwamen kort in beeld. Aalt had twee zonen, beiden zaten nog op de basisschool. De jongste was negen. Er waren gesprekjes met de jongens terwijl ze uitrustten van het springen op de enorme trampoline die voor het huis stond opgesteld. Brenda vroeg naar hun beeld van de ideale vrouw voor hun vader. De jongste, een knul met forse vooruitstekende tanden, lachte verlegen, maar kon niet uit zijn woorden komen. Zijn broer met zo'n zelfde gebit drukte zich iets beter uit. Geef die kinderen een beugel, dacht Greetje, het is geen gezicht.

Harm was beneden gekomen. Hij gaf Greetje haar trui en stak een stukje kaas in zijn mond.

'Wie is dit?' vroeg hij.

'De eerste boer die zich voorstelt,' zei Greetje kortaf. 'Lieten ze vorige week al zien.'

'Gewoon iemand die lekker voor ons kan koken,' zei de jongen met de konijnentanden.

Brenda haakte er op in. 'Echt? Is dat het enige waar ze aan moet voldoen, lekker koken? Daar heeft je vader vast niet genoeg aan. Denk eens goed na.'

Het eerste kind had een ingeving. 'Ze moet het niet erg vinden om veel auto te rijden, want als we naar school of naar het zwembad gaan, dan moet zij ons misschien wegbrengen.'

'Ja, maar,' zei Brenda, 'nu hebben jullie het alleen maar over dingen die voor jullie belangrijk zijn. Denk nu eens aan je vader.'

'Ze moet goed kunnen schoonmaken,' begon het konijntje weer. Maar de oudste wierp zijn broertje een boze blik toe.

'Ik denk dat pappa het wel heel fijn vindt als ze af en toe meehelpt en het huis gezellig maakt voor hem.'

'En ze moet van kamperen houden,' riep de jongste, blij dat hij iets zinnigs ingebracht had.

'Niets voor Isadora,' zei Harm. Greetje zweeg.

De tweede boer heette Joop, een kleine slanke man van begin dertig. Een lang uitgerekt gezicht met donkerblauwe ogen. In zijn voorhoofd zaten diepe groeven. Brenda interviewde hem buiten. Hij leunde tegen een hek, krampachtig relaxed.

'Wat heb je een vrouw te bieden?' vroeg Brenda. Hij gebaarde naar de weilanden om hen heen. Verderop stonden flatgebouwen en de snelweg lag maar een paar honderd meter van de boerderij af, ze hoorden het verkeer razen.

'Ja, dat is de omgeving hier, maar wat heb *jij* haar te bieden?'

Hij zweeg even. 'Nou gewoon mezelf,' zei hij tenslotte, 'Ik ben een gewone gezellige jongen die van het leven houdt.'

'Mooi antwoord,' zei Harm.

De derde boer had een pluimveebedrijf. Beelden van duizenden kippen, merendeels half kaal, die opeengepakt in enorme plastic bakken werden gehouden.

'Hè bah, een legbatterij,' zei Greetje.

De vader van de trouwlustige kippenfokker was te zien in een promotiefilmpje. Hij noemde wel zes keer de term lieve vrouw en hij bleef herhalen dat zijn zoon zo'n goede partij was.

'Man, vertel nou eens waarom jouw zoon zo speciaal is!' zei Harm. Maar de vader was uitgepraat en het fragment was alweer voorbij.

'Hé, nu komen wij.' Harm herkende de plek waar het inleidende gesprekje opgenomen was. De presentatrice had het over een uniek exemplaar, een boerin die haar mannetje stond. Harm verscheen met zijn hoofd helemaal in beeld.

'Wat een oude kop,' mompelde hij.

Brenda ontmoette hem op de binnenplaats. 'U bent de eerste boer die ik een hand geef die niet op zoek is naar een vrouw.'

'Klopt, klopt,' reageerde hij schuchter.

'Maar uw buurvrouw Isadora wel en u heeft samen met uw vrouw geschreven, zonder dat ze het wist.'

'Nou, het initiatief lag meer bij mijn vrouw. We hopen dat ze iemand vindt waarmee het klikt en die wat boerenbloed heeft.'

Isadora droeg een prachtige jurk waarin haar figuur perfect uit kwam. Haar gezicht was mat en egaal door de make-up. Harm vond altijd dat ze het totaal niet nodig had, die rommel op haar gezicht.

'Ze is helemaal zichzelf, het lijkt of ze totaal geen camera-angst heeft,' fluisterde Greetje.

'Ze hamert wel op dat schilderen,' zei Harm. 'Wat hebben we nou aan kunst tussen de koeien?'

'Harm, rustig aan. Ging het niet om haar keuze?'

'Je hebt gelijk, vrouw,' mompelde hij.

Ineens zaten de twee vrouwen in de kaasmakerij, in beschermde kleding compleet met haarnetje.

'Jij gebruikt onder andere colostrum hè?' In de witte overall zag Brenda er ineens heel anders uit.

'Je hebt je huiswerk goed gedaan, juffie…' mompelde Harm.

'Ja,' zei Isadora, 'inderdaad biest, de eerste melk die de koe geeft als ze net gekalfd heeft.'

'Wat is er zo bijzonder aan? Waarom gebruik je het in de kaas? Het is nogal bewerkelijk lijkt me, je moet de koe dan toch met de hand melken?' vuurde Brenda haar vragen af.

'Biest zit vol extra vitaminen en speciale eiwitten en het is lekker vet. De koe geeft alleen de eerste dagen na de geboorte van het kalf biest, dus je moet er snel bij zijn. Er zitten allerlei afweer-stoffen in, maar het is niet eenvoudig om het te verwerken in de kaas.'

'Hoe doe je dat?' vroeg Brenda.

Isadora lachte. 'Als ik dat zou verklappen zijn er morgen honderd speciale kaasmakerijen en dan ben ik mijn unieke positie kwijt.'

'Goed zo, meid. Vertel ze niet teveel.' Harm zat op het puntje van de bank. Wat lacht die meid toch leuk. Idioot dat ze met zo'n mal programma mee moet doen om aan een vent te komen. Hoe zeiden ze dat vroeger: zo'n meid kan er tien aan elke hand krijgen. Hij zou het wel weten. En tegelijk borg hij het idee diep in zijn gedachten.

De laatste beelden waren van de colonne die de dijk afreed terwijl Isadora ze uitzwaaide.

De telefoon ging, het was Isadora die bij Renée en Allon met wat vrienden de aflevering bekeken had. Gijs had ze natuurlijk meegenomen.

'En, hoe vonden jullie het?'

'Ik leek wel een oude kerel, verschrikkelijk,' zuchtte Harm.

'Ach welnee, jij ziet er nog steeds uit als dertig,' lachte Isadora.

'Onzin.'

'Nu vooruit, vijfendertig dan.'

Greetje nam de hoorn over. 'We hebben genoten. Wat kun je dat goed zeg, je was volkomen natuurlijk. Nu hopen dat er een leuke man tussen je brieven zit. We zijn trots op je.'

Ze kreeg er bijna duizend. Alle leeftijden, trouwlustigen van dik over de vijftig, boeren die in ruste waren en het wel zagen zitten met een 'jong energiek wief,' zoals er eentje Isadora noemde. Renée was gekomen om haar te helpen. In het begin lazen ze alle verhalen, maar na een poos maakten ze een snellere selectie door een blik op de foto te werpen en de mannen die niet inhaakten op culturele bagage legden ze weg, enkelen uitgezonderd. Ruim een kwart van alle briefschrijvers was onder de dertig.

'Compliment voor je, maar je kunt er natuurlijk niets mee.'

'Als ik een man was, zou niemand opkijken als ik een tien jaar jongere vrouw zou uitzoeken.'

'Je hebt gelijk, maar ik dacht dat jonge mannen jou niet zo boeiden.' Renée keek Isadora aan.

'Klopt. Ik zoek iemand met levenservaring, die kan relativeren en de stormen in mij kan laten luwen, maar je moet nooit generaliseren. Er kan een jonge man tussen zitten met die eigenschappen. Maar onder de dertig is inderdaad te jong.' Isadora stond op om een pot thee te zetten.

'Heb je niets anders?' zei Renée toen ze hoorde hoe Isadora de ketel vulde.

'Ach, ja natuurlijk, ons alcoholistje,' schertste Isadora. 'Het is na vieren. Rood of wit?'

Ze koos tien brieven uit, al had ze het liever bij drie gehouden. Haar favoriete man was zesendertig en werkte als huisarts op het platteland in Friesland. Een lang smal gezicht keek haar ernstig aan op de bijgevoegde foto. Nooit getrouwd, geen kinderen, hij bewoonde een mooi symmetrisch pand in een klein dorpje. Het leek een man uit vervlogen tijden. Renée vond hem niets voor haar vriendin omdat hij haar nooit zou kunnen bijhouden, volgens haar.

'Hij is te zacht voor je. Deze man wil een rustig stabiel leven, gewoon elke zondag naar de kerk. Het liefst nog twee keer ook,' voegde ze er nog dreigend aan toe.

'Hoe kom je daar nu bij?' schaterde Isadora. 'Er staat toch niets

in over godsdienst?' Ze las de brief nog eens aandachtig over.
'Nee, ik vind hem leuk, beetje ernstig misschien.'
'Te veel ernst is niet goed voor jou, en wat moet een huisarts in
vredesnaam op een boerderij?'
'Lees dan! Hij is geboren en getogen op een boerderij.' Isadora
legde de brief opzij en keek haar vriendin aan.
'Zeg eens eerlijk: denk je dat *hij* er tussen zit?' Ze wierp een blik
op de enorme stapel brieven.
'Ik hoop het. Kom, laten we proosten, op *HEM!*'

De dag van de eerste kennismakingen brak aan. *"De speeddate"*
noemden ze het. In de vroege morgen toog Isadora zuidwaarts.
In de buurt van Nijmegen moest ze zich melden op een idyllisch
gelegen landgoed. De weg er heen verliep verre van soepel. De op
het laatste moment aangegeven wegversmallingen zorgden voor
paniek, waardoor automobilisten volop in de ankers gingen en zo
een onvermijdelijke file vormden. Cruciale afritten waren afgesloten zodat ze kilometers moest omrijden. Waar ben ik toch aan
begonnen, dacht ze, niet voor het eerst deze week.
Het was een sombere dag, ook al was het bijna zomer. Buiten was
het een graad of zeventien. Ze had het koud achter het stuur en
er stond kippenvel op haar blote benen. De blower blies warme
lucht vanaf haar voeten naar boven.
Eindelijk doemde het jachtslot op. Ze keek omhoog. Een mooie
ronde torenkamer gaf het pand een bijzondere uitstraling. Het
leek een beetje op een witte bruidstaart. Bijzonder... Haar hu-
meur verbeterde bij het vooruitzicht dat ze hier de hele dag te
gast zou zijn. Toen ze het terrein opreed van het Landgoed Moo-

kerheide werden er meteen camera's op haar gericht. Als ze mijn kenteken maar niet laten zien op tv, ging het door haar hoofd. Ze vroeg aan een van de cameramannen waar ze heen moest. Hij gebaarde naar rechts en ze volgden haar totdat ze opgevangen werd. Grote witte zuilen ondersteunden de overdekte ingang. Een andere ploeg filmde binnen. Ze maakte haar entree in een statige hal, blij met haar kledingkeuze, een beige mantelpakje met een uitgesneden hals en hoge hakken. Het had wellicht niet het boerse dat ze hier verwachtten, maar dat interesseerde haar niet. Op de boerderij liep ze er altijd onflatteus en praktisch bij. Daar had het geen enkele zin om je mooi aan te kleden. Buitenshuis wilde ze er altijd verzorgd uitzien.

De ontvangstruimte was prachtig en werd gedomineerd door een majestueuze trap in het midden met houten zijpanelen. Aan beide zijden van de ruimte was een fraai bewerkte lambrisering aange- bracht. Gezeefd licht viel door een raam met een indrukwekkend Jugendstilmotief.

'Welkom,' zei Brenda hartelijk. Ze droeg een rood wit geblokte jurk, waardoor ze eruit zag of ze zo uit de boerenkeuken kwam. Een dergelijk stofje heb ik thuis in de kast liggen, het is een thee- doek, schoot het ineens door Isadora's hoofd.

'Was het te doen, het rijden?'

Ze hadden haar de mogelijkheid geboden om zaterdagavond al- vast te komen en te overnachten in een hotel, maar daar had ze geen zin in. Dan moest Gijs het zo lang zonder zijn moeder stel- len. Ze knikte en verzweeg het ongemak van de reis.

Een assistent nam haar mee naar de kamer waar zes boeren aan de koffie zaten. Allen keken op toen ze binnenkwam.

'Dit moet onze Isadora zijn.' Een potige man met kleine varkens-oogjes stapte op haar af.

'Hendriks uit Alblasserdam. Fijn dat je er bent. Goede reis gehad?'

Isadora maakt een rondje en stelde zich aan iedereen voor, de meeste handen voelden klam aan en ze wilde zich graag even verfrissen, maar zag geen mogelijkheid.

'Jullie hebben hier de nacht in het hotel doorgebracht?' vroeg ze terwijl ze de koffie dronk die Hendriks voor haar had ingeschonken.

'Niet hier, hoor, dat is te chique voor ons soort.' Er werd gegrinnikt.

'Ergens hier een paar kilometer verderop, een eenvoudig adresje. Prima geregeld hoor, daar niet van. Gert legde het al aan met het kamermeisje...'

De mannen gniffelden. Hendriks wees naar een jonge man met blozende wangen, die met twee andere mannen op de bank zat.

'Kon weer niet wachten.' Hendriks trok een meewarig gezicht.

'Ach nee man, je kletst uit je nek.' De aangesprokene sprak zacht en werd nog roder. 'Ze was geïnteresseerd in het programma en ik was de enige die die meid fatsoenlijk antwoord gaf, want jullie stonden allemaal stijf van de zenuwen.'

'Ja, Hendriks, geeft daar maar eens antwoord op,' pareerde Isadora lachend.

Het ijs was gebroken en ze voelde zich opgenomen tussen de groep mannen.

'Maar wat wij nou zo graag willen weten, juffie...' Een man van tegen de zestig met een zwaar noordelijk accent waardoor hij veel klinkers inslikte, richtte het woord tot haar.

'Juffie? Toon, ze heeft een naam hoor...' Hendriks wierp zich op als haar beschermer.

'Natuurlijk, eh... Isadora, neem me niet kwalijk. Maar wat wij nu zo graag willen weten is waarom u meedoet. Het moet voor u niet moeilijk zijn een leuke man te vinden? U bent een goede partij. Als ik nog een jonkie was wist ik het wel...' Iedereen lachte.

'Dat is erg aardig,' zei ze. 'Maar ik ben nog niet tegen de ware aangelopen. Wij allemaal niet, anders waren we hier niet. Maar vertel, hebben er leuke vrouwen op jullie gereageerd?'

8

Isadora kreeg een prominente kamer op de tweede verdieping die uitzicht bood op de elegante tuinen achter het slot. In de bomen rondom het huis zaten nog een paar vogelnesten van vorig jaar. Af en toe brak de zon door en het zonlicht maakte de kleur van het gebladerte nog intenser. Het grasveld straalde rust uit. De kamer was zoals het hele pand perfect verzorgd. De wanden waren met een fluweelachtige bordeauxrode stof behangen en dezelfde tint kwam terug in de gordijnen. Het oude verweerde glas vervormde het zicht naar buiten.

Een technicus mat haar een draagmicrofoon aan. Ze kreeg een kastje dat ze bevestigden op haar rug zodat het buiten beeld bleef. De hele middag priemde het in haar zij, maar ze vergat het ongemak en concentreerde zich op haar vijf vragen:

- *Waarom heb je op me geschreven? Wat spreekt je het meeste aan?*
- *Heb je kinderen en hoe oud zijn ze?*
- *Hoe zie je een vrije zondag?*
- *Waar ben jij over tien jaar en wat doe je?*
- *Als je moest kiezen wat zou het dan worden: carrière of privé?*

Ze zou wel zien hoe het liep. Haar kandidaten zouden ongetwijfeld ook met vragen komen. De eerste man maakte zijn intrede. Hein droeg een blauwe trui en had een baard die hij niet droeg op de foto die ze van hem had. Hij was vijfendertig en werkte als psycholoog in de buurt van Zwolle. Hij had een co-ouderschap over drie kinderen: een meisje van tien en twee jongens, een tweeling van veertien.

'Dat is veel geregel, een co-ouderschap. Hoe doe je dat met je werk?' vroeg ze.

'Ze hoeven niet gehaald en gebracht te worden en ik heb een goed contact met mijn ex,' antwoordde Hein.

'Maar dan kun je dus niet verhuizen naar een andere plaats.'

'Dat wordt moeilijk,' gaf hij toe. Ook zijn antwoord op de vraag over de zondag correspondeerde niet met haar gevoel: hij ging iets doen omdat hij zich thuis snel verveelde. Ze kreeg een seintje van de regisseur dat de vijf minuten om waren. Gelukkig.

'Dat viel niet mee hè?' fluisterde hij.

Verrast keek ze op. 'Nee, wat scherp dat je dat ziet.'

Hij haalde zijn schouders op. 'Is anders niet zo moeilijk hoor, jouw gezicht spreekt boekdelen.'

De tweede man, Sigmund, was een fitte vijftiger. Hij had de blozende wangen die veel boeren hadden en een sterk lijf. Hij lachte breeduit toen hij de kamer betrad. Mooie man, dacht ze, fraaie blonde manen en zijn ogen leken pretlichtjes te hebben. Hij gaf goede antwoorden en verweerde zich goed, maar hij had een hobby die haar tegen de borst stuitte: hij was een fanatiek jager.

Ofschoon Isadora een fascinatie voor vogels had en een aantal soorten herkende aan hun zang viel ze bij de ornitholoog, die na Sigmund volgde, bijna in slaap. Vol vuur vertelde hij over een studie-excursie op de Noordpool. Kort daarop volgden twee jaar op Rottum. Compleet afgesneden van de bewoonde wereld waarmee alleen contact was als het de voedselbevoorrading betrof, leefde hij daar met een collega. Vogels, vogels en nog eens vogels, dat was alles waar hij over kon praten. Nu was het tijd voor een vrouw, vond hij. De klok verloste haar.

Een aantal keren moest ze krampachtig het gesprek in de lucht houden en bij een paar gegadigden kreeg ze bijna de slappe lach. De laatste man, Rick kwam uit het zuiden en hij zag eruit of hij net een boswandeling had gemaakt.

'Welkom', zei Isadora, 'fijn dat je er bent, Rick. Waarom heb je mij geschreven?'

Hij sprak langzaam en nadenkend. 'Ik kende je al voordat ik je in dit programma zag.'

Isadora keek hem vragend aan.

'Vertel verder,' vroeg ze nieuwsgierig. De camera zoemde in, dan weer naar hem, dan weer naar haar.

'Die vliegtuigcrash in Amerika, ongeveer anderhalf jaar geleden,' hij pauzeerde even. 'Er warren geen overlevenden, vijfhonderd mensen vonden de dood behalve een vrouw en die bleek een kennis van je. Ze ontving een sms'je toen het toestel nog aan de grond stond. Dat berichtje kwam van jou. Zij was de enige overlevende.'

Isadora kreeg een droge mond en ze voelde het bloed naar haar hoofd stijgen.

'Mijn beste Rick, dit lijkt me niet het moment en het juiste programma om dit te bespreken,' zei ze zakelijk. 'Heb je daarom op mij gereageerd?'

'Nee, nee,' zei hij snel. 'Ik vind je een bijzonder boeiende vrouw en ik voelde meteen een mentale klik.'

'Een mentale klik...op tv?' vroeg ze.

'Ja, op tv.'

'Dat je dat je allemaal nog herinnert...' Ze viel een ogenblik stil.
'En verder?'
'Ik ben geïnteresseerd in kunst. Mijn vader, die drie jaar geleden overleed, liet mij een kleine schilderijencollectie na. Er zitten mooie dingen tussen.'
Dit was de eerste man waarbij ze gehinderd werd door het waarschuwingssignaal dat de tijd om was.
Isadora keek naar buiten en probeerde zich voor te stellen hoe het zou zijn om op dit landgoed te wonen. De duisternis deed haar intrede en stal de kleuren van de tuin en nam het goud van het haantje dat op het dak van het tuinhuis pronkte.

Met veel heisa en opgelegde spanningsmomenten maakten alle boeren bekend met welke vijf vrouwen ze verder wilden. Hendriks, de boer uit Alblasserdam had zijn oog laten vallen op een rondborstige deerne die eruit zag of ze zo uit de stal was komen lopen. Hij hield wel van een maatje meer zo te zien, het waren zo'n beetje dezelfde types die hij uitkoos. Isadora keek naar haar buit: tien volwassen mannen die als schapen bij de slachtbank hun lot afwachtten. Wat een toestand, waar was ze in beland... Zat er een man voor haar tussen? Ze betwijfelde het, maar twee wilde ze in ieder geval beter leren kennen: Rick en Bas, de huisarts uit Friesland die een verfijnde man bleek te zijn. Op de boerderij van zijn ouders verbouwden ze vroeger bieten en aardappels.
'Maar je hebt er niet voor gekozen om de boerderij over te nemen,' had Isadora gevraagd.
'Ik wilde wel, maar ik heb drie broers boven me, waarvan er een

het bedrijf overnam. Ik ben een nakomertje. Dus moest ik een andere toekomst kiezen. Ik werd ingeloot voor geneeskunde en kon meteen aan de slag op mijn negentiende toen ik het vwo-diploma had.'

'Maar waarom schreef je naar mij?' vroeg ze, met de nadruk op mij.

Hij gooide zijn handen in de lucht en zei glimlachend 'Ik vind je een spontane, ontwikkelde vrouw. Je lijkt me niet erg conventioneel en je volgt je eigen pad, dat trekt me aan.'

Het is allemaal waar, dacht ze. Ondanks zijn ernstige, op het eerste gezicht humorloze kijk op het leven, had deze man wel wat. En Rick, de spirituele man intrigeerde haar maar appelleerde ook aan iets waar ze bang voor was. Maar zijn interesse in kunstzinnige zaken gaf de doorslag. In de overgebleven acht kandidaten zag ze niets, maar volgens de instructies die ze van te voren van Brenda had gekregen, koos ze nog drie andere kandidaten.

Om half tien reed ze naar huis, te moe en uitgeblust om na te denken. Maar die nacht schrok ze wakker en de gedachten slopen naar binnen. Nare denkbeelden en rampscenario's vulden haar gemoed. Vlak na de dood van Willem waren ze er ook geweest. Elke nacht lag ze uren wakker, steeds op hetzelfde tijdstip. Ze kocht een tv en installeerde die in haar slaapkamer zodat ze wat afleiding had in die eenzame uren die niet om door te komen leken. Het toestel had ze de laatste jaren 's nachts niet meer nodig gehad.

Waar was ze aan begonnen? Ze had haar leven op orde, wat moest ze met zo'n halve helderziende, of met die Bas uit Friesland. Bracht het niet alleen onrust met een man die nog weinig van het leven geproefd had? Ze kende hem niet, maar dat was wel het gevoel dat hij haar had gegeven. Kon hij haar aan?

Voor het eerst sinds een tijdje voelde ze hevig het gemis van Willem. Slechts drie jaar mocht hun geluk duren. Zou Willem nu nog bij haar passen? Ze was veranderd de laatste tijd. Door de nare geschiedenis die haar in haar prille volwassenheid was overkomen had haar bestaan meer dan tien jaar op overleven gestaan. Jaren na dato realiseerde ze zich pas dat ze al die tijd het leven leidde alsof het een soort misdruk was van haar eigenlijke zelf. Voor ze Willem ontmoette ondervond ze haar bestaan als een worsteling. Bij hem vond ze eindelijk de stabiliteit en geborgenheid die ze toen zo broodnodig had. Maar ze was nu zelf in evenwicht en had haar leven goed op de rails. Er kwamen andere verlangens naar boven, een zucht om een wereld te verwezenlijken die ze hier niet vond. Die drang stond vroeger op de eerste plaats, boven alles, zelfs boven de liefde. Waar was ze mee bezig, dacht ze weer toen ze aan de kermis terugdacht van de dag die achter haar lag. Ja, natuurlijk zou Willem nog bij haar passen. Ze werd kwaad op zichzelf: het was gewoon verraad om die gedachte toe te laten. Maar daarmee hield het circus niet op.

De week daarna bouwde ze op een mooie zomerdag met het overgebleven vijf mannen een enorme vlieger op een strand in Noord-Holland. Het was een dagje uit om "elkaar beter te leren kennen". Rick en Willibrord hadden een goed technisch inzicht en bouwden hem min of meer samen. Isadora liet zich gaan in het beschilderen en de vlieger werd een indrukwekkende rups.

In grote lijnen tekende ze de contouren van het lichaam en de mannen die niet met techniek waren belast gingen hiermee verder. Aan het eind van de middag was hij klaar. Hij vloog zo hoog dat ze even dachten dat hij zou smelten. De groene kop met de onschuldige ogen keek een beetje triest omlaag op de wereld ver beneden hem. Ze voelden voldoening, het was een leuke klus geweest en ze hadden het met zijn allen gelapt. De camera's die de hele dag om hen heen hingen, maar waar ze zich amper aan gestoord hadden, werden echter steeds opdringeriger naarmate de dag vorderde. Isadora was bekaf en het zand zat tot in haar oren. De fris gedouchte, tot in de puntjes verzorgde Brenda stelde vermoeiende vragen. Hoe ze het vond, en met wie ze het meest had opgetrokken en of ze al vlinders in haar buik voelde.

'Vlinders?' Ze had een verbaasd gezicht opgezet. 'Ik heb net een rups gemaakt,' ze wees naar de hemel. 'Vlinders zijn voor later.'

'Dat heb je mooi gezegd,' zei Brenda.

Rick en Bas waren de kandidaten die overbleven en een week later kwamen ze bij haar thuis, om twee dagen te blijven logeren. Rick had zijn hond meegenomen, Hazel, een prachtige bruinbonte Friese stabij en daarmee won hij onmiddellijk het hart van Gijs die het beest het hele weekend geen minuut met rust liet.

Toen ze op de vrijdagavond rond vijf uur arriveerden zat het huis al vol cameratechnici. Ze banjerden door haar entree, liepen met bemodderde schoenen door haar woonkamer en bevuilden haar toilet. Jan Heutz stak haar een hart onder de riem en zei dat ze over twee dagen weer verdwenen waren. Dat ongemak was het toch allemaal waard als de ware ertussen zat? Maar het was om misselijk van te worden, de tv-ploeg zat zelfs boven op de slaap-kamers. De mannen deelden de logeerkamer, maar Brenda vond eigenlijk dat Isadora maar in het midden moest gaan liggen. Met het risico dat miljoenen kijkers haar voor een gevallen vrouw hielden of in het ergste geval als snol zou zien, stemde ze niet-temin toe om voor de camera's tussen de twee rivalen te gaan liggen. Ze hadden alle drie flink gepimpeld en ze had het vernuft en de energie niet meer om tegen de argumenten, die de beide mannen natuurlijk handig overnamen, in te gaan. Halverwege de nacht werd ze wakker en akelig nuchter realiseerde ze haar posi-tie. Bas die links van haar lag, leek diep in slaap, maar Rick keek haar aan en sloeg zijn arm om haar heen. Hij glimlachte.

'Kun je ook niet slapen?'

'Jawel, ik heb geslapen, maar werd weer wakker. Misschien moet ik naar mijn kamer gaan,' fluisterde ze.

'Ja, misschien moet je dat maar doen. Morgen staan ze hier weer volop te filmen, terwijl we wakker worden,' zei hij half hardop terwijl hij zachtjes begon te lachen.

'Sssst,' siste Isadora en gebaarde naar de andere kant. Hij had zijn arm nog niet verplaatst.

'Nou, ga dan,' grijnsde hij.

'Ja, ik ga zo. Het ligt alleen nog zo lekker, en het vooruitzicht aan een koud bed, trekt me totaal niet.'

'Nou, dan blijf je toch lekker hier liggen.' Door de deken heen voelde ze zijn arm om haar lichaam klemmen. Ze legde haar hoofd op zijn borst en hoorde zijn hart kloppen. Haar vingers streelden zijn zij. Hij voelde pezig aan.

'Zie je ze nog weleens?' vroeg hij opeens.

'Waar heb je het over?'

'Dat weet je best,' antwoordde hij, 'die helderziende momenten, die visioenen.'

Ineens was ze klaarwakker en ging overeind zitten.

'Nee,' zei ze gedecideerd, terwijl ze zich bruusk losmaakte. 'Ik heb ze niet meer en ik wil er ook niet meer aan terugdenken. Ik wil er niets meer mee te maken hebben.'

'Ben je er zo bang voor?' vroeg Rick. 'Als je ze eenmaal ontvangt, blijven ze komen. Je kunt ze niet negeren, Isadora, je hebt de gave niet voor niets gekregen. Het is een doodszonde als je ze de je rug toedraait, het is verraad, ook aan jezelf.' Hij zat rechtop in bed. Het maanlicht viel op zijn gezicht. Zijn ogen lagen hol in hun kassen. Hij zag er ineens uit als een geest.

'Het is je plicht,' fluisterde hij, terwijl hij haar indringend aankeek.

'Ik geloof dat ik duidelijk genoeg ben,' antwoordde Isadora en ze liet beide mannen achter in het roze logeervertrek. De frisse geur van haar eigen kamer ademde ze diep in en de koelheid van haar bed beviel haar wonderwel. Ze overdacht het zonderlinge gesprek en de donkere spookogen bleven hangen in haar denkbeeld. Vreemd genoeg viel ze moeiteloos in slaap.

Er werd op de deur geklopt. Isadora knipperde met haar ogen tegen het daglicht. Haar lichaam sliep nog. De slaapkamerdeur ging aarzelend open. Jan Heutz kwam binnen, op zijn hielen gevolgd door een jonge cameraman. Het lampje brandde, dus ze waren al aan het filmen.

'Moet dat nu echt?' bromde ze.

Bas kwam binnen met een dienblad vol croissantjes, een eitje en een kop met dampende inhoud.

Waar had hij die croissants vandaan? dacht ze. Die had ik niet in huis. Ze ging zitten en deed net of het de normaalste zaak van de wereld was. Bas droeg een gedateerde geruite ochtendjas met dito sloffen. Vaag herinnerde ze zich een dergelijke outfit van haar vader van dertig jaar geleden.

'Bas, wat een verrassing!' riep ze uit. Ze hoorde de camera inzoomen en deed een schietgebedje dat ze er goed uitzag, heel Nederland zou straks zien hoe de enige boerin die nog niet aan de man was er in de vroege ochtend uit zag.

'Moet ik het allemaal alleen opeten?' vroeg Isadora. Gijs kwam het vertrek binnen lopen. 'Gijs en ik hebben het ontbijt samen in elkaar gedraaid,' zei Bas.

'Kom je erbij?' Ze hield het dekbed open en Gijs kroop lekker tegen zijn moeder aan. Bas haalde voor zichzelf een kop koffie en zette zich aan haar voeteneinde en trok zijn benen onder zich. De conversatie verliep luchtig, de camera's snorden.

Na het ontbijt probeerde Isadora de zaterdag te laten verlopen zoals die altijd verliep. Ze moest naar de stad om boodschappen te doen en Bas wierp zich op als pakezel zoals Rick hem gekscherend noemde. Rick wilde een eind gaan lopen met Hazel en Gijs was natuurlijk van de partij.

'Weet hij de weg in het bos?' vroeg Rick.

'Natuurlijk weet hij de weg. Gijs, niet verder dan de boerderij van Adams, begrepen?'

'Nou, dat wordt nog wat,' zei Isadora toen ze de auto startte. 'Gezellig met zo'n hele ploeg in ons kielzog. We lijken wel een rariteit.'

Bas lachte maar zei niets.

'Vind je het niet vervelend, Bas, als de mensen je zien op televisie en dus weten dat de dokter op vrijersvoeten is?'

'Je zegt het aardig plastisch.'

'Is het anders?' Isadora keek Bas even scheef aan.

'Nou niet echt,' gaf hij toe. 'Ik laat het maar over me heen komen, maar ik vind het wel wat hoor. Is dit nu *reality tv*?'

'Ik vrees dat je gelijk hebt,' zei ze, terwijl ze inhield voor een scherpe bocht. 'Weet je, ik had eigenlijk niets met het programma, vooral niet met die Brenda. Dat vind ik zo'n hard mens, die alleen maar geïnteresseerd lijkt te zijn in kijkcijfers. Alles wat daaraan inherent is, is goed.'

'Ja, maar dat hadden we natuurlijk kunnen weten.' Hij zuchtte.

'Als ik nu hard ga rijden, kan ik ze afschudden,' opperde ze en ze keek grijnzend opzij.

'Nee, we komen ze toch later weer tegen en dan moeten we teveel uitleggen.'

Die vent heeft geen humor, dacht ze. Ik leg hem van alles in zijn schoot, maar hij doet er niets mee.

In de grote supermarkt kochten ze de laatste spullen voor de zaterdagavond. Isadora had een goedgevulde wijnkelder, dus wijn was er nog genoeg. Bas koos de kaas en andere snacks terwijl Isadora de benodigdheden insloeg voor de visgourmet voor de dag erop. Het was nog te koud om buiten te zitten, maar de heaters zouden hen wel warm houden.

'Ik denk dat ik vanavond naar huis rijd,' zei Bas ineens.

Ze keek opzij en knikte, sneller dan haar intentie was. 'Ik geef je

geen ongelijk als je uit deze poppenkast stapt. Je hebt mijn gegevens. Laat nog eens iets van je horen.'

9

De verwachte regen kwam. Renée en Allon Chevalier, Greetje en Harm Kijlstra, Evert en Marry Versteeg waren gekomen om Isadora te helpen bij de voorbereidingen voor de visgourmet. Evert was de boswachter in wie Isadora na de dood van Willem een goede vriend gevonden had, en zelfs de ogenschijnlijk mensenschuwe Mary, zijn vrouw, was meegekomen. In hun piepkleine huis in het bos schreef ze sprookjesboeken en ze leek genoeg te hebben aan haar schrijverschap, de natuur en aan haar dieren. Ze bezat een natuurlijke schoonheid en in haar lange grijze haar zaten nog smalle stroken blond. Isadora had gehoord dat ze vroeger als fotomodel had gewerkt. Opmerkelijke geruchten, waarvan ze niet wist of ze waar waren. Wat mensen niet begrijpen wordt vaak in een hokje gestopt en de fantasie doet de rest.

Het water kwam met bakken uit de hemel, maar de cameralieden lieten zich er niet door tegenhouden en de camera's gonsden er lustig op los. Helpers zetten provisorische, praktische tenten op en bijna de hele avond werd er gefilmd.

'Nog geen tien minuten uitzending,' zei Jan Heutz toen Isadora vroeg wat er van al dat filmwerk overbleef.

'Wil je ook een stukje vis?' vroeg ze. 'Neem maar, hoor. Ik had toch nog gerekend op Bas en als je mensen ook wat willen: er is genoeg.' Ze wees op de tafel waar het eten aanlokkelijk uitgestald wachtte op de hongerige gasten.

'We hebben al gegeten, maar een hapje gaat er altijd wel in.' Hij reeg een stuk kabeljauw aan een prikker en zijn mollige handen smeerden tonijnsalade op een stuk stokbrood.

Isadora keek naar haar zoon. De hond lag aan zijn voeten. Gijs en Hazel waren vrienden geworden en ze hoefde haar zoon niet om een objectieve mening te vragen over Rick.

Wat vind ik eigenlijk van hem, vroeg ze zich af. Ze observeerde hem een tijdje. Hij mengde zich goed in het gezelschap, al bleef hij zichzelf en probeerde niet te overheersen of de aandacht te trekken door overdreven grappig te zijn. In hun gesprekken stelde hij zich zorgzaam en geïnteresseerd op en vertelde dat hij wilde kijken wat er achter dat "mooie snoetje", zoals hij het noemde, schuilde. Natuurlijk was ze hierdoor gecharmeerd. Ze sprak Greetje in de keuken terwijl ze brood aan het snijden was.

'Wat een leuke avond is het. O, nee hè…' Er kwam een camera de keuken binnenrollen. 'Je zou er een hartverzakking van krijgen, ik schrik me wezenloos,' zei Greetje tegen de jeugdige cameraman die een strakke leren broek droeg.

Hij grijnsde. 'Gewoon doorpraten, doe maar net of ik er niet ben, is de omroep ook weer tevreden.'

'Ja, het is inderdaad erg gezellig. Vermaken jullie je?' Isadora was op zoek naar een ovenwant.

'Ja, Harm zit aardig op zijn praatstoel, en wat is hij weer leuk… Ik kan dit niet hoor.' Greetje keek boos naar de technici en draaide hen de rug toe.

Isadora lachte. 'Houd je hoofd koel, Greetje, wie heeft dit eigenlijk bedacht? Weet je dat ze mij filmden terwijl ik wakker werd? Met mijn eerste kop koffie duwden ze een lens in mijn gezicht, dus niet zeuren, buurvrouwlief.'

'Wie bedoel je met leuk, Hazel of Rick?' Greetje herstelde snel toen ze inzag dat ze geen keuze had.

'Ik bedoel Rick natuurlijk. Hij heeft belangstelling voor bijna alles en Gijs kan het goed met hem vinden,' zei Isadora terwijl ze nog steeds haar aanrecht afzocht.

'Ja, dat was mij ook al opgevallen, maar zou dat niet door de hond komen?' De gezochte want bleek onvindbaar en ze overhandigde Greetje een schone theedoek.

'Mogelijk, maar niet alleen natuurlijk, die twee kletsen heel wat af.'

'O ja, dat wist ik niet,' mompelde Greetje.

'Dat komt omdat je zo druk bent het ons allemaal naar de zin te maken. Ga jij lekker zitten en laat het werk aan mij over.' Isadora duwde Greetje zachtjes richting de deur.

'Je bent een schat.' Greetje knipoogde naar de camera.

'Voor wie kan ik nog wat inschenken?' riep Isadora toen ze weer naar de schuur liep.

'Prachtige momenten,' mompelde Jan Heutz achter in de regiewagen. 'Die meid schaamt zich nergens voor en waarom zou ze ook? Zij zegt wat anderen denken maar nooit zullen uiten. On-Nederlands en ongebruikelijk voor een plattelander. Ze heeft klasse!'

Na dit weekend volgden nog twee dagen. Isadora en Rick mochten op kosten van het programma een weekend in een hotel ergens in het land doorbrengen. Ze kozen een luxe hotelkamer in de buurt van Valkenburg. Isadora had erop gestaan om twee aparte kamers te nemen. Brenda liet merken dat ze het onzin vond en dat Isadora de omroep onnodig op kosten joeg. De andere stellen deelden hun kamers ook. Maar Isadora hield haar poot stijf.

Ze bezochten de vermaarde grotten met het andere stel dat in hetzelfde hotel verbleef. Rick woonde hier niet ver vanaf en hij vond het leuk haar gids te zijn. Ze was dol op zijn verhalen over de vele legendes over de fluwelen grot, de mergelgrot die in de vroege middeleeuwen was ontstaan en sindsdien onafgebroken is geëxploiteerd.

'Zou-ie nooit leeg raken?' vroeg Isadora.

Rick keek haar verbluft aan en zei dat nog nooit iemand dat aan hem gevraagd had. Hij vertelde dat mergel diende als bouwsteen voor de kastelen die indertijd gebouwd werden. Pas in de jaren dertig van de vorige eeuw werden de tunnels ontdekt die tien jaar later als vluchtgangen dienden voor de bevolking in de oorlog. In het duister pakte hij haar hand vast en leidde haar naar bijzondere plekjes, in het licht van de fakkels vertelden de muurbeschilderingen hun eigen verhaal.

'Je zou hier gemakkelijk kunnen verdwalen, het is echt een doolhof,' zei Isadora.

'Hier is daar weinig kans op. Het is in ieder geval een mythe dat je ondergronds van Valkenburg naar Maastricht kunt lopen. Deze grotten zijn door mensen gemaakt. In Luxemburg is het anders. Daar zijn wel doden gevallen toen mensen afdwaalden van hun gidsen. Elk jaar komen er nieuwe verhalen bij. Nu hebben we mobiele telefoons, maar niet iedereen staat erbij stil dat die geen bereik hebben als ze omringd zijn door een dikke laag steen. We kunnen er heengaan, het is een wonderschoon land en ik heb daar vrienden zitten.'

Aan het woord "wonderschoon" hoorde ze dat hij een typische

zuidelijke inslag had, hoewel hij niet met een zachte "g" sprak. Een Fries of een Groninger zou "mooi" anders benoemen. Waarschijnlijk als "aardig" of "niet verkeerd", dat was al heel wat voor noorderlingen.

Isadora genoot, was ze verliefd? Nee, ze was wel nieuwsgierig, maar met de televisiemensen die de hele dag om hen heen zwermden was het moeilijk om haar echte gevoelens te ervaren. Het viel niet altijd mee om een goed antwoord te bedenken op de dilemma's waarmee Brenda haar confronteerde.

'En ben je verliefd? Is er een klik?'

'Nee,' zei Isadora, 'ik ben niet verliefd, maar we hebben wel een klik.'

'Niet meer dan dat?' hield Brenda aan.

Isadora glimlachte. 'Ik denk dat half Nederland,' ze blikte recht in de lens van de camera, 'het erover eens is dat het een leuke man is, maar lieve mensen, wat ken ik hem nou?'

Hier kon Brenda niet veel tegenin brengen, behalve dat ze het "verstandig" vond. 'Jullie gaan elkaar wel zien na het programma?' vroeg ze.

'Ja, dat is het plan, althans het mijne. Je kunt het ook aan hem vragen. Ik vind hem in elk geval leuk.'

Heutz smulde in zijn regiewagen; eindelijk iemand die Brenda aanpakte.

Boer zoekt Vrouw was voorbij, althans voor een poos. Over drie maanden zou er een groot feest worden georganiseerd waar Isadora één van de VIP's zou zijn. VIP, alleen de term al!

Het leven hernam zijn normale gang. Twee weken na de uitzending ging de telefoon.

'Isadora de Roi.'

'Met Jan Heutz, van *Boer zoekt Vrouw.*'

'Hallo Jan, hoe is het met jou?'

'Met mij is alles goed en met jou?'

'Prima, nog aan het bijkomen,' lachte ze. Waarom belde hij, toch niet om een afspraakje?

'Ik had je eerder moeten bellen, Isadora.' Zijn stem klonk donker en ernstig. 'Als je niet wilt antwoorden, moet je het maar zeggen, maar destijds in 2008, de kranten hebben er vol van gestaan hè? Ik heb het over die vliegtuigcrash.'

Ze schrok. Een golf misselijkheid ging door haar heen.

'Moeten we het daar werkelijk over hebben? Die periode wil ik vergeten, Jan, het was een ingrijpende geschiedenis die ik geen mens wil toewensen.'

'Dat begrijp ik.' 'Maar op de redactie zijn veel telefoontjes en reacties binnengekomen. Wel over de honderd. Mensen willen in contact met je komen, willen je hulp of bieden je aan om je te begeleiden. Zal ik de post naar je toesturen?' vroeg hij voorzichtig.

'Als je het maar laat, ik wil niets daaromtrent hier in huis hebben,' zei ze harder dan ze bedoelde tegen de zachtaardige regisseur.

Het bleef een tijdje stil aan de andere kant van de lijn.

'Het spijt me,' vervolgde ze met bedeesde stem. 'Ik kan het niet.'

'Oké,' sprak hij tenslotte. 'Ik begrijp het, we zoeken hier intern wel naar een oplossing, maar er is nog iets anders.' Hij laste een pauze in en Isadora hoorde hem slikken.

'Na de eerste uitzending ontving de redactie een telefoontje met betrekking tot Rick.'

'Wat is er met hem?' vroeg ze bezorgd.

'Hij blijkt niet helemaal eerlijk geweest te zijn...'

'Hij is getrouwd en heeft kinderen?' zei ze zo luchtig mogelijk.

'Niet helemaal, maar hij heeft wel een vriendin.'

'Een vriendin,' herhaalde ze. 'Was dat de vrouw die belde omdat ze haar vriend op de televisie zag?'

'Nee, het ligt nog complexer. Zij had toegestemd in zijn deelname.' Hij pauzeerde even.

'Ga verder, ik luister,' zei Isadora ongeduldig.

'Hij drijft samen met zijn vriendin een soort paragnostische genezingspraktijk.'

'Ik begrijp er steeds minder van. Waarom deed hij dan mee?'

'Hij deed mee om jou, Isadora. Hij was onder de indruk van dat verhaal in Amerika. Hij wist alles over je en wilde je beter leren kennen. Zijn vriendin steunde hem. Waarschijnlijk hadden ze een samenwerking of iets dergelijks met je voor ogen.'

'Die vent is gek,' fluisterde ze. Had hij geen contact meer gezocht omdat hij zich doodschaamde? Of was er een andere reden? Was-ie echt gek? Ineens realiseerde ze wat er was gebeurd.

'Jan, je zegt net dat jullie ongeveer een week na de eerste uitzending werden gebeld. Dat betekent dus dat jullie het al die tijd wisten. Waarom hoor ik dit nu pas?' Ze kookte van woede, maar dwong zichzelf tot kalmte.

'Ik wilde je meteen bellen, maar Brenda wilde het niet en Gabriëlla, onze producer verbood het me...' Ze hoorde oprechte spijt in zijn stem.

'En dus luisterde jij braaf naar hen en liet mij in de waan. Ik ontving hem en jullie als gasten in mijn huis en al die tijd hebben jullie dit geweten! Wat zijn dat voor manieren!'

'Ik was mijn baan kwijtgeraakt als ik het had gezegd,' zei hij. Aan zijn stem hoorde ze hoe haar woorden hem geraakt hadden.

'Als Brenda zegt: "spring in de sloot", dan spring je? Man, we hadden dit toch samen aan kunnen pakken zonder dat ze er ooit iets over te weten waren gekomen.'

'Ik wist toch niet hoe je zou reageren?' zei Jan verontschuldigend.

'Ach, jij bent een angsthaas, moet ik met jou de oorlog winnen?' Ze beëindigde het gesprek ontzet en geïrriteerd.

Een hele poos zat ze met haar hoofd in haar handen. Dus daarom nam Rick geen contact met haar op. Er was nooit iets van oprechte interesse geweest. Er was alleen sprake van belangstelling voor haar "gave" en niet voor haar persoon. Rick was alleen nieuwsgierig geweest naar dit "talent" waar ze zo bang voor was en waarvan ze hoopte nooit meer iets van te hoeven vernemen.

Die middag schreef ze een aangetekende brief naar de producer waarin ze ongezouten haar ongenoegen uitte. Waren ze zich er wel van bewust dat ze met mensen te maken hadden? Ze had het programma prachtige tv-momenten bezorgd en nu bleek dat het berustte op bedrog. Ze had een hoop kosten gemaakt en hun mensen netjes behandeld en ze van alle gemakken voorzien. Onbehoorlijke behandeling en emotioneel letsel kreeg ze er voor terug. Een goede schadevergoeding was het minste wat ze konden doen. Als ze daar niet op in zouden gaan was de weg vrij naar de pers. Ze zou niet terugdeinzen om deze praktijken aan het licht te brengen. Brenda Vermeulen kreeg een kopie.

De stroom brieven die ze vlak na de uitzending ontving, nam inmiddels af. Ze lagen ongelezen in de schuur. Na een paar weken lag er een enveloppe van de omroep in de bus. Het was een kort briefje waarin de redactie niet op de kwestie inging, maar als tegemoetkoming voor het ongemak beloofden ze een bescheiden bedrag aangaande onkosten op haar rekeningnummer te storten. De brief was i/o ondertekend met een onleesbare krabbel. Onpersoonlijker kon niet. Voorlopig geen mannen meer voor Isadora. Ze zette een dikke streep onder *Boer zoekt Vrouw.*

10

Hoewel het inmiddels bijna zomer was, bleef het bewolkt en de wind deed de ramen in hun sponningen kraken. De takken van de bomen naast het huis zwaaiden wild heen en weer. Maar in de keuken van Greetje was het behaaglijk en geurde het naar koffie.

'We willen dat je er even tussenuit gaat,' zei Greetje. 'Samen met Gijs, jullie wilden toch naar Zweden?'

'Waarom zo ineens?' vroeg Isadora. Greetje keek onzeker naar haar man.

'Het spijt ons dat we je opgegeven hebben. Dat programma heeft je alleen maar ellende gebracht. En daarom willen we je de reis aanbieden als...'

'Compensatie?' Isadora roerde in haar koffie.

'Zoiets,' zei Greetje zacht.

'Lieverds, nou moeten jullie eens goed luisteren, jullie hebben inderdaad contact gezocht zonder dat ik het wist, en het was charmanter geweest als jullie mij daarin gekend hadden. Maar ik heb uiteindelijk zelf de beslissing genomen om mee te doen. Ik draag hier dus ook zelf de verantwoording voor.'

'Ja, maar als ik niet had geschreven was dit niet gebeurd,' begon Greetje weer.

'Dat kan ik niet ontkennen.'

'Neem dat geld nou aan, meid.' Greetje keek Isadora bijna smekend aan.

'Jullie hebben het ook niet breed. Nee, ik denk er niet over,' antwoordde Isadora beslist.

'Ja, maar we hebben het gewonnen in de staatsloterij. Afgelopen weekend, vijfentwintighonderd euro. De helft is voor jou,' zei Greetje enthousiast.

'Vijfentwintighonderd euro, echt waar? Wat een geld, wat heerlijk voor jullie! Ik win nooit wat als ik ergens aan meedoe, geweldig. Dat moeten we vieren. Harm, jenever!' riep Isadora verheugd.

'Ja, maar het is ook voor jou, ik sta erop dat je het aanneemt,' zei Harm.

'Nou je staat maar een eind weg, ik heb wat smartengeld van de omroep gekregen, dus ik kan het zelf wel betalen.'

'Hoeveel?' vroeg Greetje nieuwsgierig.

'Twaalfhonderd.'

'Dat is te weinig om er tussenuit te gaan, je doet het in eerste instantie toch voor Gijs.' Harm slofte weg en kwam terug met drie kleine glaasjes.

Het was een van de weinige momenten dat Isadora zich liet verleiden om iets aan te nemen dat ze niet zelf had verdiend. Ze piekerde er 's nachts over. Het was gewonnen geld, maar maakte dat feit het voor haar gemakkelijker om het aan te nemen? Ze worstelde met die vragen tot de ochtendschemer haar kamer verlichtte, en kwam tot de conclusie dat ze er best van mocht gaan genieten. En deze reis maakte ze, zoals Harm al zei, per slot van rekening niet voor zichzelf.

Rond elf uur stond Harm voor de deur. 'Kom, je hebt een afspraak in de stad.'

'Ik weet van niets,' sputterde ze tegen, maar er ging haar iets dagen. Samen met Harm boekte ze voor Gijs en haarzelf een reis van een week naar Stockholm. Ze moesten even wachten voordat ze aan de beurt waren. Harm haalde gratis koffie uit een modern uitziende machine. Er hingen grote gekleurde posters van goudgele stranden met zonnebadende mensen, afbeeldingen van rijstvelden in warme tinten en van een bloeiende alpenweide. De desks van het reisbureau waren oranje met een grote T die uitgleed en tegen een punt aanschopte; een voetbal? Of moest het een persoon voorstellen die op een strandstoel zat, en was de punt een hoofd? Een vreemd gevormd mens. Ze vroeg het later aan de medewerker die hen hielp. Hij droeg een roze overhemd wat vloekte bij de kleuren van de desk.

'Dat is ons embleem,' zei hij.

'Dat zie ik, maar wat stelt het voor?'

'Mevrouw, ik zou het niet weten.' Hij wist duidelijk geen raad met deze vraag.

De man van het reisburo deed zijn best om een van de beste hotels voor haar te boeken. Hij had het druk, dat kon Isadora aan de diepe frons in zijn voorhoofd zien. Hij telefoneerde naar zijn collega's in Stockholm en checkte of er nog plaats was in het vliegtuig.

'Voor twee personen?'

Ze knikte.

'Haar zoon is acht,' zei Harm. 'Misschien krijgt hij korting.'

'Hij mag mee voor vijftig procent,' zei de man met het roze hemd met zijn blik op het scherm gericht.

Gijs kreeg over een maand vakantie en ze zouden dus over vijf weken kunnen vertrekken. Ze kregen een goed hotel met vijf sterren, een zwembad en natuurlijk met een sauna. Volgens de brochure was het hotel vorig jaar geopend. Het had tachtig kamers, een mooie foyer, allemaal hypermodern.

De jongeman gaf haar de bevestigingen. 'U vliegt op donderdagochtend 15 juli met de KLM om 10.30 uur, vanaf Schiphol, en terug vanaf Arlanda op woensdag 21 juli weer met de KLM om 18.50 uur. U logeert zes nachten in hotel Nordic Light te Stockholm. Alle documenten worden u toegezonden, alvast een fijne reis.' Het was net of hij een lesje opdreunde.

'We gaan naar Zweden, naar mijn vader,' vertelde Gijs aan zijn vriendjes.

'Jij hebt toch helemaal geen vader?' zei Martin, een klasgenootje dat een jaar gedoubleerd had. Hij dribbelde met zijn bal terwijl hij sprak.

'Natuurlijk heb ik wel een vader,' viel Gijs uit. 'Weet je dan echt niet hoe je baby's krijgt, dombo.'

Martin kroop terug in zijn mand.

'Wat leuk voor je,' zei zijn vriendje Coen wiens rode haar alsmaar dikker leek te worden. 'Wij gaan altijd naar dezelfde camping,' besloot hij triest. 'Ik zou wel met je mee willen.'

De bel ging voor de eerste keer en de leerlingen dromden naar binnen. De school was in de jaren dertig gebouwd. Nostalgisch voor wie er oog voor had en er niet in hoefde te verkeren, maar het dak lekte, de klassen waren slecht te verwarmen en het tochtte door de kieren van het oude pand. Over twee jaar gingen ze fuseren met een andere school en zou er een nieuw gebouw komen. De kinderen waren opgewonden op deze laatste schooldag. Er lag een lange vakantie voor hen en ze waren uitzinnig door het voor-uitzicht dat ze maar liefst zes weken van school verlost zouden zijn. De juf zette haar leerlingen in een kring en iedereen mocht vertellen wat hij of zij verwachtte van de komende vrije weken.

'Wij vertrekken morgenvroeg met de caravan naar de camping,' zei Yvette, een tenger meisje met donkere vlechten. Ze kwam uit een groot, hecht gezin, waarvan ze het vierde en jongste kind was. Veel leeftijdsverschil zat er niet in het nest: Yvette was van december 2002, terwijl haar zusje geboren was in januari van hetzelfde jaar. Het gezin verbleef de hele vakantie op de camping. Moeder was huisvrouw en vader pendelde heen en weer tussen camping en werk.

'Heb je er zin in?' vroeg de juf. 'Wat ga je allemaal doen?'

'Nou, mijn campingvriendinnen zijn er en we gaan ponyrijden en pannenkoeken bakken.'

'Dat klinkt goed,' antwoordde de juf. 'Wie wil er nu wat vertellen?'

Een forse jongen met een geblokte blouse stak zijn vinger op.

'Ja Jochem, zeg het maar.'

'Ik ga volgende week op zomerkamp, euh…'

Jaap viel hem met zijn schelle stem in de rede. 'Ben je vorig jaar ook al geweest, ik ga lekker met mijn vader en zijn vriendin naar Frankrijk. En dan ben ik een week thuis en daarna ga ik twee weken met mijn moeder naar Turkije.'

'Jij boft maar,' zei de juf. 'Twee keer op vakantie...' Ze keek de geïnterrumpeerde leerling weer aan.

'Jochem, ga je met je broertje? En wat ga je daar allemaal doen op zomerkamp?'

'Van alles, tenten bouwen en droppings in het bos, sporen zoeken, koken...'
'Dat klinkt wel heel stoer allemaal.'
Yvette begon weer te praten, maar juf zei dat ze moest luisteren. Ze hiel braaf haar mond. Gijs kwam niet meer aan bod.

Isadora maakte een plan hoe ze de zaken het beste aan kon pakken. Ze startte haar computer op en zocht met de zoekmachine naar Frederik Johansson. Ze wist dat het een veel voorkomende naam was, maar dat het er zoveel waren... Ze zuchtte. Een ruig type stond woest op de foto. Deze Frederik Johansson had een grote naam in de wereld van de motorcross. Hij was kaal en droeg een onverzorgde baard. Ze griezelde. De motormuis was blijkbaar een prominent persoon in die kringen, want hij bleef maar in beeld komen. Opnieuw logde ze in op een andere zoekmachine, nu met vermelding van Frederiks vermoedelijke geboortejaar, 1976. Ook dat gaf niet het gewenste resultaat.

Op *Facebook* stonden tien mannen met dezelfde naam, waarvan één in Canada, een vijftiger die grijnzend een grote zalm omhoog hield. Er woonde een Frederik Johansson in de Oekraïne, die zou het ook niet zijn.

Ze probeerde alle Zweedse zoekmachines. Een keer dacht ze een spoor te hebben gevonden. Ze meende zijn stralende ogen te herkennen, op een foto stond hij met een kind op zijn arm. Hij droeg een tattoo op zijn biceps die ze zich niet herinnerde, maar die kon hij natuurlijk later hebben laten zetten. Het zou hem kunnen zijn, al was de foto wazig. Hij woonde in Stockholm en hij had veertig contacten. Dit kon hem zijn! Ze bestudeerde de foto nog eens grondig, maar toen ze verder las, bleek dat hij geboren was in 1964.

Ze surfte verder en kwam op sites waar ze niet vrolijker van werd. Op *YouTube* stond een fragment waarin een dame uit Denemarken samen met haar zoontje een oproep deed of de vader van haar kind zich wilde melden. Ze had geen gegevens van haar sexpartner. Op een ander forum stonden bijna wanhopige berichten van ongehuwde moeders. Zo ver zou zij niet gaan.

Ze belde met de Zweedse ambassade en kreeg een gedienstige vrouw aan de lijn die Frida Lomborg heette. Frida raadde haar aan naar het gemeentehuis te gaan in Stockholm. Isadora vroeg of ze daar de hulp kreeg die ze nodig had. Frida was bereid een en ander uit te zoeken en beloofde terug te bellen.

'Nog een vraagje,' zei Isadora. 'Zweden staat bekend om zijn kinderopvang. Kan ik met mijn zoontje van acht daar ook een beroep op doen, zodat ik de handen vrij heb om een paar uur per dag alle instellingen te bezoeken?'

'Ja, alle hotels hebben een crèche en kinderopvang. Meestal is dat gratis maar in sommige gevallen moet u een kleine bijdrage betalen,' zei Frida vriendelijk.

Isadora bedankte haar en maakte een notitie over het telefonische contact. Ze zou het daar ter plaatse moeten uitzoeken, maar voorbereidingen kon ze alvast hier doen.

Twee dagen later belde Frida terug: ze had een afspraak voor haar gemaakt op maandag 19 juli om kwart over tien met gemeenteambtenaar Björn Stigson. Ze gaf het adres, het was niet ver van het centrum af.

'Fantastisch, heel erg bedankt,' zei Isadora blij.

'Veel succes, ik hoop dat uw missie slaagt.' Frida Lomborg verscheurde het A-viertje waarop ze aantekeningen had gemaakt.

Gijs stond al om vijf uur naast zijn bed. Van de zenuwen kon hij geen hap door zijn keel krijgen en meer dan een paar lepels pap kreeg ze er niet bij hem in. Hij had nog nooit gevlogen. Harm die hen weg zou brengen stond klokslag half zeven voor hun huis. De ochtend rook fris en ze ademde diep in. Vogels zongen naar hartelust. Hadden ze de melodieën van hun ouders geleerd? Isadora luisterde ingespannen hoe de dieren communiceerden. Ze herinnerde zich een artikel dat gewone huisvogels zelfs de ringtones van mobiele telefoons nabootsen. Geen wonder, de beestjes leren zingen door te imiteren. De ornitholoog die het onderzoek leidde schreef dat er geen gevaar in schuilde en dat het zelfs een goed teken was dat de beestjes zich aanpasten. Een spreeuw kan het geluid nadoen van piepende remmen, van menselijk gefluit of zelfs van een ambulance. Een Vlaamse gaai staat er om bekend dat hij ontzettend handig is in het kopiëren van het gezang van andere vogels. Deze vogel, een soort die ze bijna dagelijks in de tuin zag, schijnt moeiteloos het geluid van een krakende tak te kunnen reproduceren. En om gevaar te insinueren imiteert hij een jankende kat. Ongelooflijk… Ze dacht even na hoe ze een krakende tak met haar stem zou kunnen nadoen.

De natuur ontwaakte, bloemen openden hun blaadjes, het land geurde. Aan de overkant van het weiland kregen de bomen hun eerste zon. De koeien loeiden.

Harm had zijn auto het erf opgereden en ze laadden hun bagage in. Gijs kwam aanrennen en kroop op de achterbank.

Op de vroege donderdagmorgen stroomde het verkeer van alle kanten op de ringweg om de stad. De radio meldde een lichte ochtendspits.

'Je zult hier maar iedere dag in moeten staan,' verzuchtte Isadora.

'Die zijn er genoeg,' zei Harm. 'Duizenden mensen rijden dit stuk iedere dag en houden rekening met het oponthoud. Soms is het meer en soms wat minder, zoals vandaag. Zo vent, heb je d'r een beetje zin in?' Hij keek in het spiegeltje naar Gijs op de achterbank.

'Ja, mama en ik gaan mijn papa zoeken.' Gijs glom.

'Ja, we gaan proberen hem te vinden, hè Gijs? Maar Gijs weet ook dat het misschien niet lukt en hij heeft beloofd dat hij dan een grote jongen zal zijn.' Ze draaide zich half om en streelde het blonde jongenskopje op de achterbank.

'Het is goed dat je het doet voor de jongen,' zei Harm met gedempte stem. 'Je geeft hem het gevoel dat je je best hebt gedaan en meer kun je niet doen. Vroeg of laat beseft hij dat. Hij is er wel erg mee bezig.'

Ze knikte.

'En,' vervolgde hij, 'er is ook een programma waarin ze vermiste personen zoeken. Greetje kijkt er altijd naar, hoe heet het toch...? Opsporing verzocht of Tros Vermist. Kun je ook altijd nog heen schrijven.'

'O, je bedoelt Spoorloos. Daar had ik nog niet eens aan gedacht, maar ik ben eerlijk gezegd wel even klaar met tv-programma's,' zei Isadora.

'Dat kan ik mij voorstellen,' antwoordde Harm met een grijns.

Het afscheid van Harm ging snel. Over een week zou hij hen

weer ophalen. Gijs bleef staan zwaaien tot de auto uit zicht was. 'Ga je mee, kerel?' zei ze. Hij rende naar zijn moeder. De rolband op het vliegveld bracht hem veel vermaak. Zijn moeder stond stil op de band en hij liep ernaast en moest een hoog wandeltempo aanhouden om haar bij te kunnen houden. Het zag er koddig uit, het driftig stappende jochie dat zijn moeder probeerde bij te benen. Even later draaiden ze het om en stond hij geamuseerd te kijken naar zijn lopende moeder.

De controle was grondig. Gijs keek ernstig toen zijn tas werd gecheckt en hij stapte gewichtig door de detectiepoortjes. Anderhalf uur later zaten ze in het vliegtuig voor een directe vlucht naar Arlanda Airport.

Een shuttlebusje bracht hen van het vliegveld naar hun hotel. Het gebouw zag er strak en modern uit. Binnen was veel met kleurschakeringen gedaan: patronen waaierden uit op de muren. De donkerblauwe vormen op de muren in de lobby deden aan ver weg gelegen bergen denken. Ze liepen naar de receptie om in te checken. Ongemerkt veranderde het blauw in zachtlila. Er stonden designmeubels uit de jaren zeventig, perfect aangepast aan het vertrek.

'Dat is net een zon,' zei Gijs, hij rekte zijn nek uit om het ontwerp goed te bekijken. Isadora keek naar hem, zijn gezicht kleurde mee met de ruimte en kreeg een oranje gloed. De deuren van de liften waren van glas en de kleuren wisselden elkaar af, zo zagen ze dan weer een paarse lift naar boven gaan die langzaam transformeerde via lila naar blauw. Op de begane grond zagen ze nu een groene koker van licht. Indrukwekkend.

Een uurtje later liep het tweetal naar buiten. Ze hadden hun bagage op hun mooie kamer uitgepakt en wilden nu de omgeving verkennen. Het hotel lag niet op het aantrekkelijkste plekje van Stockholm, dat was duidelijk. Grijze kubistische flatgebouwen omringden het veelkleurige hotel, en een straat verder liep een drukke verkeersader waarop het verkeer voorbij raasde. Isadora had tramkaartjes gekocht bij de receptie. De trambestuurder beloofde hen te waarschuwen als ze eruit moesten. Nu reden ze het middeleeuwse centrum binnen.

'Gamla Stan,' riep de trambestuurder luid en duidelijk door de intercom. Bij het uitstappen zag ze in de spiegel dat zijn ogen hen volgden. Ze stak haar hand op en zijn ogen vertrokken zich tot spleetjes.

In de oude stad, volgens een Nederlandse folder de letterlijke vertaling van *Gamla Stan*, zagen ze veel bont gekleurde huizen die ze nooit in Nederland zouden tegenkomen. Verkeersluw gemaakte smalle straatjes maakten het een prachtig wandelgebied en voerden naar plaatsen waar je ineens weer een weids vergezicht had. Het was de Jordaan van Stockholm, ooit een volkswijk waar de armste stedelingen woonden, nu een woon- en winkelgebied voor de *happy few* waarin de oorspronkelijke gevels en het vroegere straatbeeld zo veel mogelijk in tact zijn gebleven.

Twee dagen later bezochten ze het openluchtmuseum *Skansen* op Djurgarden, een eiland midden in het centrum. Het draaide hier vooral om honderdvijftig traditionele Zweedse huizen en het was een plek waar de Stockholmers zelf ook graag kwamen om te ontspannen. Het was mooi weer en ze zaten op het strand te midden van druk pratende mensen. Isadora sluimerde en genoot van de zon. Gijs probeerde een zandkasteel te bouwen, maar het zand was te los en te slap om er mee te boetseren. Verderop, niet ver van de branding was een man samen met zijn zoon bezig een indrukwekkende burcht te fabriceren. Gijs gaf zijn pogingen op en liep er schoorvoetend heen en bleef op een afstandje staan kijken. Hij stond met holle rug zoals alleen hij kon staan. Die rug heeft hij niet van mij, dacht ze ineens.

Isadora zag dat de vader hem aansprak en naar hem lachte en hem uitnodigde, maar Gijs verstond hem natuurlijk niet. Hij gebaarde naar de richting waar zijn moeder zat en de man zwaaide naar Isadora. Ze zwaaide terug. Charmante man, zelfs van deze afstand zag ze een gespierd bovenlichaam en een strakke kaaklijn. Ze glimlachte. Het kon toch geen kwaad als ze naar mannen keek? Gijs kwam weer naast haar zitten en keek zijn moeder bedachtzaam aan.

Ineens wist ze wat er in het jongenskopje omging. Hij zag in iedere volwassen man een vader, elk kind kon zijn broertje of zusje zijn.

Gijs lag al in diepe rust toen ze op zaterdagavond zachtjes de hotelkamerdeur sloot om beneden een drankje in de lounge te bestellen. Het was druk. Ze herkende een aantal hotelgasten die ze bij het ontbijt was tegengekomen. Een gedistingeerd ouder echtpaar nodigde haar uit om bij hen te komen zitten en dankbaar nam ze hun invitatie aan. Het echtpaar stelde zich voor als Anders en Irma Olofsson. Ze kwamen uit Harjedalen, een provincie in midden Zweden. Isadora kende deze uit de boeken van Henning Mankell. Ze refereerde hieraan. Natuurlijk kenden zij deze wereldberoemde schrijver. Ze waren een weekje op vakantie en genoten van al het moois dat Stockholm te bieden had. Anders was hier geboren en getogen terwijl Irma van origine uit het noorden van Zweden kwam. Ze waren beiden arts in ruste en hadden geen kinderen. Ze vroegen Isadora over Nederland en ze schilderde de straatjes van Amsterdam, de stad waar ze ooit studeerde en beschreef de architectuur. Beide Zweden waren nog nooit in Nederland geweest en luisterden geïnteresseerd. Isadora vertelde van de boerderij en over haar zoontje. Dat ze weduwe was verzweeg ze, maar voor ze er erg in had draaide ze het hele verhaal af waarom ze hier verpoosde, en over de afspraak die ze overmorgen bij de gemeente had.

'Wil je dat Anders met je mee gaat?' vroeg Irma.

Isadora keek haar verbluft aan.

'Dat zou fantastisch zijn! U spreekt de taal, maar ik wil u niet storen tijdens uw vakantie,' stamelde Isadora.

'Het is voor hem een kleine moeite, dat is dus hierbij afgesproken. Nemen we er nog een?' Irma probeerde de aandacht van de ober te vangen.

Toen ze een uurtje later naar boven liep, bedacht ze dat haar avontuur om de vader van haar zoon te zoeken nu voorbestemd leek.

Ze zagen het vriendelijke koppel maandagmorgen weer aan de "*fruhkost*". Het was hier een doodnormale zaak dat je 's morgens al makreel at en er lagen ook een paar prachtige zalmen. Isadora smulde, maar Gijs trok een vies gezicht. Hij vond een paar broodjes die Isadora voor hem met chocoladepasta smeerde. Anders probeerde met gebarentaal met Gijs te communiceren maar hij begreep er niets van.

Anders wist waar het gemeentehuis stond. Het imposante gebouw dat opgetrokken was uit rode steen was gebouwd tussen de twee wereldoorlogen. Naast de voordeur hing een koperen lantaarn.

Ze moesten zich identificeren. Klokslag halfelf haalde een dame in een slobberig bruin mantelpak hen op. Haar haren zagen er ongewassen uit en haar ogen stonden flets. Ze bracht hen naar een kantoor aan de achterkant. Een kleine man van middelbare leeftijd gaf hen een hand en stelde zich voor: 'Björn Stigson.'

Nadat hij koffie voor hen ingeschonken had vroeg hij naar de informatie die ze al zo vaak had gegeven: naam en vermoedelijke geboortedatum. Ze wist zijn verjaardag, maar in zijn geboorte-jaar kon ze zich vergissen. Ze vertelde dat hij destijds in Neder-land een wetenschappelijke studie volgde. Ze had thuis het adres opgezocht waar hij toen gewoond had. Stigson typte alles in de computer, maakte af en toe een fluitend geluid en fronste met zijn wenkbrauwen.

'Iets anders?' vroeg hij plotseling in het Engels. 'Anekdotes, of iets specifieks dat je je van hem herinnert?' Hij keek haar over zijn leesbril aan. Opeens ging hij over in het Zweeds en richtte het woord aan Anders.

'Hij kon goed tekenen,' zei ze abrupt. Ze herinnerde zich de da-gen in het bos die maar geen einde leken te krijgen. Het idyllische vennetje dat zo in een sprookje paste, de libellen die op het water schenen te lopen. Om zes uur stonden ze toen op, in de vroege ochtend hing er een waas die het nog feeërieker maakte als de eerste zonnestralen het water raakten. De lente deed zijn intrede en het bos geurde. Het was hem gelukt om die mystieke sfeer te vangen en zijn aquarellen waren beter geweest dan de hare.

'Ik denk dat ik iets gevonden heb.' Stigson draaide het scherm naar hen toe en de rijen Frederik Johanssons leken oneindig, er voldeden er tien aan de verjaardagsdatum, drie in het ene jaar, 1976 en zeven in het daaropvolgende jaar. De cursor knipperde bij nr. 34: *Frederik Johansson, born April, 4th, 1976, profession: designer.* Isadora kreeg een rare smaak in haar mond toen ze verder las... Een kruisje gaf aan, dat hij twee jaar geleden was overleden.

11

Beduusd zaten Anders en Isadora even later in de tram. Anders zei niet veel, maar ze merkte dat hij met haar meevoelde. De vermoedelijke vader van haar zoon was dood. Hoe moest ze het Gijs vertellen? Wat had Dr. Heutz gezegd? Teleurstellingen horen bij het leven en een kind kan het niet vroeg genoeg leren. Kinderen zijn sterker en flexibeler dan we denken. Ze vertelde het Anders. Hij was het met Dr. Heutz eens, maar zei dat beter voor Gijs was als ze nu de waarheid nog even voor zich hield.

'Het is al een ontgoocheling voor hem dat je hem niet gevonden hebt, laat hem nog even de hoop dat hij zijn vader ooit zal zien.'

'Is dat niet wreed? Dan heeft hij twee keer verdriet.'

Anders stond op. 'Kom, we gaan er even uit.'

Ze stapten uit in de oude binnenstad.

'Koffie met taart,' zei Anders glimlachend. Ze gaf hem een arm en keek ondanks haar zorg met genoegen naar de kleurige huizen. Hij nam haar mee naar *Stortorget*, een groot plein dat bezaaid was met terrassen. Ze bemachtigden een tafeltje in de zon en bestelden een café latte met de typisch Zweedse *"kanelbulle"* bij de ober die uit het niets leek op de doemen.

Het plein straalde sereniteit uit. Anders ving haar blik en zei: 'Ze heffen sinds een paar jaar tol voor automobilisten die de oude stad in willen rijden; het is niet verboden maar kost dus wel geld.' Nu hij zo dichtbij zat, vielen haar zijn donkerbruine ogen pas op. Zijn blik was scherp en alert en tegelijk las ze mildheid in de spiegels van zijn ziel. Het was vroeger ongetwijfeld een aantrekkelijke man geweest, nog steeds eigenlijk.

'Tol heffen om in het centrum te mogen rijden. Wat een goed idee,' zei ze. 'Misschien ook iets voor de steden in Nederland.'

Taart en koffie werden gebracht. Anders rekende meteen af.

'Ik kwam vroeger veel op dit pleintje, en heb hier heel wat liters bier weggespoeld.' Hij grinnikte.

'Woonden jullie vroeger in de binnenstad?' vroeg Isadora.

Hij knikte. 'Mijn vader was chirurg en het ziekenhuis stond hier vlakbij,' hij wees naar rechts. 'Het is gesloopt. Vijf jaar geleden kwam er een nieuw pand. Nu zijn bijna alle ziekenhuizen in Zweden verzelfstandigd.'

'Daar zullen we in Nederland ook wel naar toegaan,' zei ze.

Het taartje smaakte heerlijk: zoet, maar met een frisse smaak. Het hoorde bij dit hemelse plekje in de zon en het verdreef voor even de donkere schaduw.

'Hoe voel je je?' vroeg Anders ineens. Hij keek haar indringend aan.

'Eigenlijk ben ik een beetje verdrietig, voor Gijs maar ook voor mijzelf. We kwamen om zijn vader te vinden en dat is gelukt, maar we hebben er niets aan…' Ze roerde met het lepeltje in haar lege kop. 'Deze reis is een desillusie.' Haar ogen prikten. 'Ik kan het niet geloven dat hij niet meer leeft,' zei ze ineens. 'Het was zo'n sterke grote man, iets in mij zegt dat het niet klopt, niet kan kloppen. Ja, ik weet wel dat het zo is, ik heb het zelf gezien, dat kruis achter zijn naam,' zei ze snel. 'Maar er is iets…'

'Kom, je moest dit doen, en je hebt het gedaan,' Hij pakte haar hand en streek vaderlijk met de andere langs haar gezicht. 'Niet zo treurig, meisje.'

'Nu klink je als een Brahms lied,' zei ze glimlachend.

'Houd je van klassieke muziek?'

'Bach, Brahms, Händel, Mozart, je maakt mij overal blij mee, en jij?'

'Ik heb op vrij hoog niveau viool gespeeld. Ik had plannen ermee door te gaan en naar het conservatorium te gaan. Maar mijn vader hield het tegen. Misschien maar goed ook. Toch is het leven zonder muziek een kale boel. Misschien gaan we ooit nog samen naar een concert.' Hij keek glimlachend naar haar.

'Wie weet...' Ze keek hem aan. 'Waarom zijn alle charmante mannen of getrouwd of zoveel ouder?' flapte ze er uit.

Zijn ogen schitterden. 'Je hebt geen geluk gehad hè, in de liefde? Ik lees de pijn in je ogen. Dat zag ik al de allereerste keer dat ik je zag.'

'O ja? Ik probeer het altijd te verbergen. Ik ben een sterke vrouw, ik red me prima hoor.' Hij kijkt dwars door me heen, dacht ze.

'Daar gaat het ook niet om, Isadora. Ik heb veel bewondering voor je. Er zijn maar weinig vrouwen die zich zo door het leven heen slaan, maar dan kun je toch wel verlangen naar iemand naast je, dat is toch een essentie in het leven, de mens is tweezaam.'

Ze knikte. 'Ik schaam me er ook niet voor.'

'Ben je wel helemaal gelukkig op de boerderij? Wat is je achtergrond eigenlijk?'

Weer had ze het gevoel dat ze transparant voor hem was.

'Ach, wat ik doe dat stelt niet zoveel voor. Ik exposeer hier en daar en ik heb op de Rietveld Academie gestudeerd.'

'In Amsterdam? De Rietveld Academie, daar kom je niet zomaar op.'

'Je kent het?'

'Ja, veel jonge mensen dromen ervan daar te studeren. Wat schilder je zoal, abstract?'

'Nee, niet abstract. Stillevens, landschappen… Ik zou hier wel willen schilderen. Stockholm verschilt veel van de meeste Europese steden en het heeft me betoverd. Al die historie en dan is er ineens midden tussen de stadse bebouwing een vergezicht. Fascinerend... En de natuur moet hier overweldigend zijn.'

'Dan moet je nog noordelijker gaan. Ben je daar ooit geweest?'

Ze schudde haar hoofd.

'Je moet absoluut terugkomen, als de omstandigheden anders zijn.' Hij gaf haar een kaartje. 'Ons mailadres en telefoonnummer.'

'Dank je wel.' Ze borg het kaartje zorgvuldig op in een zijvakje van haar handtas.

'Kijk,' ze wees op een winkeltje dat zijn waar buiten had opgesteld. 'Wat hebben de Zweden toch met trollen?'

'Tja..,' zijn gezicht vertrok alsof hij een staatsgeheim ging ontmaskeren. 'Trollen spelen hier een belangrijke rol in sagen en volksverhalen. Ze worden gebruikt als de helpertjes van de Kerstman, en hoewel het nu hoogzomer is, zijn ze nooit helemaal uit beeld. Ooit gehoord van de *Näckenverkiezing*?'

'Nee.'

'Het is de sage over een naakte vrouwenlokker met lang haar die viool speelt. De *Näcken* ziet er kwetsbaar uit en hij voelt zich eenzaam. Maar de vrouwen, aangetrokken en verleid door zijn vioolspel en zijn schoonheid, verdrinken later in de rivier. In het noorden is er zelfs ieder jaar een verkiezing van de beste Näck. Een naakte man speelt dan viool in de rivier, en...'

'Nee, laat me raden, jij hebt meegedaan aan die wedstrijd.'

'Ja, en ik heb nog gewonnen ook. Jaren terug hoor...' Beiden glimlachten.

Een half uur later liepen ze de lobby van het hotel weer binnen die nu zachtroze was. Irma zat met Gijs in de lounge chocolademelk te drinken. Ze had hem opgehaald van de kinderopvang. 'En mama, heb je hem gevonden?' Twee jongensogen keken haar vragend aan en ofschoon ze wilde vasthouden aan het complete verhaal van de ambassade kruiste haar blik die van Anders. Hoewel hij niets verstond, begreep hij dat ze de verzachtende versie aan haar zoon vertelde. Gijs was diep teleurgesteld maar ze had hem gewaarschuwd dat dit kon gebeuren en hij herstelde zich goed.

'We zijn nog niet uitgezocht, hè mam?' zei hij alleen maar.

'Inderdaad, lieverd, en we weten ook niet zeker of die meneer wel je vader was...'

Op de laatste dag maakten ze samen een boottocht door de *Strökajen*. Ze voeren onder bruggen door en het viel haar op dat de mensen hier veel buiten op straat waren. Overal waar ze keken waren de terrassen afgeladen, en de stranden bezaaid met mensen. Dat had ze inderdaad vaker gehoord, dat Zweden veel buiten leefden. Met kerst maakten ze een groot vuur en iedereen kwam uit zijn of haar huis, kou of geen kou, om het feest samen te genieten.

Na een vervelende vlucht met veel turbulentie waarvan Isadora meer last leek te hebben dan Gijs, landden ze in de late middag op Schiphol.

'Ze heeft hem niet gevonden,' waren de eerste woorden die Gijs sprak toen hij Harm zag.

'Niet gelukt?' zei Harm.

'Nee, niet gelukt.' Ze bracht haar vinger naar haar lippen en hij snapte het. Tijdens de rit naar huis zeiden ze weinig. De koeien stonden in de wei en aan de horizon lagen boerderijen. De auto stond plotseling stil. File! Welkom thuis!

Het leven nam zijn normale vorm weer aan en het Zweedse avontuur kreeg een plekje. Nog steeds had ze niet de moed gehad om Gijs het werkelijke lot van zijn vader te vertellen. Waarom zou ze ook? Het was nog lang niet zeker dat die dode Frederik Johansson de gezochte man was. Gijs scheen zich er bij neer gelegd te hebben en had zich krachtig geweerd tegen de harde confrontaties met zijn vriendjes. Sommige kinderen toonden totaal geen mededogen, maar Gijs schatte iedereen juist in en anticipeerde goed op lastige vragen. Natuurlijk polste ze wel hoe hij zich voelde. Gemene en verkeerde opmerkingen legde hij gemakkelijk naast zich neer.

'Wat knap van je, ik ben trots op je,' zei ze toen hij vertelde wat zijn klasgenootjes zeiden. Hij haalde zijn schouders op. Ze verbaasde zich over zijn volwassen gedrag en zijn vermogen om te relativeren. Ik kan nog wat van hem leren, dacht ze.

Ze mailde af en toe met Anders en Irma en ze stuurden foto's van elkaars huis. De Zweden woonden in een prachtige villa, aan de rand van een uitgestrekt bos. Een typische Zweedse houten woning, witgeverfd van een aparte architectuur. Het had een veranda en was half tegen een heuvel gebouwd, ondersteund door twee pijlers. Anders stuurde afbeeldingen van de omgeving die afwisselend ruig was en dan weer lieflijk.

Ze hield zich niet meer bezig met het programma *Boer zoekt Vrouw* en Rick had ze ook uit haar geheugen verbannen. De herinnering aan de charmante Lennard was echter nog niet uitgevlakt en iedere keer als ze langs het restaurant op de Broederstraat liep, kwam zijn evenbeeld naar voren en voelde ze een soort van weemoed. Maar wat had ze eraan?

Ze dacht aan het gebaar van Renée, die deed of ze zand over haar schouder gooide, als waren het herinneringen aan iemand of aan een gebeurtenis. De wereld zag er zonniger uit als je zo met verdriet om kon gaan, maar tegelijkertijd wist ze dat ze het nooit zou kunnen. Misschien kon je het leren?

De school van Gijs was nog niet begonnen. Er was veel te doen op de boerderij en hij hielp hard mee. Hij stond 's morgens vroeg op om Harm te helpen en dreef de koeien naar de stal waar de melkmachines stonden. De kaasproductie had een week stilgelegen en Isadora moest nogal wat werk inhalen. De telefoon ging vaak en eigenlijk kon ze de vraag niet aan. Misschien moest ze toch uitbreiden, maar had ze daar wel zin in? Ze legde de kwestie op tafel bij Greetje en Harm die blij waren dat ze dit punt weer aanroerde.

'Er moet iemand bij,' zei Harm. 'En ik weet misschien wel een geschikte kandidaat. Die stagiaire, die bij mij aan het werk is. Een jonge vent van begin twintig, Polle heet hij. Wil biologisch boer worden.'

'Is dat is die smalle donkere jongen, die jou weleens helpt? Ik heb nog geen kennis met hem gemaakt. Biologisch boeren, hier in Nederland? Dat wordt niet makkelijk, maar we hebben het hier over iemand met idealen?' Ze zuchtte.

'Ik zit er niet op te wachten, dat weet je Harm. Maar kan hij met kaas werken en weet hij iets van biest?'

'Meid, die jongen weet alles van kaas en wat hij niet weet kun je hem leren.'

Harm knikte. 'Hij komt hier elke middag. Zal ik hem langssturen?'

'Stuur hem morgenmiddag maar langs, iemand met toekomstdromen is altijd goed.'

Een jongen met bruin, halflang haar liep de volgende dag het erf op. Hij was kleiner dan Isadora en tenger gebouwd. Een zwarte spijkerbroek zat strak over zijn dunne benen. 'Goedemiddag, mevrouw De Roi,' hij sprak haar naam net zo onbeholpen uit als de knecht die vroeger bij hen had gewerkt, toen Willem nog leefde.

'Jij moet Polle zijn. Hallo, ik ben Isadora.' Ze gaven elkaar een hand.

'Vertel eens wat over jezelf.' Polle praatte vol vuur over de boerderij van zijn oom die naar Frankrijk was geëmigreerd en een biologische wijnboerderij dreef. Hoe hij daar een half jaar gewerkt had en dat hij daar later ook heen wilde.

'Wil je dus ook in de wijn?'

'Misschien een deel ervan, maar ik wil eigenlijk schimmelkazen maken, in het dorp Roquefort-sur-Soulzo. Mijn oom is al bezig om daar een kaasmakerij over te nemen.'

'Dat klinkt niet gek. Heb je er wat kennis van?'

Polle knikte. 'We hebben een rondleiding gehad. Ze hebben natuurlijk ook schapen nodig voor de melk, dat gaat toch weer anders dan bij koeien.'

'En die schimmel wordt kunstmatig toegevoegd?'

Hij knikte opnieuw. 'De rijping van de kaas vindt plaats in de plaatselijke grotten waardoor het alleen daar *Roquefort* mag heten, maar het zou overal kunnen.'

'Zonder de merknaam *Roquefort*,' vulde ze hem aan.

'Zo is het.'

Het gesprek verliep soepel en hij wilde graag ervaring opdoen en interesseerde zich voor haar producten die toch voor Nederland uniek waren.

'Kun je koeien met de hand melken?'

'Koeien, schapen, kamelen… allemaal geen probleem,' lachte Polle.

'Nou ja, ik heb geen kamelen of schapen maar het is wel een pré. Hoeveel uur zou je willen komen?'

'Zoveel uur als nodig is.'

Polle bleek een snelle en integere leerling en het was ook prettig om met zijn tweeën aan het werk te zijn. Ineens had ze een collega. Hij was niet verlegen was en hij praatte vrolijk over van alles en nog wat. Hij vertelde anekdotes over zijn oudere zussen die verkering hadden met jongens waarmee hij het helemaal niet zag zitten. Als het dan uitging en ze vervolgens ontroostbaar waren, moest hij ze opvangen en hun zelfbeeld weer opkrikken.

'Heb je alleen maar zussen?'

'Ja, vier.'

'Allemensen, dat is wat. Allemaal ouder?' Ze checkte de thermometer in de grote ton.

'Twee boven en twee onder me.' Hij legde als een echte vakman zijn oor op de korst om naar de klank te luisteren.

'Hoe is dat te leven in zo'n vrouwengezin? Jullie wonen niet op een boerderij, toch?'

'Nee, maar wel buitenaf. Ik vind het wel gezellig hoor, maar ja ze zijn altijd wel druk met dat getut. Er is er altijd wel een die zeurt dat d'r haar niet goed zit. Maar het heeft ook voordelen, hoor. Ze kleden mij ook aan, niet nu, maar als ik uitga zie ik er altijd trendy uit.' Polle lachte.

Binnen een week had hij het werk zo onder de knie dat ze zich soms kon wijden aan het schilderen. Ze was bezig met een schildering van een foto die ze van Anders en Irma had gekregen. Het was het uitzicht vanaf hun huis, dat schuin tegen een heuvel lag. Het panorama was werkelijk magnifiek. Het werd geen reproductie van de foto maar het ging haar om de betoverende natuur weer te geven en de eenzaamheid vast te leggen die de afbeelding uitstraalde.

12

Het was inmiddels midden augustus en de schoolvakantie was bijna afgelopen. Gijs en Isadora reden naar de stad. Onderweg hingen ze achter boerenwagens die overladen waren met gehakselde mais. Allemaal veevoer, dacht ze bitter. Dit ging direct naar de bio-industrie.

Er was feest in de stad en volgens de traditie bungelde er een koe aan de hoogste toren die de stad rijk was.

'Waarom hangt die koe daar, mama?'

'Lieve schat, dat is een oud verhaal. Een mythe, weet je wat dat is? Een mythe is een soort sprookje. Welnu, vroeger geloofden de Kampenaren dat op de toren gras groeide. Koeien houden van gras en de oliedomme stedelingen dachten: hé, wie houdt er van gras? Een koe en dus was het in hun zotte opvattingen niet zo gek om daar een koe te stallen die het gras lekker kon verorberen. De pastoor die nog onnozeler was dan zijn parochianen had daar wel oren naar en stelde zijn prachtige koe beschikbaar. Ze sjorden het arme beest aan zijn halsband naar boven. De koe was natuurlijk allang gestikt, maar dat ontdekten ze pas toen ze haar wilden laten grazen. Als je stikt komt je tong naar buiten en de mensen legden het uit als: kijk, ze kwijlt al bij het vooruitzicht aan al dat malse gras. Nog steeds geldt dat "koe-in-de-toren-verhaal" als hét voorbeeld van de ezelachtigheid van onze stadgenoten.'

'Ik vind het maar een raar verhaal en waarom hangt die koe daar dan? Als aandenken?'

'Ja, het blijft idioot, maar deze koe is gelukkig van plastic.'

Elke donderdag in augustus was er feest met een vrijmarkt, een kinderkermis en een braderie. Isadora vond met moeite een parkeerplaats en ze moesten een eind lopen om in de binnenstad te komen. Het was halfdrie. Over een uurtje zou ze Renée treffen. Het was druk. Ze hield niet van grote menigten en het benauwde haar toen ze vaststonden en in een mensenhaag geen kant meer op konden. Gijs voelde zich net zo en hield haar hand stijf vast. Dit is de laatste keer dat ik hier kom, dacht ze. Wat een hel.

Voor haar liep een veel te dikke man in een goedkoop mouwloos hemd dat strak om zijn lijf zat en de vetrollen op zijn rug accentueerde. Hij droeg een blauwe stoffen pet. Zijn kuiten leken opgepompt en hij droeg blauwe saunaslippers. Zijn hoofd rustte schijnbaar zonder nek op zijn schouders. De vrouw die naast hem liep paste perfect bij hem. Haar broek liep tot net boven haar ballonkuiten. Ze had een kort geknipt praktisch kapsel om een vertrokken ontevreden gezicht en het lillende vlees van haar armen stak uit het mouwloze shirtje.

Wat doe ik hierin vredesnaam? vroeg Isadora zich af.

Eindelijk loste de mensenmassa op en stonden ze voor een enorm springkussen. Ze gaf Gijs wat kleingeld en even later maakte hij salto's en trok gekke bekken. Ze glimlachte. Waarom was het toch zo belangrijk voor kinderen dat een ouder naar hen keek? Haar ouders hadden nooit achter enige sportieve prestatie gestaan. Wat knap dat hij een salto kon maken. Die lenigheid had hij niet van haar, maar misschien van zijn vader dacht ze mistroostig.

Het uur vloog voorbij. Even later liepen ze het Plantageplein op waar Isadora haar vriendin zag zitten. Renée zag er stralend uit. Toen Isadora met Gijs in haar kielzog naar haar toeliep hield ze een piepjonge ober aan en bestelde een rode wijn.

'Wit?' mimede ze naar haar vriendin, maar Renée wilde bronwater.

'Komt eraan mevrouw,' zei de ober en verdween.

'Ben je al lekker aan het pimpelen geweest?' vroeg Isadora.

Renée lachte wat schaapachtig, maar gaf geen antwoord. Isadora's wantrouwen was gewekt. Renée en geen wijn willen? Merkwaardig... Ze ging zitten op de stoel die Renée voor haar vrij gehouden had. Gijs zette zich wat ongemakkelijk op Isadora's knie. 'Je kijkt of je de hoofdprijs gewonnen hebt,' lacht Isadora haar toe.

'Dank je....'

' Of...ben je zwanger?'

'Al acht weken,' zei ze stralend. De ober bracht hun wijn en water en Gijs kreeg zijn cola.

'Ik durf het haast niet te geloven,' ging ze verder. 'Je bent de eerste die het hoort, zelfs mijn moeder weet het nog niet, maar we zijn er zo blij mee.'

Isadora was opgetogen voor hen. Renée was na twee miskramen soms de wanhoop nabij geweest.

Het gesprek sprong van Zweden tot de inrichting van babykamers en babykleertjes. De dood van de vader van Gijs liet Isadora achterwege. Een moeder met een jong leven in zich mocht ze niet met dit treurige verhaal confronteren. De zomermiddagwind rukte aan de tafeltjes en de rood-wit geblokte kleedjes, die op hun plaats werden gehouden door grote klemmen, bolden op. Lege flesjes vielen op de grond en rolden het terras af dat afliep naar de goot. Gijs sprong van haar schoot af en vermaakte zich door gedienstig de lege limonadeflesjes te verzamelen en ze naar achteren te brengen. Hij had het prima naar zijn zin en toen Isadora hem kwam halen uitte hij zijn ongenoegen.

'Ik begrijp dat je het naar je zin hebt in je eerste baan, maar kerel, je werktijd zit erop, je moeder heeft je nodig.' De jonge ober gaf haar een knipoog.

'Kom we zeggen tante Renée even gedag.'

'Ze is mijn tante toch helemaal niet,' klonk het tegendraads.

Isadora en Gijs slenterden verder en kwamen bij een kunstmarkt. Ze ontmoette een paar collega's die ze kende van de grote expositieruimte in *Het Paard van Troje*. Dirk, een oudere schriele man die mooie abstracte portretten schilderde vroeg waarom zij hier niet stond, maar opperde ook een nieuwe mogelijkheid: morgen stonden ze in een nabije stad.

'Kan ik daar dan gewoon heengaan met mijn werk?' vroeg ze.

'Volgens mij wel, ik zal het voor je navragen bij Lex die alles voor ons organiseert.'

'Dat is erg aardig van je.'

Dirk vond haar leuk en dat had hij ook al eens opgebiecht. Er waren nog meer collega's die kennelijk blij waren met wat professionele aandacht. Ze kreeg een kop koffie en Gijs kreeg een ijsje dat Dirk snel had gehaald bij de ijscokar die twee kraampjes verderop rammelde met zijn bel.

'En was het een beetje uit te houden vandaag?' vroeg Isadora.

Oud-cursist Manon keek haar vermoeid aan. 'Bezoekers en aandacht genoeg, maar verkopen, hou maar op, dat is er niet bij.'

'Het gaat ook om je naamsbekendheid,' zei Isadora. 'Je moet op de lange termijn denken met dit soort zaken. Hoeveel kaartjes heb je weggegeven?'

Manon trok een gezicht alsof ze nadacht. 'Vijftig, zestig ongeveer.'

'Nou, dat is toch prachtig, of niet Dirk?' Dirk knikte ijverig.

'Zoveel heb ik niet eens bij me.' De koffie was lauw maar ze dronk braaf het plastic bekertje leeg. Gijs had zijn ijsje op, maar het wafeltje vond hij niet lekker en gooide hij weg. Ze liepen verder. Bij een kraam aan het eind van de kunstmarkt was het opvallend druk. Op het bord stond de naam van schrijver/illustrator Per Høgstrom, een naam die haar eerst niets zei, maar toen ze de boeken zag die de mensen in de rij onder hun arm hadden ging haar een lichtje op. Ze had een paar bordjes en bekers van hem in de kast staan. Hij tekende primitieve dieren op bonte borden en ze was verrukt van het ontwerp. Ze wist niet dat hij kinderboeken schreef en ze zelf illustreerde. De rij dunde uit en ineens zag ze Per Høgstrom zelf. Een man van een jaar of veertig, schatte ze. Hij droeg een baard en een donkere bril, terwijl de zon niet meer scheen en ze onder een grote parasol zaten.

Vreemd. Hij is vermomd, dacht ze ineens, paste dat bij de act? Horen die twee streng uitziende mannen in hun donkere pakken ook bij de vermomming?

'Mam, ga nou mee...' Gijs trok aan haar hand, hij kon natuurlijk niet zien wat zij zag.

'Even wachten Gijs, deze mijnheer schrijft en tekent kinderboeken.' Ze stonden nog niet in de rij, maar ze bleef kijken naar Per Høgstrom en merkte niet dat de donkere pakken haar scherp in de gaten hielden. Dat gezicht kwam haar zo bekend voor, maar waarvan?

'Hé, mam…' Ze luisterde niet, maar staarde naar de bebaarde man.

'Maaahaam…luister nou, die mijnheer heeft net zo'n kuiltje in zijn kin als ik heb, zie je dat?' Z'n kin, voorzien van een charmant kuiltje schemerde door de opgeplakte baard.

'Ik zie het,' zei ze. Ineens besefte ze met een schok wie deze man was. Gijs had haar vermoeden bevestigd. Haar hart stond stil, ze kon even geen adem meer krijgen en het leek of alles om haar heen begon te draaien.

'Mama moet even gaan zitten,' mompelde ze terwijl ze neerzeeg op een stapel boeken. Gijs keek dodelijk ongerust naar het krijtwitte gezicht van zijn moeder.

'Mam, wat is er? Heb je een hartaanvalling?'

'Nee,' fluisterde ze. Haar stem kwam van heel ver. 'Laat me maar even… Ik…'

Een medewerkster van de boekhandel kwam met een glaasje water dat ze dankbaar opdronk.

'Gaat het weer?' vroeg de vrouw. 'Moet ik een dokter bellen?'

'Nee, nee, het gaat, dank u wel.' Ze hees zichzelf overeind en bleef nog een beetje wankel op haar benen staan. Heel langzaam begon haar bloed weer normaal te stromen. Ze durfde nog niet naar de man achter het tafeltje te kijken maar na een poosje waagde ze het toch. Dat kon toch niet waar zijn! Waarom droeg hij een andere naam? Haar benen trilden nog steeds, maar ze ging in de rij staan met Gijs naast haar. Hij keek naar haar op. Ze probeerde geruststellend te glimlachen, maar Gijs liet zich niet foppen.

'Zullen we weggaan, mam?' zei hij zachtjes.

'Nog even wachten,' fluisterde ze terug. Ze pakte een van de boeken van het stapeltje op het smalle tafeltje. Ze bekeek het boek, het zag er aantrekkelijk uit, met een kleurige voorplaat. Voor hen stond een jonge Marokkaanse vrouw met een jongen van Gijs' leeftijd aan de hand. Ze draaide zich om en zei in uitstekend Nederlands: 'Gaat u maar voor.'

Isadora knikte dankbaar. Hoewel ze een plaatsje opgeschoven waren leek de rij eindeloos, maar eindelijk stonden ze voor de tekenaar. De mannen in de donkere pakken kwamen verontrustend dichtbij hen staan.

'Hallo jongeman,' zei de tekenaar in het Nederlands met een grappig Zweeds accent. Isadora overhandigde hem het boek waarin hij de levensloop van een vlinder poëtisch beschreef. Per Høgstrom nam de tijd. Hij maakte een tekening op het titelblad, terwijl hij tussendoor naar het blonde kind keek dat voor hem stond. Toen hij klaar was vroeg hij: 'Voor wie is het?'

'Voor Gijs, je zoon.' Het was eruit voordat ze het wist. De zwarte brillen gingen schouder aan schouder naast haar staan en ze voelde hun lichaamswarmte door haar zomerjurk.

Per Høgstrom zat een paar ogenblikken doodstil, zijn ademhaling stokte maar hij herstelde zich snel. Hij stopte een papiertje in het boek voordat hij het met een klap dichtsloeg.

'Veel leesplezier.'

Terwijl ze wegliep keek ze over haar schouder. Hun blikken kruisten elkaar. Hij toonde geen expressie, maar het spiertje naast zijn linkeroog trilde. De mannen met de zonnebrillen keken haar strak aan. Verdoofd liep ze naar de auto terwijl Gijs, opgelucht dat ze de drukte uit waren en zijn moeder weer normaal liep, weer vrolijk voor zich uit ratelde.

'Kom we gaan snel naar huis.' Haar benen trilden nog steeds toen ze achter het stuur zat. Gelukkig stribbelde Gijs niet tegen. Hij vroeg naar het boek dat op de stoel naast haar lag, maar toen hij het wilde pakken viel ze tegen hem uit.

'Jij bent altijd zo ongeduldig, wacht maar even tot we thuis zijn.' Ze verhief haar stem wat hij niet gewend was. Hij schrok en hield zich de rest van de reis muisstil.

Ze reden het erf op. Het achterportier knalde dicht. Gijs liep boos naar binnen. Isadora pakte het boek uit de plastic zak en bekeek de tekening, een gracieuze vlinder danste op het papier. *"För min son, P.H"*. Ze drukte het boek dicht tegen zich aan. Haar hersenen werkten koortsachtig, waarom hield hij dat pseudoniem aan? Waarom die beveiliging en die vermomming? Plotseling realiseerde ze zich dat hij in Zweden als dood geregistreerd stond.

Ze haalde het briefje tevoorschijn, *bel me,* en een 06-nummer. Ze stopte het in haar jaszak en stapte uit. Vanavond zou ze het proberen.

Tien minuten later bracht ze Gijs een kop thee. Hij zat voor de tv, verdiept in een kookprogramma. Ze had zijn lievelingskoekjes meegenomen.

'Gijs, ik had niet zo tegen je moeten uitvallen, het spijt me.' Hij keek niet op, maar ging verzitten en ondersteunde zijn kin met een hand.

'Gijs, hoor je me? Wil je de televisie alsjeblieft wat zachter doen?' Hij deed wat zijn moeder vroeg maar zijn blik bleef gefixeerd op de beeldbuis.

'Ik schrok me rot, je schreeuwt nooit naar me,' zei hij opeens.

'Nee, dat weet ik schat, maar ik ben een beetje moe, denk ik.'

Hij lachte, een tikje onzeker.

'Nou ja, dat ben ik ook weleens. Anders kom je even op de bank liggen, kom maar.' Hij stond op en leidde zijn moeder naar de chaise longue en verscheen een moment later met een plaid. 'Je hebt je schoenen nog aan.' Behoedzaam deed hij ze uit en schoof ze keurig naast elkaar onder de bank.

'Moet de tv uit?'

'Nee hoor, maar sinds wanneer ben jij zo geïnteresseerd in kookprogramma's? Je keek er naar alsof je gehypnotiseerd was.' Ze lachten beiden. 'Krijg ik nu een kus?'

Hij sloeg zijn armen om haar heen en liet zich door haar aanhalen, ze drukte het lijfje dicht tegen zich aan, een golf van ontroering stroomde door haar lichaam. Ik hou van je, dacht ze, ik hou zo intens veel van je. Knappe vrouw die ooit zoveel van jou gaat houden als ik.

De onverwachte ontmoeting eerder die middag liet Isadora niet meer los en besloeg de rest van de dag haar gedachten. Ze kon die avond aan niets anders meer denken. Minstens tien keer had ze met de telefoon en het nummer in haar hand gestaan, maar er was iets dat haar tegenhield. Het kón niet waar zijn en als het wel waar was dat deze vermomde tekenaar de vader van haar zoon was dan zouden hun levens onherroepelijk in elkaar vervlechten. Als ze nu niets deed ging het moment voorbij. Wat zou ze verliezen? Ze had hem nooit gehad, ze hadden alleen bijna negen jaar geleden een aantal verrukkelijke weken met elkaar beleefd, dat wel… En ze hadden een kind samen.

Toen ze zwanger werd had ze overwogen abortus te plegen, maar nadat ze de echo van de nog ongeboren Gijs had gezien, kon ze het niet over haar hart verkrijgen hem weg te laten halen. Ach, Frederik wist niet eens dat hij een kind in Nederland had en zij had ook geen enkele moeite gedaan hem daarvan op de hoogte te stellen. Duizend scenario's tolden door haar brein. Hij kon Gijs als zoon accepteren, de jongen een naam en een echte vader geven, maar in de opvattingen van een kind hoorde bij een vader een moeder en die moeder was vervuld van twijfels. Haar leven was volledig gevuld, het stond op de rit en ze kon zich uitstekend handhaven in haar eentje. Goed, de eenzaamheid was soms zwaar, maar woog dat op tegen een onbekende man die permanent om haar heen zou zijn? Bellen? Het kaartje brandde in haar hand. Toen nam ze een besluit en draaide het nummer. Even gebeurde er niets, toen nam iemand met een onbekende stem op.

Verkeerd verbonden, dacht ze en de opluchting maakte plaats voor een intens gevoel van teleurstelling. De andere stem op de achtergrond klonk opeens luid en duidelijk in de hoorn. Haar adem stokte. 'Frederik?' zei ze zachtjes, 'ik ben het, Isodora…'

13

'Frederik, can you hear me?' vroeg ze.

'It is Per! Please don't call me Frederik!'

'Why?'

'Can't explain now. Could you come over?'

'Where are you?'

'In the hotel...'

'What is its name?' Een andere stem zei iets op de achtergrond.

'Stadsherberg.' Hij sprak het uit als *stahiebieg.*

'I'll come now.'

Ze belde Greetje. 'Ik moet weg, kun jij alsjeblieft een oogje op Gijs houden?'

'Natuurlijk. Hoe laat ben je terug?'

'Weet ik niet. Zo gauw mogelijk. Ik bel wel als het laat wordt.'

Greetje kende haar buurvrouw beter dan Isadora dacht. 'Ga maar gauw.'

'Je bent een schat. Ik bel!'

Ze dekte Gijs toe die vast in slaap was, gaf hem een kus en zei heel zachtjes: 'Jouw papa leeft.' Twee minuten later reed ze het erf af.

'Ik kom voor meneer Høgstrom,' zei ze toen ze bij de balie van de Stadsherberg stond.

'Meneer wie?' vroeg de receptioniste. Ze had een hoogblonde suikerspin en zwart geverfde oogleden.

Mens, takel je niet zo toe, dacht Isadora, maar ze herhaalde met alle kalmte die ze op kon brengen: 'Meneer Høgstrom uit Zweden.'

'Ah, ik ga voor u bellen.' De suikerspin draaide een nummer en wachtte met een bestudeerd verveeld gezicht tot er opgenomen werd.

'Hier is een dame voor meneer Høgstrom. Ja, ogenblik.' Ze hield haar hand op de hoorn en vroeg: 'Wat is uw naam?'

'Isadora de Roi.'

'Mevrouw De Roi,' zei het meisje. Ze legde de hoorn neer en zei: 'Ze komen u zo halen.'

"Zo" duurde een kwartier. Isadora drentelde voor de balie heen en weer.

'U kunt ook gaan zitten, hoor,' zei de receptioniste.

'Nee, nee, ze zullen zo wel komen.'

Een man in een donkergrijs pak kwam de lift uit. 'Mevrouw De Roi?'

'Dat ben ik,' zei Isadora. 'Waar is meneer Høgstrom?'

'Hij verwacht u.' De man draaide zich om en liep voor haar uit naar de lift waarvan de deur nog openstond. Ze zoefden naar boven. Op de gang liet hij haar voorgaan, maar voor de deur van de kamer waar Per moest zijn zei hij: 'Wilt u zich omdraaien en uw handen op de muur leggen?'

Waarom moet dat, wilde ze vragen, maar ze slikte de vraag in en deed braaf wat hij zei. Hij liet zijn handen geroutineerd langs haar lichaam glijden. Hier sta ik voor de deur van Gijs' vader terwijl een wildvreemde vent me betast, dacht ze.

'Nu uw schoenen.'

Ze deed haar schoenen uit die hij nauwgezet onderzocht.

'Goed, doet u ze maar weer aan.' Hij klopte drie keer lang, één keer kort. Een man die als twee druppels water op zijn voorganger leek, deed open en maakte zwijgend ruimte voor de bezoekster. Isadora stapte naar binnen. Per of Frederik zat op een smalle tweezitsbank. Hij sprong overeind toen ze binnenkwam en liep haar met een mengeling van vreugde en ongeloof tegemoet.

'*It is you*,' zei hij, en ze zag even dezelfde schittering in zijn ogen waarvoor ze lang geleden gezwicht was.

'*Yes, it's me*,' zei ze. '*And now I want to hear everything.*'

'*Sit down, please.*' Hij leidde haar naar de bank, wachtte tot ze zat en ging naast haar zitten. Hij vermeed zorgvuldig haar aan te raken. Ze keken elkaar strak aan. Toen begon hij te praten, aarzelend, maar allengs werd zijn stem vaster. Hij vertelde dat hij vier jaar geleden prenten had gemaakt. Politieke tekeningen die hij opstuurde naar de krantenredacties en steevast terugkreeg: aardig gedaan, maar net niet goed genoeg. Tot *Politiken*, een van de grotere kranten in Stockholm een prent plaatste waarin hij de spot dreef met varkensflats. Vanaf dat moment nam de krant elke week een tekening van hem. Zijn naam was gevestigd en andere kranten dongen naar zijn gunst.

Ruim twee jaar terug had hij een tekening gemaakt die wel wat leek op de prent die Kurt Westergard wereldberoemd èn opgejaagd wild had gemaakt. Frederik had geen Mohammed met een bom in zijn tulband getekend, maar een groepje Moslimstrijders in volle wapenuitrusting die vol aanbidding voor een Mariabeeld knielen en de zegen over hun Jihad afsmeken: Maria vol van genade, doodt de ongelovigen! De prent had zowel bij Moslims als bij Katholieken diepe verontwaardiging gewekt, maar de Protestanten en de niet-gelovigen gniffelden. Dezelfde middag gingen de ruiten van het gebouw van Politiken aan diggelen en de eerste hatemails stroomden binnen: dood aan de tekenaar! De krant moest in het openbaar door het stof, maar het was niet genoeg. Frederik kreeg bescherming en toen de bedreigingen doorgingen gaf de veiligheidsdienst hem een andere identiteit en verspreidde het gerucht dat de tekenaar Frederik Johansson was vertrokken met onbekende bestemming. Onder zijn nieuwe naam kon Frederik een halfjaar ongestoord wonen en werken in Umea in Noord-Zweden waar hij een kinderboek schreef en illustreerde. Het boek werd goed ontvangen. Sommige recensenten noemden hem de lang verwachte opvolger van Selma Lagerlöf en ze prezen zijn poëtische stijl de hemel in. Maar met de nieuwe roem kwam ook het gevaar terug en ook met een nieuwe identiteit en een naam Per Høgstrom die in niets meer aan de oude naam herinnerde had hij permanent bescherming nodig.

'*Here I am,*' besloot hij. '*A celebrity in a child's world, a piece of shit for the children of God.*'

'Frederik…'

'*Frederik is dead,*' zei hij hard.

'*We have been looking for you.*'

'*Why?*'

'*Because Gijs wants to know who his father is.*'

Hij keek haar met een intense blik aan. De blik die ze zich van ruim negen jaar geleden herinnerde en die toen al een onuitwisbare indruk had gemaakt. Ze was gevallen op zijn ogen en zijn handen en nu ze naast hem zat kwamen al die indrukken weer in volle hevigheid terug. Wat gebeurt hier? dacht ze verbijsterd. Frederik is dood en begraven en deze Per Høgstrom is niet meer dan zijn schim, iemand die op hem lijkt. Ze schudde haar hoofd om de gedachte te verdrijven. Onzin, hij wás Frederik en die naamsverandering en alle poppenkast eromheen was alleen bedoeld om hem te vrijwaren van gevaar. Gevaar... wat moest Gijs met een vader die permanent onder bewaking stond?

'*What is your future?*' vroeg ze.

'Geen idee,' zei hij opeens in het Nederlands.

'Je spreekt Nederlands,' zei ze verrast.

Een glimlach. '*Bare lite,* een beetje...' De glimlach verdween. 'Weet je zeker dat Gijs mijn kind is?'

'Ja.' Ze keek hem onderzoekend aan. 'Ben jij bereid een DNA-test te ondergaan?'

'*Sure. If he is my son, I'll take my responsibilities.*'

'*And then?*'

'*I'll pay my share, but I am not able to raise him. A dead man cannot be a father.*'

'*So he will never know that you exist?*'

'*Indeed.*'

Wat een rotzooi, dacht ze kwaad. Hoe kon hij zo stom zijn om de Islam te beledigen! Je weet toch hoe die lui reageren? Met die ene prent had hij Gijs zijn vader ontnomen. Nee, dacht ze, jijzelf hebt dat gedaan door hem alleen op de wereld te zetten. Je mag het hem niet verwijten. Hij wist niet eens dat Gijs bestond. En nu hij het wel weet is hij bereid om het vaderschap te erkennen met alle risico's van dien. Ze kon nog terug. Gijs wist niet beter of zijn vader was onvindbaar en ze had nu nog steeds de kans om hem in die waan te laten.

Wat wil ik zelf? dacht ze opeens. Wil ik hem terug? Ze gluurde naar hem en bestudeerde zijn gezicht. Er zat nog een restje lijm van de valse baard op zijn wang, die hij blijkbaar vlak voor haar komst had verwijderd.

'Ik moet nadenken,' zei ze.

Hij knikte. *'Do so. When do we meet again?'*

'Tomorrow?'

'OK. I'll let you know where we are.' zei hij zakelijk.

'You don't know that now?'

'No.' Hij glimlachte verontschuldigend. *'Safety reasons. I'll call you.'*

Ze gaf hem een zoen. Zijn wangen gloeiden. De kus smaakte als vanouds: naar meer.

'Er was eens een jongen, die zo ongeveer veertien jaar oud was, lang en mager en met vlashaar. Hij was eigenlijk een deugniet: hij had het meeste plezier in slapen en eten, en verder hield hij van kattenkwaad.' Greetje zat op de rand van Gijs' bed en las voor uit *Nils Holgersson's wonderbare reis*, het boek waar Gijs niet genoeg van kreeg sinds hij wist dat zijn vader een Zweed was. Isadora had verwacht dat hij er eigenlijk nog te jong voor was, maar hij luisterde ademloos naar de avonturen van de boerenzoon die een kabouter werd en met de wilde ganzen over Zweden trok. Haar moeder had het haar ook voorgelezen toen ze kind was en hoewel ze zelf toen al kon lezen vond ze niets zo heerlijk als tegen haar moeder aanleunend naar het prachtige verhaal te luisteren. Gijs keek glimlachend op en legde zijn vinger op de lippen, toen ze zachtjes de kamer binnentrad. Greetje hield op met voorlezen, maar hij porde haar zachtjes in haar zij en zei:

'Doorgaan, doorgaan.'

Greetje keek met een komische grijns van berusting naar Isadora en begon weer te lezen. Isadora ging naast haar zoon zitten en luisterde mee. Haar hart dat als een bezetene bonsde toen ze naar huis reed kwam langzaam tot rust. Ze deed haar ogen dicht en even was het of ze terugkeerde in de tijd. Alles vergeten, alleen maar luisteren…

'Beiden waren stil op de terugweg. Karr zuchtte meermalen, alsof hem iets tegengevallen was, maar Grauwvel liep met opgeheven hoofd en scheen van zijn avontuur genoten te hebben. Hij liep voort zonder de minste aarzeling tot ze bij de omheinde plaats waar hij was opgegroeid. Hij keek rond over de kleine ruimte waar hij altijd geleefd had, zag de vastgetrapte grond, het verwelkte voer, het kleine bakje waaruit hij water had gedronken en de donkere schuur waar hij had geslapen.

'De elanden zijn één met het bos!' riep hij. Hij wierp de kop achteruit zodat de nek op zijn rug lag en stormde in wilde vaart het bos in.'

'Uit!' zei Isadora en ze trok haar zoon overeind.

'Nee!' zeurde hij. 'Nou gaat-ie pas echt avonturen beleven.'

'Morgen weer,' zei ze beslist. 'Het is over twaalven. Je moet nu echt weer gaan slapen. We moeten allemaal naar bed. Morgen moeten we er allemaal weer heel vroeg uit. Kom, niet zeuren nu. Geef tante Greetje een kus en bedank haar voor alles.'

Hij deed braaf wat ze zei. Greetje kuste hem terug met een tederheid die Isadora elke keer weer verraste. Wat zou zij een fantastische moeder zijn geweest.

'Kom, naar boven,' zei ze haastig. 'Wacht je nog even, Greetje?'

'Zeker.' Ze had haar vinger tussen de bladzijden laten liggen en sloeg het boek weer open terwijl ze de kamer uitliep. Isadora glimlachte. Geen betere voorlezer dan iemand die net zo van het verhaal geniet als de toehoorders.

'Waar was je?' vroeg Gijs toen ze hem instopte en de knuffels om hem heen drapeerde.

'In de stad,' zei ze.

'Wat deed je daar dan? De winkels zijn toch al dicht?'

'Praten met een meneer. Vertel ik je morgen wel. Kom, nu moet je echt gaan slapen.'

Ze gaf hem een nachtzoen, snoof diep de geur van zijn jongens-kop op en ging op haar tenen naar buiten.

Greetje zat op de bank met het boek op schoot. 'Is alles wel goed?' vroeg ze bezorgd.

Isadora haalde diep adem. 'Niet echt, het is bizar wat mij is over-komen en verwarrend. Hoogst verwarrend. Ik weet niet goed wat ik ervan denken moet. Eerst maar eens een nachtje slapen. Mor-gen ziet het er misschien heel anders uit.'

Greetje brandde van nieuwsgierigheid, maar ze begreep met haar ingeboren fijnzinnigheid dat dit niet het goede moment was om naar details te vragen.

'Goed idee.' Ze legde het boek neer. 'Ik ga ook maar eens. Mor-gen is het weer vroeg dag.'

Opeens moest Isadora zich beheersen om het verhaal niet in één ademloze woordenstroom te vertellen, maar ze hield zich in, om-helsde haar buurvrouw en zei warm: 'Als ik jou toch niet had.'

'En allebei je oogjes niet, dan...' vulde Greetje aan. 'Nou, gauw je nest in. Je ziet er moe uit.'

In bed voelde ze pas hoe moe ze was. Wat moest ze nou in vredesnaam doen? Natuurlijk, ze kon Frederiks alias handhaven als hij Gijs zou erkennen. Niemand wist dat ene Frederik Johansson die de prooi van terreur dreigde te worden, de vader van haar zoon was. Hún zoon. Idiote gedachte... Willem was de enige man bij wie ze dat voorvoegsel had gebruikt als ze het over *hun zoon* had, maar Willem was dood, net als de verwekker van het kind. Twee dode vaders... en hij is nog maar acht.

De deur ging heel zachtjes open.

'Ik kan niet slapen,' zei Gijs. 'Mag ik bij jou?'

Ze sloeg het dekbed open. 'Kom maar gauw.'

Hij nestelde zich tegen haar aan. Als dit de laatste man is waarmee ik in bed lig heb ik er vrede mee, dacht ze. Al die kerels...

'Mam?'

'Ja?'

'Waar zou papa Willem nou zijn?'

'Dat weet niemand, schat.'

'Op school zeggen ze dat je naar de hemel gaat als je dood bent. Of naar de hel als je stout bent geweest.'

Een wilde woede trok door haar heen. 'Onzin,' zei ze kortaf. 'Het zijn allemaal bedenksels. Maar één ding weet ik zeker: als het waar is dan woont Willem in de hemel.'

'Past hij dan op ons?'

'Ja.'

'Dan is het goed.'

'Denk je nog wel eens aan hem?' vroeg ze.

'Als ik gevallen ben. Of als de kinderen me plagen. En als we bij de koeien zijn... Nou ja, heel vaak.' Hij draaide zich half om en keek haar aan. 'En jij?'

'Ik mis hem elke dag. Soms is het net of hij er nog is.' Ze trok hem tegen zich aan en zei: 'Denk maar dat je tussen ons in ligt. En nu moet je echt gaan slapen.'

Gijs stak zijn duim in de mond en begon hoorbaar te sabbelen. Ze had hem het duimzuigen met veel moeite afgeleerd, maar, als hij erg moe was, vergat hij dat hij er konijnentanden van zou krijgen, dat zijn duim zou smelten en dat iemand die zichzelf opeet ook een kannibaal is. Hij viel in slaap met de snelheid waarmee kinderen in dromenland belanden. Ze trok de duim uit zijn mond en stopte zijn arm onder het dekbed.

Frederik, Willem, Frederik... De cirkel was rond. En met die gedachte viel ze in slaap.

14

Isadora had veel tegenslagen overwonnen in haar leven en geleerd zich snel te herstellen. Er lag een onrustige nacht achter haar, maar zoals altijd brak er een nieuwe morgen aan. Ze ontbeet met een kop koffie en een cracker, bedwong haar ongeduld om Gijs die met lange tanden zat te eten en duidelijk tijd rekte om het moment waarop hij naar de buren moest uit probeerde te stellen. Zodra hij veilig onder Greetje's hoede was kroop Isadora achter het stuur van de brede terreinwagen. Het gras en de paardenbloemen in de berm naast de provinciale weg deinden hevig toen de auto langsreed. Ze zag nu pas dat er een bekeuring onder de ruitenwisser zat. Ze zette de sproeier aan en spoelde het gehate gele papiertje weg, zichzelf voor de gek houdend. Even voorbij de afslag naar het industrieterrein stonden een paar grote, leegstaande panden. Er waren plannen om ze te revitaliseren, maar de kredietcrisis had door alle projecten een streep gehaald. De dichtgeverfde en met krantenpapier behangen ramen gaven haar een onbehaaglijk gevoel. Pal ernaast lag de stomerij die waarschijnlijk ook op de nominatie stond voor de sloop want er zat geen streep verf meer op de kozijnen. Ze loodste haar auto in de smalle parkeerstrook.

Een meisje met peenrood haar vroeg of ze kon helpen. Isadora overhandigde haar de bewijsjes en het meisje zette de lopende band in werking. Honderden kleurige kledingstukken, gordijnen en tafelkleden, netjes verpakt in plastic schoven voorbij. Het meisje controleerde de nummers met elkaar en legde de kledingstukken op de toonbank. Ze had lange, bontgeverfde nagels met glittersteentjes. Isadora rekende af en groette. Op het moment dat ze de deur uitstapte kwam er een blauwe auto het terrein oprijden, maar ze keek niet op en opende de achterdeur van de Landrover.

'Dag Isadora, wilde je me niet zien?' Ze draaide zich met een ruk om. Het was Eddy, de man die ze een paar maanden geleden op het feest bij Renée had ontmoet. Geen ontkomen aan, ze kon nergens heen vluchten. Ze had geleerd om in lastige situaties een niets-aan-de-hand-gezicht op te zetten en dat kwam nu van pas.

'Hé, hoi, nee ik zag je niet.'

Hij boog voorover om haar te zoenen.

Ze glimlachte. 'Ik ben net terug uit Zweden. Leuk land. Weet je dat niemand elkaar daar bij begroeting zoent?'

'Is dat zo?' vroeg hij zonder veel interesse.

'Ze omhelzen elkaar alsof ze elkaar jaren niet gezien hebben.'

'Wil je een omhelzing dan?' Ze lachten.

'Daarom zei ik het niet hoor.' Hij stond wat verlegen te kijken alsof hij niet wist wat hij aan moest met de situatie. 'Maar het mag wel.' Ze giechelde toen ze zijn armen om zich heen voelde. Vaag rook ze een verschraalde bierlucht.

'Maar wat moest je in Zweden?'

'Een weekje vakantie, lekker samen met mijn zoon.'

'Ik zag je nog op de televisie, paar maanden geleden.' Hij keek ineens geamuseerd.

'Ja, erg hè?' Isadora kreeg een lichte kleur.

'Welnee, het was leuk je te zien, maar wat een horken… ik had bijna zelf op je geschreven, maar ik kan niet melken en op een vent die alles weet van pensioenen zit je toch niet te wachten.' Op het fietspad vlak naast hen trok een lawaaierige brommer op.

'Dus je vond het leuk? Ik dacht dat ik afging als behoeftige boerin.' Ze lachten beiden weer.

'Nou, dat is de laatste associatie waaraan ik zou denken,' zei hij.

'Zet dat maar uit het hoofd. Ik was juist trots op je. Kom je nog weleens bij Renée en Allon? Die zag ik trouwens ook op tv, toen met die barbecue.' Hij streek door zijn haar.

Hij gaat onder de zonnebank, dacht ze, tenzij hij net terug was van een vakantie was naar een of ander zuidelijk oord.

'Volgende week geven ze een feestje. Zomaar, omdat het zomer is. Zie ik je dan?' vroeg Isadora.

'Daar kijk ik naar uit...' Hij streek over haar wang en liep naar de ingang van het complex.

'O ja, Eddy, mijn horloge, heb ik dat bij jou laten liggen?' Hij keek haar verbaasd aan.

'Dat heb ik al maanden geleden aan Renée gegeven.'

Isadora startte de Landrover en reed terug naar de snelweg, het verpauperde industriegebied achter zich latend. Eddy...Ze had geen tijd om over hem na te denken, want haar telefoon ging. Het was Dirk, haar collega-kunstenaar. De eerste keer liet ze hem gaan, maar toen hij na vijf minuten weer ratelde met het irritante melodietje drukte ze het groene knopje in. Met zijn hoge hese stem sprak hij haar toe.

'Hé, meid hoe is het?' Zonder antwoord af te wachten ging hij verder. 'We staan vandaag in Hattem. Ik heb met Lex overlegd en er is ruimte zat, dus als je wilt, kun je komen.'

Ze luisterde maar half. 'Hoe laat begint de markt?'

'Je kunt er de hele dag staan als je wilt. Wij zijn er om tien uur.'

'Ik weet niet hoor, het is zo'n gedoe.'

'Welnee, je neemt wat kleine doeken mee en je ezel, verf hebben we hier wel. Heb je visitekaartjes?'

'Die heb ik, vers van de pers. Ik zou wel kunnen. Gijs is naar school, maar ik blijf niet de hele dag.'

'Dat hoeft ook niet, maar dan is het nu dus afgesproken.'

'Ik houd nog een slag om de arm, Dirk. Even kijken of het werk af komt thuis, ik kan niet alles aan Polle overlaten.'

'Polle?'

'Ja, Polle helpt me met de kaasmakerij. Een jongen met gouden handjes.'

'Nee, die heb jij Isadora,' zei hij zacht.

'Ik laat je nog weten hoe en wat, oké?' Ze hing op. Afleiding was misschien goed, maar ze was nu niet op haar scherpst en het beklemde haar, al die mensen die een beroep op haar deden. Onzin natuurlijk, maar blijkbaar lukte het haar nu niet om te relativeren. Ze opende het autoraampje en ademde diep. De geur van het boerenland kalmeerde haar. Ze nam de afslag op de snelweg, maar matigde te laat haar snelheid, zodat ze hevig moest remmen in de bocht. In haar achteruitkijkspiegel zag ze de zwarte sporen van de banden op het asfalt en in de cabine rook het naar verbrand rubber.

Een kwartier later was ze thuis. Ze schopte haar schoenen uit en liep naar de keuken om koffie te zetten. Het senseo-apparaat maakte de vertrouwde geluiden. Polle was er al, zijn jas hing op de kapstok en zijn schoenen stonden in de gang. Ze zou hem zo gaan helpen. Terwijl ze de koffie dronk sloot ze haar ogen. Ze was moe, maar even liggen was er niet bij. Op blote voeten liep ze het atelier in en bekeek haar werk. Er hing een grondige, vochtige geur. De folder met de recensie van een tentoonstelling van vorig jaar was op de grond gevallen. Ze raapte hem op en veegde het stof eraf. Vluchtig las ze de tekst die ze uit haar hoofd kende. Ze bestempelden haar schilderijen als poëtisch en ijl. Een sterke verbondenheid met de elementen vuur, water en lucht. Wind, regen, zand en licht speelden een dominante rol in bijna al haar werken. Er sprak beweging uit haar schilderijen, schreven ze. Bewondering en verwondering over het bewegen van de golven, het vliegen van de vogels en het groeien van de planten. Magisch realisme, veel uitgewerkte details met een dreigende, mysterieuze en onwerkelijke sfeer. Een intuïtieve manier van schilderen gecombineerd met een grote materialenkennis. Ze legde de folder weer weg, een lofzang, maar ze wist ook dat deze stijl door sommige mensen als achterhaald werd beschouwd. Op de academie was ze ervoor gewaarschuwd.

Er viel een felle streep zonlicht op de grond, in de bundel licht zweefden fijne stofdeeltjes. Ze bekeek het schilderij van het Zweedse landschap kritisch. Er ontbrak nog iets aan, maar ze kon niet bedenken wat. Hier en daar had ze iets te veel terpentine gebruikt en er zaten vette streken tussen, maar dat was niet wat haar stoorde. Ze had plotseling ontzettende lust aan de gang te gaan. Ze keek op de klok, goed elf uur, ze kon in ieder geval een begin maken. Ze begon met het spannen van een nieuw doek, een moment later liet ze - te rusteloos om te werken - alles weer achter om Polle te helpen.

Ze waste haar handen in het ouderwetse gootsteentje. Er zaten verfspatten in alle kleuren op het oude emaille. Ze probeerde ze er af te boenen met haar nagels, maar ze lieten niet los.

Een zware wagen denderde langs het huis en door het raam zag ze dat het een veewagen was. Er ging weer een koe naar het slachthuis. Even dacht ze dat ze moest overgeven. Boven de wasbak hing een oude beslagen spiegel en ze zag zichzelf weerspiegeld. Later, veel later, zou ze zich pas realiseren dat dit een cruciaal uur zou zijn. Onbewust was er iets teruggeslopen, iets wat al die jaren in haar diepste wezen had gesluimerd.

Van een leeuw kun je geen schaap maken en van een schaap geen leeuw, was een geliefkoosde uitspraak van Willem. Ze klopte het stof van haar voeten.

's Avonds ging ze op tijd naar bed, maar de slaap wilde niet komen. Ze had de vader van haar zoon gezien en gesproken. Het besef van de impact van die ene ontmoeting bezorgde haar rillingen. Al die jaren had ze nauwelijks aan hem gedacht, pas nadat haar zoon met vragen kwam had ze geprobeerd hem te vinden. Waarom voelde ze dan zo'n onrust en ging haar hart zo tekeer als ze aan hem dacht. Waarom zag ze nog steeds zijn ogen voor zich? Misschien had hij zelf een gezin in Zweden, dat had ze niet eens gevraagd. Maar het initiatief om haar weer te zien kwam bij hem vandaan.

Misschien zou een glas warme melk haar wat rust geven. Ze knipte het lampje naast haar bed aan. Een felle flits, gevolgd door een doffe knal en ze zat weer in het donker. Op de tast zocht ze het lichtknopje op de gang, maar bedacht op tijd dat Gijs misschien wakker zou worden. Ze herkende de contouren van de trap en liep voorzichtig naar beneden. Het was nog volop zomer maar de koude tegels onder haar voeten in de hal, deden haar huiveren. Haar pupillen protesteerden hevig tegen het plotselinge elektrische licht in de keuken en ze kneep haar ogen samen. Een nieuw peertje vond ze in de keukenla. Ze zette de melk in de magnetron en wachtte terwijl ze tegen het aanrecht aanleunde. Door de ruit in de voordeur zag ze bewegende lichten, een moment later was het weer donker. Ze wachtte totdat ze het wegstervende motorgeluid hoorde, maar het bleef stil. Vreemd, dit was de toegang naar het bos en verder was er niets te vinden. Met twee treden tegelijk snelde ze de trap op waar een raam was dat op het oosten uitzag. Nog geen vijftig meter van haar huis stond een kleine auto met gedoofde lichten. Zeker een overspelig liefdesstel dacht ze, maar toen ze beter keek, zag ze de contouren van twee personen die niet bewogen. Misschien hadden ze een zwaar gesprek, midden in de nacht. Ze had nog nooit een wachtende auto midden in de nacht bij de boerderij gezien. Wat deden die lui hier? Zou ze er op af moeten gaan? Ben je gek, zei ze tegen zichzelf, je kunt dan wel een flinke boerin zijn, je bent ook een vrouw en in je eentje begin je niets tegen twee kerels. Ze wierp nog een blik op het vehikel en ging weer naar boven. Haar bed was nog warm, maar ze was klaarwakker en het gevoel in haar maag zei dat het nog wel een hele poos zou duren voor ze de slaap weer kon vatten. Onzin, zei ze streng tegen zichzelf. Die auto is toeval. Morgenvroeg zou ze wakker worden en dan zag haar wereld er hopelijk weer geordender uit. Dan zou ze verlost zijn van die chaotische hersenspinsels. De magnetron beneden piepte, haar melk was klaar. Ze ging weer naar beneden. De auto stond er nog.

Terwijl ze in haar pyjama het onbekende voertuig in de gaten hield stonden haar gedachten niet stil. Wat een bizarre toestanden. Ze was nog maar een maand terug van haar reis naar Zweden, waar ze had ontdekt dat de vermoedelijke vader van Gijs was overleden. Ze had de acte zelf gezien. Hij was volgens de Zweedse overheid overleden. Alles klopte, de naam, geboortedatum en beroep kwamen overeen. Frederik Johansson was volgens de autoriteiten dood en begraven. Maar de vader van haar zoon, de man die ze had liefgehad, leefde nog maar had een andere naam en identiteit gekregen. Ze twijfelde ineens aan alles. Ze had het ook nog aan niemand verteld al had het geen haar gescheeld of ze had alles aan Greetje opgebiecht. Gijs wist ook nog van niets. Ze kon toch niet het risico lopen dat ze hem blij maakte met alweer een dooie mus?

Ineens reed de auto weg, de koplampen doorboorden de duisternis. Ze keek hem na tot de rode achterlichten niet meer te zien waren en de nacht weer zijn intrede deed. De melk smaakte goed, maar was alweer lauw.

Even later liep ze behoedzaam weer naar haar slaapkamer, haar bed was afgekoeld. In de verte zong een vroege merel zijn ochtendlied.

Het gezoem van de wekker was onaangenaam en ze voelde zich uitgeput terwijl ze zichzelf ertoe dwong het laken van zich af te slaan en rechtop te gaan zitten. Het was halfzeven en ze rekende uit hoe lang ze geslapen had. In ieder geval een paar uur. Misschien kon ze overdag even gaan liggen. Gijs had zo te zien ook een onrustige nacht gehad, het dekbed had hij los geschopt en hij lag in een vreemde houding te slapen.

'Kom schat, opstaan en douchen.'

Hij protesteerde, zoals hij iedere morgen deed. Ze was eraan gewend, maar even later hoorde ze het water van de badkamer stromen. Hij werd zo opgehaald en had een scoutingdag met tien leeftijdsgenootjes.

Rond tien uur liep ze naar haar buren. Ze had op het punt gestaan om Renée te bellen, maar bedacht dat haar vriendin de voorgeschiedenis miste. Het was een complex verhaal en ze had behoefte aan steun zonder veel uitleg. Bovendien had Renée haar hoofd bij andere zaken.

'Wat zie jij eruit,' was het eerste wat Greetje zei.

'Slechte nacht gehad,' mompelde Isadora. 'En de nacht ervoor was ook al niet best.'

'Koffie?'

'Graag.'

'Greetje, wat ik je vertel, moet tussen ons blijven. Beloof je dat? Ook niet met Harm?' Isadora keek haar ernstig en doordringend aan.

Greetje keek bedenkelijk. 'Als jij dat absoluut niet wilt, natuurlijk, maar is het zo belangrijk?'

'Ik zou het je niet vragen als het niet moest. Ik wil niet zeggen dat… Er zit natuurlijk geen spatje kwaad bij Harm, maar hij is weleens onbedoeld loslippig en helemaal als hij een borreltje op heeft.'

Greetje knikte en maakte een begrijpend gebaar met haar arm. 'Je hoeft hem niet voor mij te verontschuldigen, ik weet hoe hij is, vertel het nu maar.'

Isadora haalde diep adem. 'Ik heb eergisteren de vader van Gijs ontmoet. Hij is hier in Nederland en hij is springlevend. Hij blijkt schrijver van kinderboeken te zijn en hij is illustrator. Hij is bereid om Gijs te erkennen als door middel van een DNA-test inderdaad blijkt dat hij de vader is. Maar ik weet het zeker: hij is de vader.'

'Maar hij was toch overleden, dat hebben ze je toch in Zweden verteld?' Greetje fronste haar wenkbrauwen en er verscheen een diepe rimpel tussen haar ogen.

'Ja, dat is hij ook, ja, nee... O, het is echt heel ingewikkeld. Hij is doodverklaard en leeft onder een andere identiteit verder'. Isadora keek Greetje aan en las verwarring en onbegrip in haar ogen.

'Doodverklaard? Waarom, is hij een kroongetuige in een drugs-zaak of zoiets?'

'Heb je weleens gehoord van spotprenten waarin Allah belache-lijk wordt gemaakt?'

'Ja, in Denemarken is daar zo'n rel over geweest, een paar jaar geleden. Deense vlaggen werden in brand gestoken en bedrijven werden zowat gelyncht in Islamitische landen.' Ze zweeg een ogenblik.

'Je zei dat hij illustrator was, heeft hij soms dergelijke tekenin-gen gemaakt? Grote grutjes...' Greetje sloeg een hand voor haar mond.

'Al Qaida heeft na die eerste prent een premie van tweehonderd vijftigduizend dollar op zijn hoofd gezet. Er is eerder een mis-lukte aanslag op hem gepleegd, toen is hij dus doodverklaard. Hij kreeg een nieuwe identiteit, een nieuwe naam en kon in alle rust een nieuw leven opbouwen, maar die idioot vond dat hij zijn kunstenaarschap niet mocht verloochenen. Hij maakte een nieuwe spotprent die zo mogelijk nog provocerender was dan de eerste en nu wordt hij weer bedreigd. Ze hopen dat het overwaait, maar weer wordt hij zwaar beveiligd door de Zweedse overheid. Ik werd gefouilleerd en uitgebreid, tot aan mijn schoenen toe, gecontroleerd voordat ik hem mocht zien. Maar wat moet ik nou?'

'Waar heb je hem gezien?'

'Twee dagen geleden, op de markt in Kampen, hij stond daar zijn boeken te signeren. Ik heb natuurlijk niets tegen Gijs gezegd. Ik schrok me dood, herkende hem bijna niet, want hij was compleet vermomd. Totdat Gijs op het kuiltje in zijn kin wees. En toen wist ik het zeker.'

'Ga je hem hier uitnodigen?' vroeg Greetje onnozel.

'Nee, dat kan natuurlijk niet, dan heb ik hier gelijk gedonder in de glazen.' Isadora zuchtte.

'Wat voel je?'

'Veel,' antwoordde Isadora. 'Veel te veel, maar ik moet mijn verstand gebruiken, en niet aan mezelf denken. Maar wat moet ik nu met Gijs? Ik kan het toch niet voor hem verzwijgen? Ik heb al veel eerder die fout gemaakt met iemand anders... Ik wil dat niet nog een keer. Je koffie wordt koud,' zei ze ineens. Ze glimlachte ongemakkelijk.

'Die fout met iemand anders... Je bedoelt dat je Frederik niet heb ingelicht over je zwangerschap?' vroeg Greetje door.

Isadora knikte.

'Wat heb je nu met hem afgesproken?'

'Hij belt me vandaag.'

'O, ja voor ik het vergeet, Renée kwam nog langs. Je horloge had je een keer bij hen laten liggen.'

'Och, dat is waar ook. Dat is al heel lang geleden, weet je dat?'

Ze verwisselde lachend het goedkope klokje van de Hema voor haar Seiko horloge.

15

Per Høgstrom belde niet en de dag erna ook niet. Isadora had er een naar gevoel over, maar daarna sloeg dat om in een enorme boosheid: mannen met praatjes en valse beloftes die ze niet waar maakten was ze te vaak tegengekomen. Gijs wist nog van niets en daarmee prees ze zich gelukkig, maar het feit dat hij zijn zoon vergat maakte haar furieus. Misschien was er wat aan de hand, werd hij opnieuw bedreigd en daar wilde ze niets mee te maken hebben. Dit maakte haar weer boos, maar tegelijk zag ze het belachelijke van haar toorn in. Tot een paar dagen terug wist hij niet dat hij een zoon had in Nederland en destijds had ze niets ondernomen om hem te vertellen dat hij vader was geworden. En uiteindelijk had niet zij, maar Gijs contact met hem gewenst.

Ze mailde met Anders en Irma, maar schreef niets over haar ontmoeting met Per. Ze maakten het goed, maar de dagen werden korter en de temperatuur daalde alweer, schreven ze in het laatste mailtje.

In Nederland was het nog volop zomer. In het noorden van Scandinavië begon de herfst al vroeg. Ze was er nooit geweest, maar het verlangen groeide om het te zien. Irma voelde die wens, want ze nodigde haar en Gijs uit om de kerstdagen samen met hen door te brengen. Het was pas eind augustus, maar het ontroerde haar dat iemand zich om hen bekommerde en ze mailde terug dat ze de uitnodiging heel graag aannam. *No matter what,* dacht ze, ik ga erheen.

Ineens schoot haar de kunstmarkt in Hattem te binnen. Geen moment meer aan gedacht. Snel toetste ze het nummer van Dirk in, maar hij nam niet op. Ze belde Lex, de galeriehouder. Lex kwam uit een welgesteld nest. Zijn bekakte manier van praten maakte dat hij vooral door de telefoon arrogant en afstandelijk overkwam. Naast de galerie hield hij paarden. Hij was vijfenvijftig en voor de derde keer getrouwd met een vrouw van Isadora's leeftijd: ene Katja. Ook zij schilderde. Niet onaardig, vond Isadora, maar haar creaties waren onaf en er zat weinig ontwikkeling in. Het echtpaar had geen kinderen. Katja had geen betaalde baan en ook in huis had ze het niet erg druk, want het personeel onderhield de kapitale woning en de riante tuin.

Ondanks zijn hautaine taalgebruik en elitaire manier van doen, had Isadora een zwak voor Lex, als ze hem zag rondstappen, steevast in colbert met sjaaltje. Zijn passie en interesse voor kunst waren oprecht en hetzelfde gold voor de paarden, die hij hield in een imposante manege.

'Met Beumer.'

'Met Isadora. Ik zou eergisteren komen, had ik min of meer met Dirk afgesproken, maar...'

'Heb je het niet gehoord?'

'Nee, heb ik iets gemist?'

'De markt is aan het begin van de middag ontruimd.'

'Wat zeg je nou? In Hattem?'

'Een bommelding. Een verdacht pakketje, in de buurt van het stadhuis. Wees blij dat je niet gekomen bent, het was een chaos.'

'Ja, dat kan ik me voorstellen, maar is er ook een bom gevonden?'

Isadora besefte dat ze door alle hectiek van de laatste dagen niet eens wist wat zich in de buitenwereld afspeelde.

'Volgens mij niet, maar ik ben meteen weggegaan. Kijk even op teletekst.'

'Doe ik, Lex, ik bel je nog.' Onrust klonk door in haar stem.

'Is goed meisje.'

Ze had een droge mond gekregen. Bommeldingen kwamen hier niet voor. Ze zocht op teletekst de nieuwspagina en daar stond het inderdaad: valse bommelding op de Markt in Hattem. Er stond een heel verhaal bij: dat er speculaties waren dat de opgang van de PVV hier wellicht mee te maken had. Ook dat verraste haar. De PVV had toch merendeels aanhang in Limburg en Almere? Toch niet hier zo vlakbij? Niemand eiste de nepaanslag op. Zouden het kinderen kunnen zijn? Zie je wel, dacht ze, ik zie weer beren op de weg die niet bestaan.

Ze likte langs haar ondertanden die de laatste dagen gevoeliger waren dan anders. Ze bekeek ze in de spiegel. Niets aan te zien.

Een rood poesje wandelde op het erf. Toen ze naar buiten liep, kwam het katje naar haar toe en liet zich aanhalen, maar het dook weg toen ze een onverwachte beweging maakte. Het reageerde op haar zachte lokgeluidjes en aarzelend zocht het weer toenadering. Het dier was broodmager en leek nog erg jong. Ze tilde het beestje op en nam het mee naar binnen. Het rode bolletje spinde of zijn leventje er van af hing.

'We gaan eens kijken of jij ook trek hebt.' Kattenbrokken had ze niet in huis, dus zocht ze in de voorraadkelder en vond een blikje tonijn dat de kat naar binnen schrokte.

Gijs kwam later thuis en was lyrisch over het spinnende hoopje bont.

'Mam, houden we hem?'

'Ik dacht dat jij een hond wilde.'

'Ja, maar een poes is ook leuk.'

'Als niemand in de buurt hem mist, mag je hem houden.'

Hij knikte enthousiast. Ze glimlachte toen ze hem later voor de televisie zag zitten met de kat op schoot. Het leek alsof hij er altijd had gezeten.

Haar telefoon ging, de afgelopen twee dagen was bij ieder signaal haar hart sneller gaan kloppen, maar nu nam ze het toestel aan zonder erbij na te denken.

'*Isadora?*'

'*Per?*'

'*You must get rid off this cell-phone, immediately.*'

'*Why? It's an expensive phone.*'

'*Isadora, they are tracking it. It can be dangerous to keep it.*'

'*OK, what shall I do?*' Hij gaf haar een adres.

'*That's all?*' waagde ze het nog te zeggen.

'*I will be there, I see you in 15 minutes.*'

'*I'll try. Have to call someone for Gijs.*'

'*OK, be careful.*' Hij hing op.

Ze belde Greetje die meteen kwam.

Isadora reed het erf af, onderweg keek ze koortsachtig in haar achteruitkijkspiegel of ze niet gevolgd werd, maar de reis verliep kort en rustig. Ze reed de straat in die hij had genoemd en vond het adres: een klein hotel. De balie was onbemand, maar als bij toverslag stond een man naast haar. Ze schrok en de breedge-schouderde man verontschuldigde zich wat onhandig. Hij had een breed gezicht dat niet erg Nederlands aandeed. Hij vroeg haar naar een andere kamer te gaan. Ze herkende de kaalgeschoren mannen van de eerste keer. Ze ontvingen haar met een kort knikje. Het fouilleren onderging ze lijdzaam en ze overhandigde haar gsm.

'I'm allowed to keep my sim-card?'

Hij schudde zijn hoofd. Ze kreeg een andere telefoon, een witte Nokia.

'It's meant for professional use, police, security, etc.'

'I turned the other phone off, was that all right?'

'Doesn't matter, they can track it anyway.' Felle helblauwe ogen keken haar aan.

'OK, I understand.'

Per kwam de kamer binnen, hij sprak Zweeds met de mannen die één voor één de kamer verlieten.

'Je ziet er goed uit.' Hij ging zitten op de lichtblauwe bank en maakte een uitnodigend gebaar.

Verrast keek ze hem aan, hij deed z'n best om Nederlands te spreken. Zijn ene been had hij losjes over de andere geslagen. Een hand rustte op de leuning en de andere ondersteunde zijn kin. Zijn wangen bloosden alsof hij koorts had.

'Wat denk je nu?' vroeg hij.

Isadora zat gespannen op het uiterste hoekje van de bank. Klamme handen, benen tegen elkaar geklemd.

'Ik dacht er aan dat je mij en mijn zoon in een lastig pakket hebt gebracht,' zei ze in het Engels. 'Een week geleden was er nog niets aan de hand, en nu is er gevaar. Hoe denk je dat ik me voel? Gijs weet niet eens dat je bestaat. Het was voor hem al zo'n klap toen we vernamen dat je dood was.'

'Ik was verbaasd toen je de vorige keer zei dat jullie mij zochten,' antwoordde Per zacht.

Ze knikte. 'We zijn in juli in Zweden geweest. Op de ambassade hoorden we dat je overleden was. Althans we namen aan dat jij het was want ik wist niet veel van je. Voor Gijs waren het zijn laatste vakantiedagen toen we bij toeval in ons eigen Kampen op die kunstmarkt terechtkwamen.'

'Bedenk wel dat ik geen idee had dat ik een zoon had. En jullie zochten mij, jullie kwamen op mij af.'

Isadora zweeg, hier had ze geen antwoord op.

'Heb je een foto?' vroeg hij ineens. Ze rommelde wat in haar tas en pakte haar portemonnee. Het plastic was groezelig, maar de foto was recent genomen. Hij bekeek de afbeelding aandachtig. Isadora bestudeerde zijn gezicht, ze zat nu vlak naast hem.

'Hij lijkt op je.'

'Ja.' Hij wendde zich af en bleef een tijdje zitten met zijn gezicht in zijn handen. Even streelde ze zijn haar dat vroeger helblond was en nu al hier en daar wat grijze lokken vertoonde.

Hij keek op en pakte haar hand. Hij had zich hersteld, maar zijn ogen waren vochtig. Hij wilde haar de foto teruggeven, maar ze stopte hem in het zakje van zijn overhemd.

'Hoe lang ben je van plan hier te blijven?' vroeg ze.

Hij hield nog steeds haar hand vast. 'Ik heb hier nog verschillende afspraken. Daarna reis ik naar Duitsland, maar we hebben al veel oponthoud gehad.' Hij deed zijn best om Nederlands te praten maar het was soms moeilijk te verstaan. 'Ik maak me zorgen om jou en Gijs. Isadora, je bent al die jaren nooit uit mijn gedachten geweest. Als ik had geweten…..'

'Heeft die bommelding van eergisteren iets met jouw aanwezig-heid hier te maken?'

'Je bent in gevaar. Heb je met dat toestel gesproken over die kunstmarkt?' Ze dacht terug aan haar gesprek met Lex en knikte.

'Ze zitten achter mij aan, niet achter jou,' vervolgde hij.

'Welke 'ze'?' vroeg ze gespannen.

'No idea. People that want to hurt me.'

Ze schrok. Hij zag er verward en ongelukkig uit, bepaald niet de man die haar en haar kind zou kunnen beschermen tegen die onbekende aanvallers.

'Misschien is het beter dat we elkaar maar niet meer zien,' zei ze hard.

'Maar onze zoon...' stamelde hij.

'Je hebt natuurlijk gelijk, neem me niet kwalijk. Hoe gaan we dat doen met die DNA-test?' antwoordde Isadora verontschuldigend. Wie A zegt, moet ook B zeggen....

'De afspraak is al gemaakt, kom morgen met wat DNA-materiaal van hem, een haarlok of iets dergelijks naar de polikliniek. Ik zal daar ook zijn. Nu moet je gaan, het spijt me verschrikkelijk.' Hij glimlachte en legde zijn hand tegen haar wang. 'Isadora, als dit voorbij is, neem ik je mee uit eten.'

Buiten koerden de houtduiven zachtjes en een eenzame zanglijs-ter zong heldere tonen. Het was rustig in de straten. Ze stond stil voor het stoplicht, het agressieve gebonk van een autoradio naast haar, stoorde haar. Twee grijnzende jongens keken opzij. Haar auto was hoger zodat de bestuurder zich uit moest rekken om een glimp van haar op te vangen. Ze glimlachte op haar allerliefst.

Wat een gejaag. Hoe vaak was ze nu heen en weer gereden de afgelopen dagen? Ze hoopte dat het snel voorbij zou zijn en dat er weer een beetje rust zou komen in haar leven. De jongens trokken hard op en het gebonk nam af. Rust zou er voorlopig niet komen. Frederik of Per was de vader van Gijs. Binnenkort zou dat bevestigd worden. Wat zou er dan gebeuren? Een omgangsregeling met iemand die in het buitenland woonde en ook nog eens bedreigd werd... Dat zag er verre van ideaal uit. In wat voor een wereld was ze terechtgekomen? Ze had er niets mee te maken, maar nu was ze er wel in betrokken. Had ze maar nooit...

Ineens realiseerde ze zich met een schok dat er al een tijdje dezelfde auto achter haar reed. Ze kon de bestuurder in het begin niet goed zien, maar minderde vaart en toen de auto haar inhaalde zag ze dat er een vrouw achter het stuur zat. Zie je wel, daar waren ze weer die beren... Langzaam voelde ze de adrenaline uit haar lichaam wegstromen en haar hartritme werd weer normaal.

Eenmaal thuis ging ze rechtstreeks naar Greetje. Ze vertelde haar over de DNA-test en de ontmoeting met Per. De mogelijke tracering via haar gsm hield ze achterwege. Dat zou Greetje alleen maar ongerust kunnen maken. Het rode katje dat ze Merlijn hadden gedoopt lag te spinnen op de bank.

'Ach, heeft Gijs hem meegenomen?' Ze kroelde het beestje achter zijn oor. Hij rekte zijn rechterpoot met gestrekte tenen naar voren uit.

'Zonder Merlijn geen Gijs,' lachte Greetje. 'Het is een lief diertje. Volgens mij is het geen zwerver, hij is zo op mensen gericht.'

'Tja, ik heb geen idee waar hij thuis hoort, ik heb nog geen tijd gehad om rond te bellen.'

'Misschien is hij uit de auto gezet, je weet hoe mensen zijn.' Ze keek Isadora onderzoekend aan. 'Gaat het wel?

'Het gaat. Meer kunnen we nu niet verwachten, niet waar?'

Toen Harm en Gijs de kamer binnen kwamen gingen ze naadloos over op luchtige onderwerpen en Merlijn was een dankbaar onderwerp.

'Hij lijkt op Knul,' zei Gijs, toen ze even later naar huis liepen. Knul was de roodharige kater van Anna, haar latere mededingster die er met Rob vandoor ging. Isadora had een tijdje op Knul gepast had toen Anna voor een werkbezoek naar Amerika moest. Geen idee hoe het met de kater zou zijn. Gijs was gek op hem geweest en huilde toen Anna hem weer ophaalde.

'Nou, Knul is wel heel erg groot en dik hoor, dan mag je wel heel goed voor hem zorgen, als je wilt dat Merlijn zo wordt.'

Gijs trok een ernstig gezicht, alsof hij het onbegrijpelijk vond dat zijn moeder daaraan twijfelde.

Een nieuwe dag brak aan, maandag. Dorien, de schoolbuschauffeuse stond al op het erf met haar fris gewassen Connexxion- busje. Ze claxonneerde een keer en Gijs had net zijn rugzakje om toen ze ineens voor het raam stond. Ze schrokken beiden.

'Sorry, mevrouw De Roi,' zei Dorien wat timide.

'Geeft niet.'

'Ik wilde u eigenlijk wat vragen.' Isadora trok haar wenkbrauwen op.

'Vragen staat vrij. Zeg 't eens.'

De verkoopster toonde haar charmantste glimlach. 'Deze staat u werkelijk beeldig.'

Dorien bekeek zichzelf in de spiegel. Ze droeg een pastelgroene jurk die meer van een tent weg had dan van een kledingstuk. Haar nek was rood gevlekt.

'Wat vindt u ervan?' Onzeker keek ze in de spiegel.

'Dit moet je niet kopen, we kijken even verder,' zei Isadora met een schuine blik naar de verkoopster.

'Zoals u wilt, maar het is de laatste in die maat hoor.'

'Zuur mens,' zei Isadora zachtjes tegen Dorien.

Dorien lachte haar kleine tanden bloot.

'Trek het maar snel weer uit,' Isadora gaf haar een duwtje naar de paskamer.

Het was bijna ontroerend geweest. Doriens jongste broer ging volgende week trouwen en ze kwam Isadora om raad vragen hoe ze zich moest kleden. Aan het eind van de middag kwamen ze thuis met een crèmekleurige linnen broek met een bijpassende tuniek die versierd was met gouden zonnetjes. Witte pumps met een niet te hoge hak maakten het geheel af. In een kapperszaak lieten ze zich adviseren. Morgen zou Dorien gekapt worden, ze wilde haar haren laten groeien en daar zouden ze rekening mee houden, maar een fris kleurtje zou niet misstaan. In de schoonheidssalon die in hetzelfde pand was gevestigd zouden ze haar wenkbrauwen epileren en haar wat make-up advies geven.

Ze had de blonde jongenshaartjes waar de haarzakjes nog aanzaten uit de borstel getrokken en in een plastic zakje gedaan. Met een raar gevoel reed ze de parkeerplaats van het ziekenhuis op. Ze sommeerde Gijs die achterin zat in de auto te blijven zitten en de veiligheidsriem vast te laten zitten.

Naast het complex lag het stadspark waar honden werden uitgelaten. Op een bankje zaten luidruchtige jongelui te roken.

Ze ging de polikliniek binnen en gaf het plastic zakje af aan een spichtige baliemedewerkster van de afdeling die Per had genoemd. Zakelijk noteerde ze Isadora's gegevens en vermeed het om haar aan te kijken.

Ondanks zijn belofte was Per er niet zelf maar in zijn plaats zag ze de beveiligingsman die ook in het hotel aanwezig was geweest. Hij zei dat er zo spoedig mogelijk contact met haar zou worden opgenomen. Dan zou de uitslag ook bekend zijn.

De volgende ochtend bracht Isadora haar zoon zelf naar school. Vlakbij het dorp zag ze net zo'n auto rijden als de auto die haar gisteravond achterop kwam. Ze probeerde er geen aandacht aan te schenken. Het was een gewone blauwe Ford Escort en vanuit haar ooghoek zag ze dat de bestuurder een man was met twee kinderen op de achterbank. Toeval.

Toen ze bij school aangekomen waren omhelsde Gijs zijn moeder vluchtig, stapte uit en rende naar zijn vriendjes. Isadora keek over haar schouder om te zien of de weg vrij was. Aan de overkant van de straat zaten twee mannen met een Arabisch uiterlijk in een zwarte Golf. Hielden ze haar in de gaten? Ze reed snel weg.

Ze kende het dorp goed en sloeg een schuin gelegen weg in die haaks op de rijweg stond, stopte en liet de motor lopen. Ze hield de weg scherp in de gaten, maar de zwarte Golf kwam niet. Via een andere weg reed ze later nog eens langs de school, maar ook daar was geen zwarte Volkswagen meer te bekennen. Hersenspinsels? Een scherpe pijn schoot door haar onderkaak.

16

In de speelgoedwinkel stonden rijen knuffelbeesten in alle ma-
ten en prijsklassen. De kasten aan de overkant puilden uit met
bedrieglijk levensecht uitziende babypoppen. Isadora tilde een
babypop uit de schappen en kneep in de zachte beentjes. De win-
kelbediende keek haar bevreemd aan. Isadora schudde een tikje
verbijsterd haar hoofd. Over een paar jaar liepen robotbeesten of
robotkinderen in je huis en zouden ze voor een deel zelfstandig
kunnen functioneren. De babypop knipperde met zijn ogen toen
ze hem weer in het schap terugzette.

Ze koos een lichtroze en blauw beertje voor Renée, alvast voor
de baby die over een maand of zeven zou komen. Ze zette de auto
achter haar huis, kocht een parkeerkaartje en belde aan, maar er
kwam niemand. De tijd klopte, ze hadden een afspraak om elf
uur. Ze belde haar mobiel en kreeg de voicemail, maar ze had
geen puf om in te spreken en liep de straat uit.

De zon ging nu verscholen achter dikke wolken, maar de zomer-
warmte was nog voelbaar. Ze voelde er niets voor om nu al naar
huis te gaan. Het was vrijdag en het terras aan de overkant van de
straat lonkte om het weekend in te luiden.

Twee allochtone mannen in grijze pakken, elk met een aktetas
naast hun stoel, zaten druk te praten. Op een bank tegen de ge-
vel zaten vier dames luidruchtig pratend koffie te drinken, hard
lachend om tamelijk platvloerse grappen. Isadora bestelde een
cappuccino, haalde de krant tevoorschijn die ze die ochtend had
gekocht en las de koppen: "*Frankrijk zet Roma uit, Formatie
blijft verrassen, Corneille overleden… Dominee in VS dreigt*

openbare verbranding van de Koran."

Ze herinnerde zich de tentoonstelling van COBRA waarvan Corneille een prominent lid was geweest en ze dacht aan zijn uitspraak die in haar geheugen was blijven hangen: 'Ik wil graag een hemel op aarde hebben, als dat kan...'

Ja, dat willen we allemaal, dacht ze en nu, in het nazomerzonnetje leek het er waarachtig wel op. Niet voor die zigeuners. Massaal over de grens gezet onder het mom van bewezen onbetrouwbaarheid. De meerderheid van de Fransen steunde de regering. Waarom? Wat hadden die mensen gedaan? Waar kwam die vreemdelingenhaat vandaan die zo langzamerhand de hele westerse wereld leek te overspoelen. Nu weer die malle dominee in Amerika die dreigde met een openlijke boekverbranding van de Koran. Overal in de Oosterse wereld kwamen protesten, al even ongenuanceerd als de dominee en zijn handjevol volgelingen. Bij de foto van bebaarde mannen in boernoes die hun haat uitschreeuwden liepen de rillingen over haar rug: zoveel haat tegen een symbolische daad. Laat de Amerikanen alsjeblieft proberen hun eigen fanatici in toom te houden.

Ze dacht aan de Deense cartoonist Kurt Westergard die een meesterlijke spotprent had gemaakt van de kop van Mohammed als bom vermomd waarmee hij zich de haat van de hele Moslimwereld op de nek had gehaald. Of Salman Rushdie wiens boek *De Duivelsverzen* een passage bevatte waarin hij op milde wijze de spot dreef met de fanatieke geloofsbelijdenis van de orthodoxe Moslims en die passage met een jarenlange *fatwa* - een serieuze doodsbedreiging - moest bekopen. En natuurlijk leidden deze gedachten automatisch weer terug naar de onbezonnen daad van

Frederik. Isadora zuchtte.

De cappuccino was op. Isadora tikte peinzend met haar lepeltje tegen haar tanden en voelde opnieuw een onverwacht scherpe steek in haar onderkaak. Kon een beetje kou zo'n pijn doen?

De mannen met de aktetassen waren in een verhitte discussie verwikkeld waar geen touw aan vast te knopen was, want ze spraken in een zangerig Zuid-Duits dialect.

Een grote cyperse kat stapte op de bezoekers af en maakte zijn entree op het pleintje, zelfs de sombere aktetassen keken op van hun dynamische gesprek. De kat streek langs Isadora's benen. Mooi zo'n beest dat zich zo liet aanhalen. Isadora glimlachte.

De eigenaar kwam naar buiten en bekeek het tafereel. Hij liep verontschuldigend op Isadora af en vertelde dat hij jaren geleden was komen aanlopen en nu de huispoes was van alle cafés op het plein.

'Dus jullie geven hem allemaal te eten? En als er wat met hem is?' vroeg Isadora.

'Vorig jaar is hij onder de auto gekomen. Wij waren dicht, op vakantie. Jos, van hiernaast van *De Vlieger* heeft hem toen opgevangen en is met hem naar de dierenarts geweest, maar hij was toen al meer dood dan levend. Zijn kaak was gebroken en het enige wat ze voor hem konden doen was een draad er door heen te rijgen, de stakker, het was vreselijk. Maar ze zeiden meteen dat hij moest terugkomen want de kiezen waren ook gebroken en die moesten later verwijderd worden.'

De kat reageerde hartstochtelijk op haar liefkozingen, en wreef met zijn kopje tegen haar kuit.

'Hoe heet hij eigenlijk?' vroeg ze.

'We hebben hem Jochem genoemd. Na het ongeluk was hij er slecht aan toe, maar op een gegeven moment was Jos hem kwijt. Hij kende zijn favoriete plekjes bij ons achter de zaak en daar heeft hij hem gevonden. Hij kwam op hem af, waggelde alle kanten op, hij was zwaar gewond, maar hij is zo sterk. Het is een taaie.' Hij glimlachte. 'Het is een kanjer.'

'Wat een mooi verhaal en wat een sterk dier. Jullie zijn wel gek met hem, hij komt niets te kort, zo te zien aan zijn dikke buik.' Ze lachten beiden.

Isadora rekende binnen af. De kassa maakte harde geluiden, maar er bovenuit herkende ze een bekende lach: die van Renée. Ze draaide zich om en zag haar vriendin aan een tafeltje zitten met een onbekende man. Isadora stond perplex.

'Mevrouw, dat wordt € 2,40,' zei het meisje tegen Isadora.

'Mevrouw?'

Isadora schrok op.

'Ja, ja, sorry,' Ze overhandigde snel het geld. Wie was die man? Ze zag het achterhoofd van Renée en het gezicht van een onbekende man. Ze ging achter een pilaar staan. Langzaam deed ze haar jas aan en ze begluurde hen vanuit haar schuilhoek. Ze ving flarden van Engelse zinnen op. Ze had Renée nooit horen praten over een Engelse vriend of kennis. Hij overhandigde haar een dikke bruine enveloppe. Isadora zag dat ze hem voorzichtig opende; er zat geld in.

Isadora was geschokt. Ze waren vriendinnen sinds hun jeugd en had lief en leed met haar gedeeld. Ze herkende de snelle en kordate bewegingen van Renée die zich nauwelijks kon beheersen als ze onder druk stond en de spanning was duidelijk uit haar houding af te lezen.

Verward liep Isadora terug naar haar auto. Het pakje met de beertjes smeet ze op de achterbank. Wat een ontluistering. Ze had haar verhaal zo graag kwijt gewild bij haar beste vriendin die haar eerste kindje verwachtte, en nu dit. Wat was er aan de hand? Wie was die man in het café? Duizenden scenario's tolden door haar hoofd. De man zag er on-Nederlands uit. Hij had de plompe compacte lichaamsbouw van een Oost-Europeaan. Zijn bleke gezicht was vierkant en glom in het licht, een kaarsrechte scheiding deelde zijn kapsel door midden. Diepliggende, donkere ogen, gouden linkerhoektand. Misschien was het iets onschuldigs, maar ze kreeg een raar gevoel in haar buik.

Ze reed de stad uit, passeerde het sombere industrieterrein. Na de afslag van de snelweg raakte het linkerwiel van haar auto in de berm, waardoor de auto slipte en ze ineens met de neus naar de andere kant gericht stond. Gelukkig was er geen verkeer. Dit was weer een 'door-het-oog-van-de-naald actie.' Ze schold zichzelf de huid vol, maar dankte haar beschermengel.

Een paar uur later belde een vrouw van het ziekenhuis dat de uitslag van het DNA-onderzoek gereed was. Het zou over de post naar haar toegestuurd worden. Verder zei ze niets, blijkbaar had ze instructies gekregen om de zaak zeer confidentieel af te handelen. Voor Isadora leed het geen enkele twijfel dat Gijs de zoon was van Frederik of Per.

Ze keek op haar horloge. Ze moest opschieten, Gijs kwam zo uit school.

Het daarop volgende weekend begon slecht. Isadora had de pijn aan haar tanden al die tijd genegeerd, maar die nacht was het ondragelijk en ze deed geen oog dicht. De pijnstillers die ze vorig jaar had meegekregen van de kaakschirurg toen haar laatste verstandkies was verwijderd, waren sterk. Toen viel de napijn mee en nu was ze blij dat ze het spul nog in huis had. Ze waren nog een maand bruikbaar, dus ze zouden vast wel helpen. Rillend stapte ze uit bed en loste het witte poeder in lauwwarm water op. De verwachte bittere smaak bleef uit; het schuimende goedje smaakte naar sinaasappelsap.

Na een half uur was de pijn nog steeds niet gezakt en volgens de thermometer had ze verhoging. Ze belde naar de weekendtandarts.

'U heeft een tandarts in een andere regio, dan kan ik u niet helpen,' zei hij formeel.

'Maar ik zit tegen het plafond van de pijn, dit meent u niet,' zei Isadora wanhopig.

De tandarts zuchtte. 'Kunt u hem niet bellen?'

'Het is meer dan vijftig kilometer rijden, ik heb wel geprobeerd hier een tandarts te krijgen, maar jullie weigeren nieuwe patiënten,' zei ze naar waarheid.

De tandarts was even stil. 'Laat ik het zo met u afspreken. U gaat naar de apotheek en legt de situatie uit. U vraagt naar een pijnstiller die u normaal alleen op recept kunt krijgen, Tramadol. Ik zal zorgen dat ze maandag het recept nagestuurd krijgen. Mocht de

pijn niet slinken, dan mag u morgen om twaalf uur op het spreekuur bij mij komen.'
'Dan doen we het zo, dank u wel.' Ze hing op.

De wind stuwde donkere wolken vooruit en rukte aan de bomen
aan de rand van het bos. Op de dijk reed een kleine donkere auto
en ter hoogte van de afslag naar de boerderij minderde hij vaart.
Ze voelde haar hart sneller kloppen. Was het een zwarte Golf?
Maar de auto reed door en trok weer op.
'Gijs, trek je jas aan, ik moet even naar de apotheek.' In zijn pyjama keek hij naar *SpongeBob SquarePants*, zijn favoriete programma.
'Mam, ik ben nog niet eens aangekleed.' De kat Merlijn speelde
met een propje papier. Hartstochtelijk sloeg hij zijn kleine klauw-
tjes uit alsof het een echte prooi was. Gijs zag zijn moeder kijken.
'Hij is lief, vind je niet?'
Isadora knikte. 'Het is een schatje, maar de kattenbak moet nog
verschoond worden, Gijs, en je weet wat we afgesproken hebben.'
'Jaahaa.' Bedrieglijk echt bootste hij de stem van het karakter
van de gele spons na; het beeldscherm lokte.
'Ik moet pijnstillers halen, kun jij even alleen thuis blijven? En
ga je dan aan de gang met die kattenbak? Ik blijf hooguit twintig
minuten weg. Als ik terugkom, heb je dan de bak verschoond?
Dit is toch zo afgelopen.'
'Nog vijf minuten,' antwoordde hij, terwijl hij zijn blik niet van
de tv afwendde.

Ze was nog net op tijd bij de apotheek die alleen van acht tot tien uur op zaterdagochtend geopend was. Omdat de assistente die haar hielp uitdrukkelijk verzocht was alleen op vertoon van een recept medicijnen mee te geven, moest Isadora wachten totdat de apotheker zelf met haar gesproken had. Het werd een lang bezoek.

Op de terugweg vielen de eerste regendruppels op de autoruit. Hoewel het niet koud was, huiverde ze, waarschijnlijk door de koorts. Ze zette de verwarming aan die onmiddellijk zorgde voor een behaaglijke temperatuur. Ze voelde zich verschrikkelijk beroerd. Het leek alsof haar onderkaak met een drilboor bewerkt was. Ze hoopte dat de pijnstillers die een morfine-achtige stof bevatten, snel zouden werken.

Toen Isadora thuis kwam, trof ze een lege kattenbak aan. Merlijn zat in de kamer en de televisie stond op Nickelodeon, het kindernet waar Gijs graag naar keek en schalde door de kamer. Maar Gijs was nergens te bekennen. Ze rende het huis door, vloog de trap op naar de bovenverdieping en riep zijn naam. Haar hart bonsde in haar keel. Ze hebben hem, ze hebben hem, dacht ze. Een verlammende paniek schoot door haar heen. Ik had hem nooit alleen moeten laten, hoe kon ik zo onnadenkend en onbezonnen zijn geweest!

De bel ging, ze miste de bovenste tree en landde ineens vier treden lager. Ze schaafde met haar arm langs de muur. Ontdaan deed ze de deur open… Het waren Greetje en Gijs, met tussen hen in een zak kattengrit.

'Wat is er aan de hand, je ziet zo wit… Gaat het wel goed?' riep Greetje geschrokken uit.

'Ik moet even gaan zitten,' was het laatste wat Isadora zei. Het werd zwart voor haar ogen. Met moeite sjorde Greetje haar naar de bank.

'Mama, ik heb de kattenbak wel schoongemaakt hoor, er was alleen geen grit meer en we zijn samen naar Evers geweest voor een zak,' hoorde ze Gijs in de verte zeggen. Ze was te uitgeput om te antwoorden.

'Laat me maar even liggen,' zei ze. 'Greetje, in mijn tas zitten medicijnen, wil je die even pakken en een glas water brengen?'

'Medicijnen? Jij?'

'Ik heb ontzettende pijn in mijn onderkaak, ik heb de weekendtandarts gebeld.'

'Ben je op het spreekuur geweest?'

'Nee, hij wil eerst afwachten en schreef me pijnstillers voor.'

'Je bloedt.' De plek op haar bloes ter hoogte van haar linkerelleboog was diep rood gekleurd en de stof was gescheurd.

'Ik viel net bijna van de trap.'

'Toen wij aanbelden? Dat gaat straks schrijnen. Ik zal de wond even schoonmaken, heb je jodium in huis?'

'Ach, Greetje dat is toch niet nodig, even schoonmaken met wat water en dan een pleistertje erop, dat is genoeg.'

Gijs zat op de grond, dicht bij zijn moeder. Even later kwam Greetje met een plaid en een oranje plastic bak lauw water aanlopen.

'Ik heb de kattenbak gevuld hoor, hij staat weer schoon in de bijkeuken.'

'Je bent een lieverd. Hartstikke goed.'

'Je belt als je me nodig hebt hè? Ik kom straks nog wel even kijken,' zei Greetje moederlijk.

'Doe ik. Bedankt.'

Isadora hoorde haar voetstappen wegsterven toen ze het erf afliep. De vaste telefoon ging, ze nam op, hoorde een klik en er werd opgehangen. Tien minuten later ging hij weer. Het was Frederik, hij klonk opgewonden en vroeg of ze met Gijs ergens konden afspreken. Isadora was aan het eind van haar Latijn en antwoordde dat ze ziek was. Hij klonk teleurgesteld maar dat was haar zorg niet. De pijn in haar kaak bleef aanhouden en werd eerder erger dan minder.

'Kom maar hier,' was alles wat ze zei.

'Je weet dat het niet kan.'

'Ik kan nu niet naar jou toekomen,' zei ze kortaf. 'Als je je zoon nu wilt zien, kom je hier maar.' Hij hing op. Er lag nog genoeg hout in de korf naast de open haard, ze vond aanmaakblokjes en tien minuten later voelde ze een weldadige warmte door haar lijf stromen. Ze sleepte het bankje dicht naar de haard, de kat kwam bij haar liggen en nestelde zit behaaglijk in de zachte plaid. Nu voelde ze pas hoe moe ze was. Verdoofd door de pijnstillers sluimerde ze in.

Ze droomde dat ze in een luchtballon zat, maar het was geen ontspannen droom. Ze werd gevolgd door een zwarte duivelse ballon die veel sneller was dan de hare en sprongen kon maken. Dan weer boven, dan weer onder haar. De enige passagier was gekapt als een monnik. Hij droeg een kapmes waarmee hij haar touwen dreigde door te snijden. Wanhopig draaide ze de gaskraan open zodat ze hoger steeg en gooide ze de zakjes zand leeg totdat er niets meer over was. Ineens werd ze wakker en op de klok zag ze dat ze maar tien minuten was ingedommeld.

'Wat is het hier warm.' Gijs kwam binnen.

'Doe je trui maar uit, ik heb het koud,' was haar laconieke antwoord.

'Je bent ziek, hè mama?'

De bel ging. 'Doe je even open, Gijs? Dat zal tante Greetje wel zijn.'

Ze hoorde niet de gebruikelijke welkomstgeluiden die Greetje of Harm maakten, een gewoonte die ze hadden aangenomen sinds ze gemerkt hadden dat Isadora geweldig kon schrikken als er onverwacht iemand binnenkwam. Nu was het akelig stil. Ze wikkelde de plaid om zich heen en liep naar de hal. Daar stonden twee blonde mannen, de een in de deuropening, de ander keek gebiologeerd naar de grote man die tegenover hem stond.

'Kom binnen,' zei ze.

Gijs was lijkbleek en zei niets. Toen ze de kamer inliepen zei hij alleen dat zijn moeder ziek was en dat het daarom zo warm was, hij wees op de open haard. Isadora trok hem op schoot, hij protesteerde dat hij geen baby was. Ze sloeg haar armen om zijn middel en hield hem stevig vast, ze voelde het verzet van zijn jongenslijf.

'Gijs, dit is je vader. Frederik, dit is je zoon, Gijs.'

'Per,' mompelde hij. 'Per. In vredesnaam, gebruik die naam!'

17

'Dus jij bent mijn papa?' vroeg Gijs een tikje uitdagend.

Hij leunde tegen zijn moeder en gebruikte haar als schild. Frederik keek Isadora een ogenblik aan.

'Ja, daar lijkt het wel op.' Blauwe ogen keken in blauwe ogen.

'Wat praat hij raar,' zei Gijs zachtjes achter de rug van zijn moeder. 'Je lijkt wel op me,' zei hij ineens hardop.

Isadora schoot in de lach. 'Je bedoelt, jij lijkt op je vader.'

'Dat is toch hetzelfde? We hebben naar je gezocht in Zweden, maar we konden je niet vinden.'

'Dat weet ik.' Frederik keek Isadora weer aan en las de waarschuwende blik in haar ogen. 'Ik was, denk ik, net met vakantie.'

'Maar nu ben je hier bij ons in Nederland. Kom je hier wonen?'

'Nee, Gijs, hij gaat weer naar Zweden terug,' zei Isadora vlug.

Gijs fronste zijn voorhoofd. 'Jullie zijn mijn papa en mama. Die wonen toch bij elkaar?'

'Daar hebben we het al eens eerder over gehad, papa's en mama's wonen niet altijd samen, maar hij is er nu. Daar ben je toch blij om?' Isadora keek haar zoon doordringend aan.

Hij knikte bedachtzaam. Opeens had hij een oudemannetjesgezicht.

Er trok een felle pijnscheut door Isadora's kaak, maar ze dwong zich om op haar zoon te letten.

'Heb je nog meer kinderen?' vroeg hij aan Frederik, maar wachtte zijn antwoord niet af.

De kat miauwde. Gijs worstelde zich van Isadora's schoot af en liep op Merlijn af en tilde hem op.

'Kijk,' zei hij. 'Is hij niet lief? Ik heb hem net.'

'Dat is hij zeker, wat kan hij hard spinnen zeg.' Gijs zette het rode bolletje op schoot bij Frederik en ging door met aaien.

'Ik haal even koffie voor ons.' Isadora stond op, maar net iets te snel waardoor het even zwart werd voor haar ogen. Haar kaak klopte.

'Nee,' zei Frederik. 'Jij bent ziek, wij halen wel even. Gijs, jij weet toch wel waar alles staat?'

De blonde jongen knikte heftig.

'Wat heb je eigenlijk?' vroeg Frederik aan haar.

'Kiespijn.' Ze wees op haar onderkaak.

'Al een tandarts gezien?' vroeg Frederik.

'Wel gebeld, ik heb pijnstillers gehaald. Als die niet helpen ga ik morgen naar het spreekuur.'

'*You must be feeling awful. I empathise.* Gijs, we gaan je moeder verwennen.'

Hij was blij, zag ze. Natuurlijk was het joch blij, hij wilde alles tegelijk laten zien. Hij moest een paar keer tot kalmte gemaand worden. Na een klein uurtje vertrok Frederik, maar hij beloofde zo snel mogelijk iets van zich te laten horen.

De pijnstillers deden hun best, maar niettemin sliep ze die nacht weer slecht. Bij het opstaan voelde ze haar onderkaak kloppen. Ze schrok van de zwelling toen ze in de spiegel keek. Gijs zou in de loop van de ochtend opgehaald worden om bij een vriendje te spelen en Isadora kon niets anders doen dan wachten tot ze naar het weekendspreekuur kon gaan. De witte poeders deden nu niets meer.

De kliniek lag aan de andere kant van de stad. Ze was hier nog nooit geweest. Eentonige rijtjeshuizen, afgewisseld door blokvormige scholen en winkels. Hier en daar speelde een kind op een klimrek, groepjes kinderen keken verveeld naar iedere auto die langsreed.

De kliniek was gevestigd in een somber wijkgebouw. Isadora was de tweede patiënt. De tandarts was een forse man die meelevend keek naar haar gezwollen kaak. 'Braun,' zei hij toen ze hem een hand gaf.

'Eerst een fotootje maken,' zei hij opgewekt.

Vijf minuten later mocht ze zelf meekijken op de foto.

'Forse ontsteking,' mompelde hij. '31 en 41.'

'Pardon?' Ze keek hem vragend aan.

Hij glimlachte. 'Dat zijn de elementen, uw onderste snijtanden.'

Op de foto was ter hoogte van de wortels van haar ondertanden en grijs-zwarte wolk te zien. 'Ik vrees een retourtje kaakchirurg, maar dat moet u met uw eigen tandarts bespreken. Het enige wat ik nu voor u kan doen is een incisie maken om zo wat pus eruit te krijgen, maar ik kan u niet garanderen of dat afdoende helpt.'

Isadora knikte. Wat moest ze anders?

'Ik moet u wel waarschuwen, ontstekingen zijn altijd moeilijk te verdoven.'

Dapper deed ze haar mond open, en onderging de pijn van drie scherpe diepe prikken in de toch al smartelijke kaak. Ze balde haar vuisten.

'Even inwerken,' mompelde hij en hij liep weg naar een patiënt in een andere kamer. Alle deuren stonden hier open, ze kon de gesprekken volgen die hij met andere hulpbehoevenden hield. Na tien minuten kwam hij terug, hij sloot de deur.

'Mevrouw De Roi, daar gaan we.'

De assistente pakte haar hand. In de andere hield ze de afvoer-slang vast. De tandarts maakte drie sneetjes. Isadora voelde ze alle drie tot in haar tenen en ze schreeuwde het uit. Deze ontste-king liet zich blijkbaar niet verdoven.

'Ik dacht het al, geen pus, maar het kan nog komen hoor,' zei hij er als troost achteraan.

De tranen liepen over haar wangen. Terwijl tandarts Braun een brief aan zijn collega schreef mocht ze bijkomen op de stoel. De radio stond op *Sky Radio* en speelde een grijs gedraaid liedje uit de jaren zeventig. Wat een helse pijn! Vandaar dat de deur dicht-ging. De assistente wist blijkbaar wat er kon komen want ze had niet voor niets haar hand gepakt. Braun kwam terug, verontschul-digde zich dat hij nu niets meer voor haar kon betekenen. Morgen moest ze beslist haar eigen tandarts bellen. Hij overhandigde een witte enveloppe met de foto, de brief en een recept voor een an-tibiotica-kuur en wenste haar ondanks alles een prettig weekend. Haar knieën knikten en met elke stap bonkte de pijn door haar kaak. De apotheek lag in het centrum, de rit er naar toe verliep moeizaam maar ze was op tijd en de apotheek was nog open. Ze moest even wachten. Het leek of de halve stad het op zondag in zijn hoofd had gehaald om medicijnen te halen. Ze ging naast een oudere dame op een bankje zitten. De dame glimlachte beleefd naar haar en Isadora probeerde terug te glimlachen.

Op maandagochtend reed Dorien van 't Hof met een vrachtje kin-deren naar school. Isadora had Gijs op het hart gedrukt niemand iets over zijn vader te vertellen. Hij had niet begrepen waarom hij dat grote nieuws niet mocht spuien, dus had ze iets verzonnen over een verrassing die hij absoluut geheim moest houden. De kinderen die in de bus zaten, woonden net als Gijs allemaal op afgelegen plaatsen. Ze reden over smalle, rustige wegen langs bos en akkers voordat ze op de doorgaande weg kwamen. Dorien draaide het volume van de radio omhoog toen alle kinderen aan boord waren en ze uit de buurt van huizen en boerderijen waren. De kinderen vonden dit zelfs op de vroege maandagmorgen heerlijk en Dorien zong zelf het hardst mee.

Er lag een enorme boomtak op de weg waar ze onmogelijk omheen kon rijden. Het bevreemdde haar omdat hij er op de heenweg nog niet lag. Tegelijkertijd zag ze een donkere schim tussen de bomen staan.

Dorien aarzelde geen moment. Ze deed de muziek uit en siste tegen de kinderen dat ze goed moesten blijven zitten en hun gordels vast maken, maar de kinderen waren uitgelaten aan het zingen en dachten dat ze een grapje maakte. Ze schakelde razendsnel en wilde hard achteruit rijden, maar in de seconde stilstand rukte iemand de deur open en een vierkante man, onherkenbaar door een bivakmuts probeerde binnen te komen. De kinderen gilden. Dorien gaf gas. De man hing half uit de bus en klemde zich met reuzenkracht vast aan de deur en de leuning van de bank.

'Hou je vast!' schreeuwde Dorien. Ze trapte vol op de rem en maakte een slinger die de bus bijna deed omslaan. De man zwiepte op de grond. Ze trapte het gaspedaal diep in, deed een schietgebedje en schoot langs hem heen. Even later sloeg ze linksaf op een T-splitsing. Ze durfde niet te stoppen bij de eerste de beste boerderij uit angst dat de man - of mannen - hen achterop zouden komen en reed daarom zo snel ze durfde naar het dichtstbijzijnde politiebureau. De kinderen zaten muisstil achterin. Sommigen huilden.

'Allemaal uitstappen,' zei Dorien kordaat.

Lijkbleek liepen de kinderen haastig het veilige politiebureau binnen.

'Ik heb een bizar verhaal voor u,' zei Dorien tegen de dienstdoende agent die verbaasd naar de bezoekers keek. Hij had gerekend op een rustige maandagochtend. In dit dorp gebeurde niet veel, hoogstens wat meldingen van vandalisme en in het ergste geval een verdwaalde aangifte van huiselijk geweld die vaak later weer ingetrokken werd. Maar dit was ernst, bloedige ernst.

'Gaat u maar liggen.' Het ruggedeelte van de tandartsstoel daalde gestaag. Het latex van zijn plastic handschoenen plakte aan elkaar. Tandarts Hobbe Boorsma maakte een snelle analyse. De ontsteking had zich inmiddels uitgebreid tot de meest linkse snijtand. Hij wilde er tot aan de wortel een lang smal gat in boren, zodat hij de ontsteking kon behandelen.

'Maar eerst ga ik het verdoven,' sprak hij opgeruimd. Ze kreeg vier spuiten in het rauwe vlees dat de dag ervoor was opengesneden door zijn collega, maar daarna verdween de ergste pijn. Hij stopte iets in haar mond wat op groen zeemlapje leek en door een soort beugel op zijn plaats gehouden werd. Het nam haar halve gezicht in beslag. Tussendoor moest ze herhaaldelijk meelopen om een foto te maken, kennelijk om te zien of het allemaal wel goed ging. Er kwam een collega kijken die vooraf geconsulteerd was. Hij begon een lang verhaal tegen haar, maar Isadora luisterde maar half. Even leek het of ze op een theekransje beland was waar zij als enige met hoofdbewegingen kon communiceren. 'Het gaat tot nu toe allemaal naar wens,' zei Boorsma halverwege. Ze rook de stank van de ontsteking boven de rubbergeur van zijn handschoenen uit. 'Die geur is een goed teken, er komt rommel uit. Iets verder open graag.'

Isadora had sterke wangspieren, ze had er moeite mee om haar mond lang ver open te houden. Haar tandarts had er eerst een beetje lacherig over gedaan, maar nadat hij een paar jaar geleden naar een congres geweest was waar deze problematiek kennelijk aan de orde was geweest, gaf hij toe dat patiënten met extreem veel spierontwikkeling in de konen daar soms grote moeite mee hadden. Sindsdien gunde hij haar wat tijd tijdens de behandelingen om haar mond te sluiten, om zo kramp te vermijden. Haar mobiel ging ondertussen een paar keer af.

'Zet dat ding uit, alstublieft,' zei Boorsma. Ze drukte het apparaat uit, nog steeds met de zeemlap in haar mond. De hele behandeling duurde een klein uur.

De napijn was alleszins te dragen. In de auto luisterde ze haar voice-mail af. Haar hart stond stil toen ze het cryptische verslag van Dorien hoorde. Ze nam een cruciale beslissing en belde het nummer van Frederik die opnam. In een paar woorden schetste ze wat er gebeurd was.

'Je kunt het me vertellen, deze telefoons zijn veilig,' antwoordde Frederik.

'Sorry, ik vertrouw op dit moment niets of niemand meer,' zei ze maar ze vertelde hem wat ze net had gehoord.

Frederik schrok hoorbaar. 'Breng hem naar een veilige plek,' zei hij dringend. 'In elk geval naar een plaats waar ze hem niet kunnen opsporen.'

'Nee, ik houd hem thuis en ik laat hem geen seconde alleen. De politie heeft beloofd dat ze op het eerste teken van onraad onmiddellijk zullen komen. Mijn buren heb ik net gebeld. Zij zijn ook erg geschrokken en zullen ook extra opletten.'

'Dat is niet genoeg,' reageerde Frederik.

'Ik moet het ermee doen,' zei ze kortaf. Ze voelde dat ze kwaad werd, wie was zijn moeder en had al die jaren voor hem gezorgd? Wat wist hij überhaupt van het ouderschap af? Wat had ze eigenlijk aan hem?

'Houd me op de hoogte,' zei hij dringend.

'Doe ik. Dag.'

Gijs zat in een hoekje in een spreekkamer op het politiebureau en staarde verloren voor zich uit. Het leek of de hectiek van huilende kinderen en troostende ouders volkomen aan hem voorbij ging.

'Gijs...,' zei ze voorzichtig.

'Hoi mam.'

Ze ging naast hem zitten; hij schoof een eindje op. Toen ze haar arm om hem heen legde verstijfde hij en trok zijn schouders op. Ze vertelde hem dat hij veilig was, dat hij een reuzenkerel was, dat ze voortaan altijd bij hem bleef, dat ze...

'Altijd?' zei hij opeens.

'Ja,' zei ze zachtjes.

'Dat kan niet.' Hij keek haar met een vreemde, bijna volwassen blik aan en vervolgde: 'Jij kunt niet altijd op me passen.'

'Ik zal mijn uiterste best doen,' zei Isadora zacht.

'Waarom zie je er zo gek uit?'

'Ik ben bij de tandarts geweest.'

'Deed het erg pijn?'

'Ja.'

Ze zwegen. Heel langzaam voelde ze de spanning uit zijn lijf wegtrekken, maar ze durfde hem nog steeds niet tegen zich aan te drukken.

Opeens stond hij op. 'Gaan we naar huis?'

Thuis bleef Gijs afstandelijk. Ze probeerde hem aan te halen, maar hij ontweek haar. Toen ze het voorval voorzichtig aanboordde, bedekte hij zijn oren met zijn handen en begon hard schreeuwend te zingen. Tenslotte negeerde ze hem en toen leek hij pas dichterbij te komen. Léék, want zodra ze toenadering zocht trok hij zich onmiddellijk weer terug. Om tien uur bracht ze hem naar bed. Hij poetste zijn tanden, trok zijn kleren uit en zijn pyjama aan, alles met kalme, mechanische bewegingen alsof hij voor robot studeerde en aan het publiek dat hem het meest na stond wilde laten zien hoever hij al gevorderd was. Hij stapte in bed, trok zelf de dekens over zich heen en drapeerde zijn knuffels op zijn kussen.

'Wil je nog een verhaal?' vroeg ze.

Hij knikte. 'Goed.'

Ze pakte het boek van Nils Holgersson en begon voor te lezen. De geschiedenis van Karr en Grauwvel naderde zijn ontknoping. Ze hoorde haar eigen stem en opeens leek het alsof ze naar het plafond zweefde en naar zichzelf keek: een vrouw met een boek op schoot naast haar zoon in bed.

Ze schudde heftig haar hoofd om het visioen te verdrijven en daalde weer neer en hernam haar plaats in haar eigen lichaam. De laatste alinea's las ze veel te snel voor, maar hij protesteerde niet en toen ze het boek dichtsloeg en zei dat hij nu echt moest gaan slapen. Hij deed braaf zijn ogen dicht en gaf een overtuigende demonstratie van een lief slapend kind. Maar hij spiekte door zijn oogharen en toen ze bukte om hem een nachtzoen te geven draaide hij bliksemsnel zijn hoofd af zodat de kus op zijn haar belandde.

Ze streek over zijn hoofd en zei: 'Als je maar weet dat ik heel veel van je hou.'

De pijn in haar kaak nam weer gestaag toe. Ze dwong zichzelf de pijnstiller nog niet in te nemen, maar toen ze zelf in bed lag en het leek alsof iemand van binnenuit bezig was haar tanden uit haar kaak te kloppen, nam ze er twee tegelijk. Het duurde een poos voor ze begonnen te werken.

De aanslag op het busje maalde door haar gedachten. Ze probeerde het spookbeeld te verjagen door aan gewone dagelijkse dingen te denken, maar steeds kwam het beeld terug van de man die haar zoon probeerde te ontvoeren.

Zo voelt het dus om opgejaagd wild te zijn, dacht ze bitter en ze vervloekte Frederik en haar stommiteit om de man in hun leven te betrekken. Vanaf het allereerste moment waarop ze in de gaten kreeg dat hij onder bewaking stond had ze zich terug moeten trekken. Waarom was ze zo stom geweest om hem in haar leven toe te laten?

'Vanwege Gijs,' zei ze hardop tegen zichzelf en tegelijk schudde ze woest haar hoofd, wat haar onmiddellijk een pijnscheut gaf.

Je mag een kind niet aan zoiets blootstellen. Wat was ze voor een ontaarde moeder? 'Ik wist het niet,' zei ze tegen het hinderlijke stemmetje dat in haar hoofd lispelde. Hoe kan ik weten dat ze mijn zoon te grazen willen nemen? Zouden Harm en Greetje niets gemerkt hebben? Ze wisten alles van elkaar, waarom hadden ze dan niet gezien dat Gijs gevaar liep? Ach nee, ze mocht hen niets verwijten. Zijzelf was de moeder en ook zij had niets in de gaten gehad. De aanslag was een volkomen verrassing geweest. Zou Gijs werkelijk de reden zijn?

De gedachte die ze probeerde te verdringen kwam onweerstaanbaar naar voren. Maar waarom? Wat had haar kind gedaan? Opeens kwam de krantenfoto van de schreeuwende Moslims weer in haar gedachten. Ze schudde haar hoofd. Weg ermee! Wat hadden boze Moslims met haar zoon te maken?

Ze stond op, liep naar de keuken en schonk een groot glas wijn in, maar het smaakte wrang en na een paar slokken spoelde ze de rest door de gootsteen. 'Die pijnstillers verpesten je smaak,' zei ze tegen zichzelf. Opeens werd ze razend. Ze keilde het glas tegen de muur, gaf een trap tegen het half openstaande deurtje onder het aanrecht waarbij ze verschrikkelijk haar teen bezeerde en vloekend op een been hinkend, haar gekwetste voet in haar hand houdend, door de keuken hopte. Opeens bleef ze staan. In de deuropening stond Gijs die haar met grote ogen aankeek.

'Wat doe je?' zei hij op die rare, volwassen toon.

'Niks. Ik stoot mijn teen. Wat doe jij hier?'

'Ik kan niet slapen.'

Ze verbeet de pijn en zette haar voet voorzichtig neer. Au! Beide uiteinden gekwetst, dacht ze vol zelfspot.

'Wil je een beker warme melk?' vroeg ze.

Hij knikte. Ze zette de melk in de magnetron en al die tijd bleef hij op de drempel staan. 'Kom nou toch binnen, joh,' zei ze.

'Ja, ja..' Hij ging aan de keukentafel zitten en legde zijn knuffel naast zich neer. Ze zette de bekers op tafel en ging tegenover hem zitten. Ze slurpten luidruchtig, keken elkaar aan en grijnsden allebei. Opeens zette hij de beker neer, liep om de tafel heen en klom op haar schoot.

'Ik hou van je,' zei ze tegen zijn haren. 'Je weet toch dat ik van je hou?'

'Ik ook van jou,' zei hij gesmoord en hij sloeg zijn armen om haar heen en trok haar hoofd omlaag met een kracht die haar verbaasde. Zo bleven ze een hele poos zitten. Ze voelde zijn hart als een razende kloppen.

'Je mag nooit meer weggaan.'

Ze droeg hem naar haar eigen bed, stopte hem onder en ging naast hem liggen. Het was kwart voor drie. Over drie uur moesten ze er weer uit. Ze zouden hem en de andere kinderen onder politiebegeleiding naar school brengen. In elke andere situatie zou Gijs het prachtig gevonden hebben om door de politie naar school gebracht te worden, maar nu leek hij de ernst van de situatie volkomen te beseffen. Vreemd... een kind van nog geen negen. Haar kind...

Weer laaide de woede tegen de onbekende aanvaller op. Ze zou hem verscheuren als hij waagde zijn poten naar haar kind uit te steken. En met die gedachte viel ze in slaap.

18

Isadora droomde dat ze een steile berg beklom waarvan de top onzichtbaar was door de laaghangende wolken. Er was maar één pad omhoog, vol geniepige keien die wegrolden onder haar voeten als ze even niet oplette. Ze steeg voetje voor voetje omhoog, in haar rechterhand een vlaggetje dat ze op de top moest planten, in haar linker de afgekloven knuffel van Gijs die om onduidelijke redenen naast het vlaggetje moest komen.

'Je moet opschieten,' zei een stem in haar hoofd. 'Straks is het donker en dan kun je niet meer terug.'

'Waarom moet ik eigenlijk naar die top,' vroeg ze hardop, maar de stem zei dat ze haar mond moest houden en haar adem moest sparen. Dat was een goede raad, want de lucht werd dun en ze moest steeds dieper ademen om haar bloed van zuurstof te voorzien. Ze kwam in de wolken en het zicht was minder dan een meter. Ze keek zo goed en zo kwaad als het ging naar haar voeten, maar zelfs die waren onzichtbaar.

'Ga terug,' zei ze tegen zichzelf. 'Ga terug, dit is gekkenwerk!' Maar de onbekende stem zei: 'Nee, je moet door.'

Opeens hoorde ze waarom ze door moest: hoog boven haar klonk de stem van Gijs: 'Mama, waar ben je?'

'Hier,' riep ze. 'Hier, lieverd, mama komt eraan!'

Haar stem leek te verwaaien in de mist en het was niet duidelijk of hij haar gehoord had, want hij bleef maar roepen: 'Mama, waar ben je?'

In haar haast lette ze niet goed op. Ze struikelde over een kei en landde op haar stuitje wat zo gemeen pijn deed dat de tranen in haar ogen sprongen. Ze krabbelde overeind, hield kreunend haar hand voor haar achterwerk en begon weer te lopen. Het vlaggetje was weg. Waar was dat verdraaide vlaggetje gebleven? Zonder dat kon ze boven niet aankomen en Gijs mee terugnemen, opeens wist ze het zeker.

Ze vergat de pijn en spurtte nu naar boven en daar op de top hing Gijs, vastgebonden aan een enorm kruis dat op het hoogste punt stond.

'Maak me los,' zei hij met een luide, volwassen stem. 'Waar bleef je nou?'

'Ik kom,' stamelde ze. 'Ik kom al.'

Ze sloeg haar armen en benen om de dikke ruwhouten staander en begon te klimmen. Het lukte haar om Gijs te bereiken en terwijl ze zich met haar benen vastklemde en de knopen om zijn polsen losmaakte, maakte hij een wilde beweging. Toen de laatste knoop los was vielen ze omlaag. Hun val leek eindeloos te duren. Ze wilde gillen, maar er kwam geen geluid over haar lippen en ze wachtte machteloos op de klap waarmee ze te pletter zouden slaan. Badend in het zweet werd ze wakker. Gijs lag naast haar, diep in slaap, de knuffel uit haar droom tegen zich aangedrukt. Het was half zes. Ze had iets meer dan twee uur geslapen. Het was nog te vroeg om op te staan, maar ze durfde niet meer in slaap te vallen, bang dat de nachtmerrie terug zou komen.

Het busje met de kinderen reed onder politie-escorte naar de school. Isadora sloot de stoet. Ze drukte Gijs' onderwijzers op het hart hem geen moment uit het oog te verliezen. Het bleek een overbodige raad, want de leerkrachten waren al net zo geschrokken als de ouders.

Ze reed terug in een merkwaardige trance, aan de ene kant klaarwakker, aan de andere kant leek het net of haar geest elders verkeerde. Ze deed haar werk in de kaasmakerij op de automatische piloot en ze was bijna blij dat de pijn in haar kaak weer terugkwam: dit voelde normaal, ze was een sterfelijk wezen. Polle was nu vaak bij haar aan het werk, hij had een hoog werktempo en nam zelfstandige beslissingen. Ze was hem daarvoor dankbaar.

Aan het eind van de middag toen ze Gijs uit school had gehaald kreeg ze bezoek van twee rechercheurs. De oudste die zich voorstelde als brigadier Zeeman was een man van een jaar of vijftig. Hij had een borstelsnor en een gemoedelijke uitdrukking die contrasteerde met de blik in zijn helblauwe ogen: de blik van iemand aan wie niets zou ontgaan.

De andere man die Van der Meer heette was nog geen veertig: een knappe vent die zich bewust was van zijn aantrekkelijkheid en haar met een wervende grijns aankeek. Isadora kreeg spontaan een hekel aan hem. Maar Zeeman gedroeg zich uiterst beleefd. Hij vroeg of ze even tijd voor hen wilde maken en toen ze knikte zei hij: 'U bent zeker erg geschrokken gisteren?'

Op stomme vragen geef ik geen antwoord dacht ze, maar ze knikte. 'Hoe raadt u het zo?'

Hij glimlachte. 'Hoe is het met Gijs?'

'Goed,' zei ze kortaf.

'Geen nawerking?'

'Nee.'

'Vreemd. Volgens de onderwijzeres waren de kinderen allemaal uit hun gewone doen.'

Ze haalde haar schouders op. 'Op school misschien, thuis dus niet.'

'Gelukkig maar, mevrouw.'

'Wij hebben nog wel een vraag,' zei Van der Meer. Zijn macho-gedrag was verdwenen en nu hij haar recht en zonder die irritante grijns aankeek had hij opeens een aardig gezicht.

'Die vraag hebben we aan alle ouders gesteld, dus nu ook aan u: hebt u een vermoeden wat de reden van die aanslag geweest kan zijn?'

Isadora aarzelde één kort moment. 'Nee.'

'Echt niet?' vroeg Zeeman.

'Nee. Hebben de andere ouders niets gezegd?'

'Hetzelfde als u,' zei Van der Meer. 'Niemand heeft een idee waarom die vent op de bus sprong.'

'Vreemd.'

'Heel vreemd,' beaamde Zeeman. 'Tenzij het een pedofiel is, maar die vallen individuele kinderen aan. Nee, er moet een reden zijn waarom man met een bivakmuts op en met duidelijk kwade bedoelingen een busje met schoolkinderen aanvalt.'

'Misschien wou hij ze gijzelen,' suggereerde Isadora.

'Dat kan. Daar hebben wij ook aan gedacht. Maar de vraag is: met welk doel?'

'Geld natuurlijk,' zei Isadora. 'Als je een bus met kinderen gijzelt kun je losgeld eisen.'

'Dat kan,' beaamde Zeeman.

'Maar dat is niet de reden,' vulde Van der Meer aan.

'Wat dan wel?' vroeg ze.

'Tja, we hoopten dat u daar een verklaring voor zou hebben,' zei Zeeman.

'De andere ouders weten het toch ook niet?'

'Daarom is onze hoop op u gevestigd.'

'Ik weet niks,' zei ze stug.

'Jammer,' zei Van der Meer.

'Gijs vertelde op school dat hij een prentenboek van Per Høgstrom had gekregen,' zei Zeeman. 'Høgstrom had er een prachtige tekening in gemaakt, zei de juffrouw. En er stond ook iets in, heel klein geschreven: *För min son*. Gek hè, net alsof hij zijn vader was.'

'Heel gek,' zei ze. 'Ik heb het ook gezien. Zal-ie wel als grapje bedoeld hebben.'

'Maar dat hebt u niet gevraagd?'

'Nee. Het was ontzettend druk bij die stand en ik vond het al heel wat dat hij die tekening voor Gijs had gemaakt. Achter ons stonden nog tientallen kinderen te wachten.'

'Ja, ja... Weet u, wij hebben ook met Høgstrom gepraat en die was al net zo terughoudend als u, maar hij ontkende niet dat hij die tekst in het boek van Gijs had geschreven. Nu hebben wij de theorie dat zijn belagers ontdekt hebben dat er een verwantschap bestaat tussen hem en uw zoon en dat ze daarom geprobeerd hebben om Gijs uit de schoolbus te ontvoeren.'

'Belachelijk!' zei Isadora.

'Tja, het is ook niet meer dan een theorie,' zei Zeeman kalm. 'En we hadden het idee dat u ons misschien zou kunnen vertellen of het klopt. Goed, het klopt dus niet.' Hij glimlachte. 'En een negatief resultaat is ook een resultaat. We zullen niet langer gebruik maken van uw tijd. Maar mocht u iets te binnen schieten dat enig licht op de zaak kan werpen, aarzel dan niet en neem alstublieft contact met ons op. Op dit nummer kunt u ons dag en nacht bereiken.'

Hij gaf haar een visitekaartje. 'O ja, nog één ding: er zat een bloedspoor op de bus dat overeenkomt met het bloed dat we vonden op de plek van de aanslag. Kennelijk is de aanvaller gewond geraakt. Uiteraard hebben we nog meer onderzoek gedaan op de plaats delict en de resultaten daarvan met een monster van het bloed naar het Nederlands Forensisch Instituut gestuurd, in de hoop dat we een match vinden. Als dat gebeurt komen we bij u terug om te zien of de aanvaller u bekend is. Mocht blijken dat de man voorkomt in de databank van de binnenlandse veiligheidsdienst dan krijgt u bezoek van de AIVD. Voor nu: dank voor uw tijd.'

Isadora liet ze uit.

Ze kreeg het plotseling ijskoud. 'Wacht,' zei ze met een vreemde geknepen stem. 'Ik geloof toch dat ik u iets moet vertellen. Zullen we naar binnen gaan?'

Ze keek hen na toen ze een halfuur later het erf afreden. Toen liep ze naar binnen en begon het avondmaal te bereiden.

De twee daarop volgende dagen gebeurde er niets. Geen Frederik die belde, geen rechercheurs aan de deur en er werden geen mannen met bivakmutsen gesignaleerd.

Op woensdagavond werd er om acht uur aangebeld. Op haar hoede opende Isadora de deur, die ze zorgvuldig had afgesloten met een veiligheidsketting. Haastig ontgrendelde ze hem toen ze de oudste van de twee mannen herkende: Martin van Ingen.

'Dag Isadora. Mogen we binnenkomen?'

Ze aarzelde één kort moment. Toen stapte ze achteruit en zei: 'Kom binnen Martin. Lang niet gezien. Wie heb je meegebracht?'

'Erik van Oord,' zei de jonge man. Hij was lang en mager en maakte een flegmatieke indruk, maar zijn gezicht had een gezonde kleur.

Martin van Ingen was de medewerker van de Algemene Inlichtingen en Veiligheidsdienst waarmee ze twee jaar geleden een bijzondere ervaring had gedeeld. Samen waren ze naar Amerika afgereisd, op verzoek van de CIA, nadat bleek dat Isadora een aanslag had voorspeld. Martin had ontdekt wat de oorzaak was van de gruwelijke visioenen die Isadora kreeg: een fenomeen dat alle betrokkenen voor raadsels stelde. De reis naar Amerika was het gevolg van een dramatische gebeurtenis die vijfhonderd vliegtuigpassagiers het leven had gekost.

Anna van Dam, Isadora's latere mededingster om de gunst van Rob, was bijna een van de slachtoffers geweest. De twee vrouwen stonden toen nog op goede voet met elkaar, zelfs zo goed dat Isadora op de kat van Anna paste toen de laatste een uitnodiging had gekregen voor een werkbezoek aan Amerika. Op het moment waarop het Pan Am-toestel waarin Anna zat op het punt stond op te stijgen voor de vlucht naar Miami kreeg Isadora een visioen waarin het toestel verongelukte en alle inzittenden om het leven kwamen. Het visioen was zo sterk dat ze Anna in het vliegtuig een sms-bericht stuurde en haar met klem aanraadde om eruit te gaan. Anna nam de raad serieus en wrong zich naar buiten. Kort na het opstijgen verongelukte het vliegtuig en alle inzittenden kwamen om, precies zoals in het visioen van Isadora gebeurde.

Anna werd gearresteerd, want de verdenking dat zij iets met de crash te maken had lag voor de hand, maar ze kon overtuigend haar onschuld aantonen en verklaren dat ze op het nippertje was uitgestapt op advies van Isadora. De CIA vroeg Isadora naar Amerika te komen om zich in hun expertisecentrum uitvoerig te laten testen. Een medium die een crash van Amerikaanse toestellen kon voorspellen was het beste middel dat de staat tegen terroristen in kon zetten. Het onderzoek, waaraan ook Martin van Ingen als vertegenwoordiger van de Nederlandse inlichtingendienst deelnam, leek in het begin een teleurstelling. Wat ze ook probeerden: Isadora kreeg geen nieuwe visioenen en de CIA wilde het experiment al stoppen. Isadora zocht contact met Rob om te vertellen dat ze weer naar huis kwam. Toen ze later een mailtje van hem kreeg, gevolgd door een telefoontje, gebeurde er iets vreemds. Daags daarna ging het opeens perfect. Isadora's telepathie werkte zoals de Amerikanen hadden gehoopt. Martin van Ingen kwam de eer toe dat hij de rol van Rob als schakel ontdekte: als ze met hem in contact stond, was Isadora een supermedium. Zonder hem werkte haar helderziendheid totaal niet. Uiteindelijk besloten de Amerikaanse en Nederlandse inlichtingendiensten toch af te zien van dit telepathische duo, want de onzekerheid was te groot om er de levens van vliegtuigpassagiers mee in de waagschaal te stellen.

Martin van Ingen en Isadora hadden enkele maanden vriendschappelijk contact gehouden, maar het was verwaterd. Nu was het duidelijk dat hij niet voor de gezelligheid kwam. Ze keek hem onderzoekend aan. Hij zag er uit alsof hij een paar nachten over-geslagen had.

'Heb je je weer in de nesten gewerkt?' vroeg hij met een flauw lachje.

'Die nesten zoeken mij,' antwoordde ze adrem. 'En deze bleek al meer dan acht jaar oud.'

Hij knikte. 'Ik heb het gehoord, de vader van Gijs. Ik had je zo kunnen vertellen dat hij als overleden was gedocumenteerd. Daarvoor had je niet naar Zweden hoeven te gaan.'

'Ik zocht hem niet voor mezelf. Gijs had het recht om te weten wie zijn vader was,' zei ze fel. 'Ik had geen idee waarin ik uitein-delijk in verzeild zou raken.'

'Je moet dit niet onderschatten. Die lui die het op hem gemunt hebben, deinzen nergens voor terug.' Plotseling was hij de ernst zelf. 'We willen je huis graag onderzoeken op eventuele afluister-apparatuur. Erik, begin jij boven?'

Ze schrok. 'Denken jullie dat echt?' vroeg ze kleintjes.

'Wij denken niets maar houden overal rekening mee,' zei Martin. Na een uurtje waren ze klaar. Gijs keek met grote ogen toe hoe de twee mannen het huis systematisch onderzochten. Omdat Van Ingen zijn collega bij zich had, was er geen gelegenheid voor per-soonlijke vragen en kon ze niet aan hem vragen hoe het met hem ging.

Hij keek naar Gijs die de kat in zijn armen hield en zei: 'Let goed op hem.'

'Ik doe niet anders,' zei ze.

Hij knikte. 'Morgen komen we terug.' Hij keerde zich om toen hij in de deur stond. 'Of wil je graag dat een van ons hier slaapt?'

Tot haar eigen verbazing ging ze gretig op zijn aanbod in. De mannen overlegden kort met elkaar.

'Erik blijft, is dat goed? We moeten nog wat afmaken. Over een uurtje is hij bij je.'

'Prima,' zei ze. 'Ik maak een bed in de logeerkamer op.'

De reactie van haar lichaam op de antibiotica en het gemis van drie nachten slaap braken haar op. Ze was bekaf.

Isadora was niet snel bang en ze had er nooit bij stil gestaan dat de schuur van de boerderij veel onbekende hoeken en gaten herbergde. Ze had een nuchtere inslag, maar nu knaagde de onrust. Haar zoon was veilig, in haar waren ze niet geïnteresseerd, maar hoe wisten ze het zo snel van de vaderschapstest? Het leek of de muren overal oren hadden, ergens zat blijkbaar een lek, maar waar? Ze draaide de deur naar de schuur op slot alsof het dunne houten schot iemand die naar binnen wilde zou kunnen tegenhouden. De stretcher stond opgemaakt in de kamer.

Hoewel ze dolblij was eindelijk te kunnen liggen, kon ze de slaap niet vatten. Ze installeerde zich op de bank in de woonkamer en zette de tv aan. Op Canvas was een Amerikaanse film die zich net na de tweede wereldoorlog afspeelde en vertelde het verhaal van een moeder die met haar twee kinderen in een afgelegen Victoriaans landhuis woonde. De vader was niet teruggekeerd van het oorlogsfront. Grace, de moeder, had naast iets afstandelijks ook iets fragiels en ze was prachtig gekleed in witte of pastelkleurige jurken. De kinderen waren niet gezond. Ze verdroegen geen daglicht en overal hingen zware gordijnen voor de vensters, om de vertrekken te verduisteren. In het huis hing een constante schemering. De kinderen kregen een streng religieuze opvoeding, de dochter was het niet overal mee eens en dat ontaardde in onuitgesproken ruzies. Diezelfde dochter vertelde ook over het onzichtbare vriendje dat ze soms zag en waarmee ze praatte en ze beschreef het uiterlijk van het jongetje tot in detail.

Het televisiebeeld stoorde, het toestel had altijd prima gewerkt. Sinds een week vertoonde het kuren, het beeld vertroebelde en was een paar seconden later weer helder.

De drie mystieke bedienden die op de achtergrond speelden, hadden ook al in vroegere tijden een band met dit huis. Het verhaal stond soms stil, maar bleef boeien, alleen al door de close-ups van het gezicht van de ijzige huishoudster.

Op dat moment schenen de lichten van de koplampen de woonkamer in. Dat zou Van Oord wel zijn. Ze liep naar de deur en liet hem binnen.

Beroepsmatig nam hij de situatie snel in zich op en zei: 'Kijk rustig verder, ik ga toch aan het werk.'

De commercial break was net begonnen en ze schonk voor hen beiden koffie in.

'Sorry,' zei hij, ik drink alleen cafeïnevrije koffie na acht uur 's avonds, of heb je ook een kopje thee?'

'Natuurlijk heb ik thee, geen probleem.' Isadora liep naar de keuken.

De televisie hervatte de uitzending van de film en terwijl Erik van Oord aan de keukentafel zijn e-mails doorlas raakte ze al snel weer in de ban van de film.

Het spookte in het grote verlaten landhuis, er kwamen zelfs schimmen bij hen wonen die na een poosje weer vertrokken. De film was knap gemaakt en er werd goed in geacteerd, de angst van de kinderen was bijna te ruiken. De doodgewaande vader kwam voor een nacht thuis; de moeder vond hem in het bos toen ze tijdens een wanhopige tocht op zoek ging naar hulp en de weg kwijtraakte in een plotselinge opzettende mist. Maar de vader was meer dood dan levend en reageerde nauwelijks op het weerzien, ook hij verdween weer uit hun leven zonder slag of stoot.

'Waar kijk je naar?' Van Oord kwam naast haar op de bank zitten Hij sprak met een hoge, hese stem. De kat zat aan de andere kant. 'Een griezelfilm, zeker niets voor jou of heb ik het verkeerd? Wil je een glas wijn? Of ben je in functie?' vroeg ze met een flauw lachje.

'Ik hou wel van griezelfilms, maar of het nu voor jou zo'n goed idee is om er naar te kijken op dit moment, weet ik zo net nog niet. Heb je iets van frisdrank?'

'Het kwaad is al geschied, vrees ik, de film loopt al op zijn eind.' Een reclameblok rukte haar abrupt los uit de schemerige sfeer van de film.

'*Volgende week hamlappen in de aanbieding bij uw Gros supermarkt, altijd voordelig en om de hoek,*' sprak een opdringerige, vettige mannenstem. Een schetterend muziekje onderstreepte het geheel.

Uit het keukenkastje haalde ze een glas. Toen ze terugkwam zag ze dat hij zijn schoenen had uitgedaan.

'Sinds een week heeft-ie kuren.' Ze wees op het televisiescherm dat weer stoorde.

'Ik begrijp er niets van, het is een nieuw toestel. Misschien is er ergens onweer.' Ze keek door het achterraam naar buiten. Het was een rustige, heldere avond. Het maanlicht gaf het weiland een matgrijze tint.

'Heb jij kinderen?' vroeg ze terwijl ze ging zitten.

Hij schudde zijn hoofd.

'Getrouwd?' Hij bleef zijn hoofd schudden.

'Vriendin, vriend?'

'Vriend?' Hij fronste zijn wenkbrauwen. 'Nee, ook geen vriendin, wel gehad…. Ik heb een hond, een Newfoundlander. Je kent ze vast wel, zo'n grote bruine.'

'Ach, zo'n teddybeer.'

'Nou, teddybeer, dat niet bepaald, maar ik kan me wel voorstellen dat je die associatie bij hem hebt.'

'Het zijn zachtmoedige reuzen, toch? Ouders van een vriendinnetje hadden er vroeger een. We waren stapel op dat beest, maar hij kwijlde zo. Niet fris…'

De film begon weer. Isadora drukte op de volumeknop. Er waren paragnosten met vreemde stemmen, het spel werd helderder en indringender. Het einde was sterk en onverwacht en liet een duister gevoel in haar achter. Van Oord kende de film al, maar ook hij ondervond de beklemming.

'Hoe heet je hond?' vroeg ze.

'Bør. Heb ik niet verzonnen hoor, zo heette hij al toen ik hem kocht, maar ik vind het wel een naam die bij hem past.'

'En wie zorgt voor hem als jij aan het werk bent?'

'Soms neem ik hem mee, maar de hondenuitlaatservice in het dorp doet prima werk. Ik ben nog maar net terug van een vakantie op Aruba, toen logeerde hij een paar weken bij mijn broer.'

'Wat een luxe dat je je hond mag meenemen naar je werk,' ver-

zuchtte ze. 'Denk jij dat ze hier nog komen?' vroeg ze ineens.
'Wie? Die premiejagers?'
Hij trok aan zijn sok. Hij had grote smalle voeten, zag Isadora.
'Moeilijk te zeggen, ze zullen natuurlijk zich gaan afvragen waar je zoon is. Ja, ik denk zeker dat ze vandaag je huis in de gaten houden.'
'Het is een naar gevoel,' zei ze zacht.
'Dat begrijp ik, daarom hebben we ook voorgesteld dat er iemand van ons bleef overnachten.'
'Ik hoop maar dat hij veilig is.'
'Hij is veilig, jullie zijn allebei veilig, zit er nu maar niet over in,' sprak hij sussend.

Later toen ze tussen de koele lakens lag, luisterend naar de zachte nachtgeluiden van het bos, overviel haar een ongerust gevoel. Ze sloop uit bed en liep naar de kamer die links van haar lag. De deur stond op een kier. Gijs sliep als een engel, zijn ademhaling was rustig en regelmatig, een knuffelolifantje lag in zijn armen. Ze sloot het raam.

19

Merlijn, de kat, was ziek. Hij gaf al een paar dagen over en toen hij daarna nog niets wilde eten, vond Isadora dat hij naar de dierenarts moest. Gijs zat bij zijn mandje. De groene kattenogen keken dof de wereld in en de rode vacht leek valer van kleur. De dierenarts die ze aan de telefoon kreeg, had een Duits accent. Isadora vertelde de symptomen en ze mochten meteen komen.

Gijs zat op de achterbank van de Landrover, het mandje met de kat op schoot. Toen ze het contactsleuteltje omdraaide gebeurde er niets. Ze maande Gijs om in de auto te blijven zitten en belde Greetje. Vijf minuten later reed de kleine Suzuki van Greetje voor.

'Hoe gaat het met je kaak?' Greetje was uitgestapt en leunde tegen het portier. Ze knipperde met haar ogen tegen het felle licht.

'Vraag maar niets,' antwoordde Isadora.

'Zal ik met Gijs gaan? Kun jij je even ontspannen. Waar zit die dierenarts? Op het Bolwerk?'

Isadora twijfelde, maar het vooruitzicht dat ze even kon rusten en de pijnstillers laten inwerken, was verleidelijk. Ze knikte.

'Nou heel fijn, als het niet teveel moeite is. Je bent een schat.'

'Jij snel je bed in. Gijs weet wat hij mankeert?'

'Hij wil al drie dagen niet eten en als hij iets binnenkrijgt moet hij braken.'

'Oké, duidelijk.'

'Greetje..?'

'Ja?'

'Bedankt.'

'Het is niets,' lachte ze.

Het pittige Japanse autootje reed het erf af. Toen ze de stad inreden lag op de hoek van een straat een tros witte ballonnen. Waar kwamen ze vandaan? Waren ze afkomstig van een bruiloft, opgelaten door een nieuwbakken echtpaar aan de andere kant van het land? Of waren ze overgewaaid van een kinderfeestje?

In de wachtkamer van de dierenkliniek zaten twee flinke, zenuwachtige honden. Hun lange tongen zagen eruit als roze sponzen. Een kleinere hond stond op de weegschaal, maar hij was niet stil te houden en bewoog zodat ze het exacte gewicht moesten schatten.

'Het gaat de goede kant op,' zei de vrouwelijke dierenarts. 'Nog maar twee kilo, dan zit hij weer op een redelijk gewicht.'

'Komt u maar,' zei ze glimlachend naar Greetje en Gijs.

Op de behandeltafel kroop Merlijn zo ver mogelijk in zijn mand, maar de dierenarts tilde hem eruit en aaide hem. Ze informeerde naar zijn naam en kalmeerde hem.

'Het is een goed teken, dat hij tegenstribbelt,' zei ze tegen Gijs. Ze onderzocht hem en kwam al snel tot de conclusie dat hij vergiftigd was.

'Insectenverdelger of antivries, heeft u dat in huis?'

'Het is de kat van mijn buurvrouw, maar ik weet haast wel zeker dat ze die spullen - als ze die heeft, want ze is antigif - achter slot en grendel houdt.'

'Een kattenhater uit de buurt misschien?'

'We wonen buiten. Tja, wat niet kan.'

De dierenarts temperatuurde hem en betastte het hele lijf. 'Hier zit wat, is hij gechipt? Ze bevoelde zijn linkerflank, net langs de ruggengraat en keek Greetje over haar halvemaanbrilletje aan.

'Geen idee, het is een aanlopertje. Een dikke week terug deed hij zijn intrede. We dachten dat hij uit een auto was gezet.'

De dierenarts herhaalde de inspectie en verontschuldigde zich. Een paar minuten later kwam ze met een collega terug. Hij groette Gijs en Greetje en betastte de kat in zijn flank.

'We maken even een foto,' zeiden ze en ze namen Merlijn mee naar een andere kamer. In de wachtkamer wachtten ze een kwartier. Er hingen grote posters van jonge dieren. De honden met de roze sponzen waren verdwenen en er zat nu een jong meisje met een wit konijn. De dierenarts, die zich voorstelde als Maat, nam Greetje even apart. Hij droeg grote zwarte schoenen die vreemd afstaken bij zijn hagelwitte pak. Hij knipte de lichtbak in de behandelkamer aan en liet haar de röntgenfoto zien. Grijze, zwarte en ronde vormen, ze zag de fijne botten van zijn achterpoten en een klein plat plaatje.

'Wat is dat?' vroeg ze.

Maat kneep zijn ogen tot spleetjes.

'Ik heb geen idee, het lijkt wel op een minuscuul onderdeel uit een radio of een zender.' Hij pauzeerde even. 'Ik weet het niet.'

'Een radio? In de rug van een kat?' Ze fronste haar wenkbrauwen.

Maat haalde zijn reusachtige schouders op en vertelde dat hij dit nog nooit in zijn praktijk meegemaakt had. 'Misschien is het een soort chip uit het buitenland die we hier niet kennen. We zullen hem open moeten maken om het te verwijderen. Nu hij niet helemaal fit is, willen we hem hier vannacht houden, maar hij overleeft het wel. Op welke nummer bent u of uw buurvrouw bereikbaar vanmiddag?'

Greetje gaf hem het nummer en maakte aanstalten om weg te gaan.

Een beetje verdwaasd reden ze naar huis. Ze had Gijs verzekerd dat het goed kwam met Merlijn, maar dat de dokter hem goed in de gaten wilde houden en dat hij voor één nachtje in het dierenziekenhuis moest blijven. Morgen konden ze hem ophalen. Hij knikte lijdzaam, daarna hield hij zich stil.

Ach, ze keek even naar achteren, haar hart brak. Nog geen drie dagen terug op het nippertje ontkomen aan een aanval en nu was zijn kat ook nog ziek. Ze kwamen op de weg die langs het bos leidde. De zon was scherp en ze verwenste zichzelf dat ze geen zonnebril bij zich had. Ineens schrok ze; er lag verderop iets op de weg. Behoedzaam kwam ze dichterbij. Midden op rijweg lag een vrouw, maar nergens lag een fiets of was er een auto te bekennen. Greetje stapte uit de auto en liep naar haar toe, haar hart bonkte in haar keel. Het was een jonge vrouw die niet veel ouder was dan vijfentwintig jaar. Haar gezicht was licht getint en haar ogen waren gesloten. Een buitenlandse zo te zien aan haar gitzwarte haar. Voorzichtig voelde Greetje haar halsslagader, die klopte stevig en regelmatig. Ineens sprong de vrouw op en wierp zich op Greetje die op haar hurken zat en opzij viel. Ze voelde nog dat ze werd beetgepakt door andere handen en geblinddoekt werd. Het gegil van Gijs ging haar door merg en been. Toen werd iets zachts en vochtigs tegen haar mond en neus gedrukt. Daarna verloor ze het bewustzijn.

Een uurtje later zag een jogger een witte Suzuki op een parkeerplaats in het bos. Achter het stuur lag een vrouw in diepe slaap. Hij maakte zijn rondje, maar toen hij de vrouw schijnbaar onbewogen in dezelfde houding drie kwartier later nog steeds zag zitten, sloeg hij alarm en belde 112. De jogger probeerde Greetje te bevrijden, maar het portier was afgesloten. Hij sloeg een raam in en opende het portier van binnenuit. Eenmaal in de frisse lucht kwam ze langzaam bij haar positieven. Ze vroeg naar Gijs, maar de jogger antwoordde dat hij haar alleen in de auto had aangetroffen. In de verte gilde de sirene van de ambulance.

Isadora vergat bijna te ademen toen brigadier Zeeman haar belde. Zeeman was één van de rechercheurs die een paar dagen geleden bij haar waren geweest. Maar vreemd genoeg leek het alsof ze op deze kwestie geanticipeerd had en reageerde ze griezelig rationeel, toen hij het verhaal uit de doeken had gedaan.
'Waar is ze nu? Wat herinnert ze zich? Kan ik naar haar toe?'
De rechercheur antwoordde dat ze op de eerste hulp lag in het ziekenhuis. Toen ze opgehangen had, realiseerde ze zich dat haar auto het niet deed. Ze vloekte en belde het nummer van Van Ingen. Hij had het nieuws nog niet gehoord, maar kwam direct naar haar toe. Het duurde even want hij moest uit Wateringen komen. Ze belde vervolgens het nummer van Frederik maar kreeg geen gehoor. Ze onderdrukte de impuls om het toestel tegen de wand te smijten.
De telefoon ging weer; het was Zeeman. Greetje bleek toch naar een ander ziekenhuis gebracht te zijn. Isadora legde uit dat ze geen auto had en hij beloofde haar dat hij een dienstwagen zou sturen.

Hij kwam zelf. Tien minuten later zag ze de politieauto de afslag vanaf de dijk nemen en onderweg naar het ziekenhuis kwamen ze nog meer politieauto's tegen.

'Dat is de technische recherche. Ze zetten de plaats delict af voor sporenonderzoek.'

Greetje lag op een eenpersoonskamer bij te komen Harm zat naast haar en hield haar hand vast. Ze hadden hem via zijn gsm bereikt toen hij vee aan het bekijken was in Nagele. In een halfuur was hij naar het ziekenhuis gescheurd waar hij een lijkbleke Greetje aantrof die op het eerste gezicht niets mankeerde, maar duidelijk in shock verkeerde. Een arts had haar onderzocht en behalve de hevige hoofdpijn waar ze over klaagde, bleek ze lichamelijk in orde. Ze huilde en kon nauwelijks uit haar woorden komen.

Isadora voelde medelijden en tegelijk moest ze haar boosheid onderdrukken. Wie had het hier nu het moeilijkst? Als er iemand in zou moeten storten zou zij het toch zijn? *Haar* zoon was ontvoerd! Maar ze herstelde zich en probeerde zich in Greetje te verplaatsen. Zij had het geweld aan den lijve gevoeld en misschien was het nog wel erger als het je overkwam, juist met een kind van een ander.

Van der Meer was inmiddels ook gearriveerd. Samen met Zeeman verhoorden ze Greetje en probeerden een reconstructie te maken van wat er gebeurd was.

Isadora's mobieltje ging. Een verpleegster wierp haar een boze blik toe en wees op het verbodsbord voor mobiele telefoons dat in de wachtruimte hing.

Het was de dierenarts. Ze wilde net zeggen dat ze hier niet kon bellen toen hij haar snel vertelde dat de chip in de rug van haar kat vermoedelijk een zendertje was.

'Wilt u even wachten?' Ze liep terug en trok Zeeman aan zijn jas. 'Hier, het gesprek is voor u.' Ze gaf haar telefoon aan hem en hij liep er mee naar de ingang.

Greetje mocht naar huis. Harm hielp haar voorzichtig met instappen.

'Waar staat je eigen auto?' vroeg Isadora praktisch.

Zeeman vertelde dat de Suzuki op sporen werd onderzocht. Na het onderzoek zou de auto keurig bij Greetje en Harm worden afgeleverd, beloofde hij.

'Wat gaan jullie verder doen?' vroeg Isadora bezorgd aan Zeeman. 'Hoe krijg ik mijn zoon terug?'

'We zijn al bezig,' hij gebaarde naar de weg en naar het bos. 'We zullen uw buurvrouw nog een paar keer moeten ondervragen. Soms komen er flarden van het geheugen terug; het menselijk brein is complex. We lichten het hele politieapparaat in om extra alert te zijn op ongewone situaties en er zal een profielschets van de daders gemaakt worden.'

'Ongewone situaties! Daar moet de politie toch altijd op bedacht zijn? Is dat alles wat jullie kunnen doen?' Ze verloor bijna haar zelfbeheersing.

'We tappen uw telefoon af voor het geval ze met u contact zoeken,' zei Zeeman. 'En we zorgen dat er permanent iemand bij u is; de analyse van de TR neemt nog enkele dagen in beslag.'

Isadora opende het portier en bedankte hem. Ze hoorde zichzelf praten, maar het was net of het iemand anders was. Iemand die bezit van haar had genomen en voor haar praatte en bewoog terwijl de storm van onrust door haar binnenste raasde. De angst over haar zoon en de woede over het lot dat hem in deze afgrijselijke situatie had gelokt wakkerden die storm aan en maakten dat haar eigen woorden hol in haar hoofd klonken. Hoe kun je zo koel lijken, vroeg ze zichzelf af, je kostbaarste bezit is in gevaar, concentreer je op zijn bevrijding!

Er stond een frisse wind die even voor ontspanning zorgde. Tegelijkertijd reed Van Ingen het erf op. Zijn gezicht stond strak. Was dat van spanning of had hij dat altijd? Ze kon haar tranen niet meer tegenhouden en liep op hem af. Hij omhelsde haar kort en bijna zakelijk en daarna duwde hij haar zachtjes van zich af.

'Verman je, straks mag je uithuilen,' zei hij op gedempte toon.

Frederik was inmiddels op de hoogte. Hij had al een paar keer gebeld, steeds met een ander nummer, maar ze wilde hem niet spreken. Door hem was het allemaal immers begonnen. Door hem was haar zoon in gevaar.

Er verstreken twee dagen. De politie zorgde voor constante bewaking op de boerderij, en iedere auto die de afslag naar de boerderij nam werd gecontroleerd. De media waren op de hoogte en er stond een grote wazige foto van Isadora op de voorpagina van de Telegraaf waarin ze haar handen voor haar ogen hield en het leek alsof ze huilde. Ze had geen idee waar of wanneer de foto genomen was. Als inzetje hadden ze een schoolfoto van Gijs geplaatst. Roofvogels, vuile hyena's, dacht ze. Geen zoeter vermaak dan leedvermaak.

"De zoon van voormalig kandidate van het programma Boer zoekt Vrouw, Isadora de Roi, is gekidnapt. Qua motief tast de

politie in het duister, maar er is een link met een eerder incident,
toen een man met een bivakmuts op in dezelfde regio een bus met
kinderen vorige week overviel."

Haar gsm piepte aan het begin van de avond; een berichtje van een onbekend nummer dat ze zich niet kon herinneren. Vluchtig las ze het door. Iemand bood zijn hulp aan, maar het sms'je werd halverwege afgebroken, ze kon geen naam zien.

> Isadora, zag het bericht in de krant. Wat
> vreselijk, als ik iets kan doen weet dan da…

En hier brak de tekst af. Ze haalde haar schouders op, wat had ze eraan?

Een agent gaf het rode katje aan Isadora. De dierenkliniek had hem zelf maar gebracht. Martin van Ingen had het zendertje in zijn hand, dat nauwelijks groter was dan de nagel van zijn pink.
'Al die tijd wisten ze precies wat jullie gingen doen, waar jullie heen gingen en wanneer.'
'Vandaar dat ze van die DNA-test afwisten.'
Isadora werd misselijk bij de gedachte dat alles wat ze de afgelopen weken had gezegd door een schoftenbende was afgeluisterd.
'Alles hadden ze zorgvuldig in scène gezet. Ze hebben dat beest vergiftigd zodat er iemand van de boerderij weggelokt werd. Alle kans dat Gijs meeging, maar ook als hij thuis gebleven was, hadden ze toegeslagen.'
'Ze hebben die kat gewoon hier op het erf neergezet, en ervoor

gezorgd dat hij flink uitgehongerd was, de ploerten. Hadden we dan toch moeten onderduiken?' vroeg ze na een poos aan Van Ingen. 'Frederik krijgen ze niet te pakken, die zit ergens veilig.'

'Je wilde zelf niet onderduiken, weet je nog?' Hij keek haar scherp aan. 'Ik weet dat het voor jou onverteerbaar is, maar zolang ze zich niet melden, kunnen we niet veel doen, behalve opletten.' Ze knikte.

'Jij moet wat eten,' zei hij vaderlijk. 'Heb je vandaag al wat gehad?'

'Ik hoef niets, zolang mijn zoon niet terecht is eet ik niet.' Ze begon weer te huilen.

Martin legde zijn arm om haar heen en troostte haar op een houterige manier. Toen nam hij haar gezicht in haar handen en sprak haar vriendelijk maar streng toe. 'Luister, Gijs heeft er helemaal niets aan als zijn moeder bij de pakken neer gaat zitten. Sterker nog, straks als hij vrijkomt, heeft hij juist een sterke moeder nodig die hem kan opvangen en niet een moeder die vooral medelijden met zichzelf heeft.' Hij wachtte even tot zijn woorden waren doorgedrongen. Isadora zweeg.

'Ik ga nu eten maken en dat ga je ook opeten, begrepen?'

Ze knikte. De kat streek langs haar benen. Hij had zijn levenslust al weer aardig terug gekregen. Ze veegde de tranen weg en tilde het magere beestje op. Arm dier, dacht ze, als spion gebruikt. Merlijn spon, zijn hele lijfje leek er in op te gaan, zijn flank was kaal geschoren en gehecht. Ze wist niet eens of de korte bruine stukjes draad nog verwijderd moesten worden of dat ze uit zichzelf oplosten.

'We gaan eten voor je maken,' zei ze hardop. Met de kleine patiënt op de arm liep ze naar de keuken. Ineens begreep ze waarom de televisie de laatste tijd zo stoorde.

Het duurde uren voor ze in een hazenslaapje viel. Ze droomde van Gijs. Hij was druk in de weer met miniatuurtreintjes. Hij stond achter een enorme maquette die een Alpenlandschap voorstelde. Ze zag de verlichte treinen en de wissels bewegen. Piepkleine minimensjes waren aan het werk of waren op reis. Toen hij zijn moeder in de gaten kreeg, lachte hij breeduit en zwaaide naar haar.

20

Drie dagen waren voorbij gekropen. De brief was gekomen met de DNA-uitslag en vertelde Isadora wat ze verwachte. Per Høgstrom was de vader van haar zoon, wat een ironie.

Isadora at amper en vermagerde zienderogen. Toen haar ogen steeds dieper in hun kassen verzonken en ze om de minste aanleiding in tranen uitbarstte en onbeheerst snikkend door het huis liep, kreeg Van Ingen er genoeg van. Hij pakte haar bij haar schouders, plantte haar op een stoel in de keuken en zei: 'Nou is het uit met dat gejank. We zijn met dertig man op zoek naar die jongen van jou en we zullen hem vinden. En als we hem gevonden hebben heeft hij niks aan een moeder die hier van d'r graat valt van ellende omdat ze niet eet. Jij blijft zitten en je zorgt dat je wat binnenkrijgt en binnenhoudt, begrepen?'

Ze knikte woordeloos en bleef braaf zitten terwijl hij aan het werk ging. Hij wist verrassend goed de weg in de keuken en maakte macaroni die verbazend goed smaakte. Een appetijtelijk maaltje waarin hij alle restjes groenten en kaas verwerkte die in de koelkast lagen. Het gerecht kreeg in de oven een knapperige korst. Heel even moest ze iets overwinnen toen hij het bord voor haar neerzette. Toen gaf ze zich over en viel als een wolf op het eten aan, haar kaak deed nog pijn, maar de macaroni was zacht.

Hij keek toe terwijl ze at en knikte goedkeurend. 'Het smaakt je goed zo te zien.'

'Ik had er geen idee van dat je zo goed kon koken, heb je zelf geen trek?'

Hij schudde zijn hoofd en zei dat hij die middag al gegeten had.

Ze at de macaroni tot het laatste stukje op.

'Nog meer?' vroeg hij.

Ze schudde haar hoofd. 'Nee, dank je. Het was heerlijk.'

In de verte klonk onweersgerommel. Hij liep naar het raam, een dreigende lucht hing over de velden.

'We krijgen regen,' zei hij overbodig.

De telefoon ging. In het begin hoorde ze alleen ruis alsof de beller heel ver weg was. De lijn kraakte, maar ineens hoorde ze een heldere mannenstem. Ze kreeg een wee gevoel in haar buik en haar hart bonkte in haar borst. De man sprak Engels met een zwaar buitenlands accent, maar het was snel duidelijk wat hij bedoelde. Ze wilden een ruil. Per Høgstrom moest de plek innemen van zijn zoon. Een uur eerder zou ze in een onbeheerst gehuil zijn uitgebarsten. Nu bleef ze rustig. Ze gaf Van Ingen een teken, maar ze bleef zelf aan de telefoon.

Het was een kort gesprek, morgen zou ze horen hoe ze het verder wilden. Nog voor ze antwoord kon geven, werd de verbinding verbroken.

'Dat was de ontvoerder van Gijs, hij maakt het goed en ze willen hem ruilen voor Frederik.' Verbijsterd hoorde ze zichzelf de woorden uitspreken. Haar hart bleef tekeer gaan, haar wangen gloeiden.

Van Ingen was al aan het bellen, maar het gesprek met de ontvoerders was te kort om het kunnen traceren.

'We hebben de stem opgenomen. Misschien komt er iets uit de analyse.'

'Ik moet Frederik bellen.'

'Nee, jij doet niets. Ik onderneem actie,' zei hij gedecideerd. Hij rende naar zijn auto. De eerste regenspatten vielen en de bui barstte los.

Ze hoorden niets meer van de kidnappers, drie lange dagen die niet om door te komen leken. Er waren uren dat ze in haar wanhoop tegen de muren opkroop, maar in de momenten dat het haar lukte om te relativeren bedacht ze dat het de ontvoerders niet om haar zoon ging. Ze had Frederik een paar keer kort gesproken. Op haar directe vraag of hij bereid was of hij de plaats van Gijs in te nemen, gaf hij haar een even direct antwoord: ja, maar dat hij daar niet alleen over kon beslissen.

Ze werd boos en tegelijk kwaad op zichzelf. Het was onmogelijk hem te zien terwijl ze daar nu zo naar verlangde. Belachelijk, hoe kon dat nu. Ze had hem bijna negen jaar niet gezien. Ze had haar leven vorm gegeven zonder hem. Hoe kon ze nu ineens zo'n drang hebben naar contact met hem?

De nachten waren het ergst. Duizend vragen spookten door haar hoofd. Zou Gijs nu slapen, was er een bed voor hem? Zou hij het wel warm genoeg hebben? Wat waren dat voor mannen die hem ontvoerd hadden, waren het beesten of hadden ze een hart? Waren ze zelf vader? Ze had haar leven willen geven om hem een moment tegen zich aan te kunnen houden, om hem te beschermen tegen al het kwaad van de wereld.

Overdag was het al niet veel beter. Haar kaak deed nog steeds pijn. In de keuken nam ze een pijnstiller, de laatste die ze in huis had.

Haar persoonlijke beveiliging hield in dat er altijd iemand met haar mee ging als ze weg wilde. Een breedgeschouderde beveiligingsbeambte had dienst op de ochtend waarop Martin van Ingen afscheid had genomen. Hij liep met haar mee naar het bos. Ze hield het binnen niet meer uit en eenmaal buiten ademde ze de frisse lucht in. De hemel was bewolkt en er stond een stevige wind uit het noorden. Het was vochtig tussen de bomen en ze roken de herfst. Waar begin ik aan? dacht ze. Ik wil lopen, lopen, lopen en nu wandel ik hier verplicht met een vreemde. Hoe zou hij dat vinden? Het bospad was modderig en de ondiepe kuilen waren gevuld met hemelwater. Haar rubberlaarzen waren gelukkig bestand tegen deze omstandigheden. Haar beveiliger had minder geluk, zijn puntige leren laarzen zaten al snel onder de modder.

'Niet echt geschikt schoeisel voor een boswandeling. Zullen we teruggaan om laarzen voor je te halen?' vroeg ze. Hij antwoordde dat hij zich wel redde. Ze liepen een klein uur. Aanvankelijk spraken ze niet, maar na een tijdje informeerden voorzichtig ze naar elkaars leven. Hij vertelde over zijn vriend waar hij al acht jaar mee samenwoonde. De vriend had een dochter van dertien. Het meisje woonde de ene week bij haar moeder en de andere week bij hen.

'En hoe is dat?' vroeg Isadora. Ze schoot alweer vol, bij het idee aan kinderen, maar beheerste zich.

'Eerlijk gezegd had ik het niet zo op kinderen, maar Linda is echt een topmeid.' Hij sprak met een sterk Noord-Hollands accent en zijn o's klonken ronder dan in haar regio.

'Dertien is ze, zei je? De moeilijke jaren komen nog.' Ze maakte een gebaar met haar hand.

'Luister eens.' Ze hielden zich doodstil. 'Een nachtegaal, die hoor ik hier niet zo vaak, zeker niet op dit tijdstip.' Het opmerkelijke gezang van het vogeltje klonk helder in hun oren. De beveiligingsman had nog nooit een nachtegaal gehoord, maar hij gaf toe dat het een mooi geluid was.

'De nachtegaal herken je altijd, dat is zo'n uniek geluid! Maar we hadden het over je stiefdochter, ga verder.'

'Ik denk niet dat die komen, die moeilijke jaren. In ieder geval gedraagt ze zich voorbeeldig. Bij ons is ze een stuk makkelijker in de omgang dan bij haar moeder.'

'Arme mama, daar reageert ze zich misschien op af.'

'Ja, misschien wel.' Hij keek haar wat bedenkelijk aan. 'Hoe gaat het met jou? Trek je het nog een beetje?'

Ja, dacht ze. Ik keuvel met een onbekende over zijn kind en mijn eigen kind is spoorloos. Wat ben ik voor een moeder? Ik zanik over de pijn in mijn kaak terwijl Gijs in doodsangst zit. Ik zou als een zombie door het huis moeten lopen, nauwelijks in staat tot een redelijke conversatie en wie me nu zou horen denkt: niks aan de hand met dat mens. "Gevoelens laten zich niet sturen" had iemand ooit tegen haar gezegd. Iemand die er verstand van had, dacht ze bitter. Misschien was zij wel een van die mensen die gevoelens kon beheersen en de storm in haar binnenste naar de achtergrond kon dringen opdat hij het handelen dat zo'n situatie vereist niet kon belemmeren. Ze schudde kwaad haar hoofd. Alweer zo'n belachelijk rationele gedachte. 'Je zoon is weg,' zei ze geluidloos tegen zichzelf. 'En als hem echt iets overkomt zul je dit je leven lang met je meedragen.

De hemel brak open en de zon verwarmde de vochtige grond.

'Nee, niet echt, maar ik heb weinig keus. Je collega Van Ingen heeft me voorgehouden dat mijn zoon er niets aan heeft als ik in zak en as zit, en daar heeft hij gelijk in. Maar ik heb de afgelopen vijf dagen amper geslapen. Werk leidt me af, maar ja...'

Ze wachtte even tot de opwellende tranen zich lieten bedwingen. Hij pulkte met een stokje de aangekoekte modder van zijn laarzen.

'Verderop is het pad wat beter,' zei ze fier. 'Ben je een natuurmens?' Daar gaan we weer, dacht ze, keuvel, keuvel terwijl er maar één ding is waarmee je je bezig moet houden.

'Geboren en getogen in Dordrecht, later naar Rotterdam verhuisd. Ik heb dus weinig bos gezien in mijn leven, maar zo'n wandeling vind ik best leuk.'

'Dordrecht is een mooie oude stad,' hoorde ze zichzelf zeggen. Hij haalde zijn schouders op. 'Ik was blij dat ik er weg kon en nu mijn ouders zijn overleden kom er ik nooit meer. Er woont nog een broer, maar daar heb ik geen contact mee.'

'Wat naar dat je je broer niet ziet,' zei Isadora medelevend. Wat kan mij die broer schelen. Gijs! Gijs! Waar ben je?

De brede schouders gingen weer omhoog. 'We hebben geen ruzie, maar verder hebben we ook niets met elkaar.'

Toen ze thuis kwam voelde ze zich wat opgeknapt, de frisse lucht en de beweging hadden haar goed gedaan. Ondanks het niet aflatende weeë gevoel in haar buik, knorde haar maag en het lukte haar om een halve boterham te eten. De zeurende pijn van haar geweten bleef.

Met een andere beveiligingsman naast zich reed ze de volgende ochtend naar de stad. De pijn in haar kaak was zeurde nog steeds door en maakte haar misselijk. Ze belde haar tandarts en hij stond erop dat ze langs kwam. Weer nam hij foto's en constateerde dat de ontsteking was geslonken, maar de pijn kon hij niet verklaren. Hij opperde een nieuwe antibioticakuur voor te schrijven, maar voegde er aan toe dat deze misschien overbodig zou zijn omdat ze er net een achter de rug had. Hij schreef haar daarnaast weer zware aspirine voor, maar de pijn moest nu binnen twee dagen minderen.

'Bent u daar weer?' Verbaasd keek ze de apothekersassistente aan die haar herkende. 'Nog steeds niet van de pijn af?' Het meisje keek haar meewarig aan.

'Nee, inderdaad, attent van u dat u informeert,' mompelde Isadora terug.

'Ik maak het recept voor u klaar, u kunt erop wachten.' Ze wees op de harde plastic stoelen die tegen de wand stonden. Het was druk in de apotheek. Sommige mensen stootten elkaar aan toen ze ging zitten. Ze was nu een bekende Nederlander. Op de lage tafel in dezelfde oranje kleur als de stoelen lagen wat beduimelde roddelbladen die te vies waren om aan te pakken.

Later in de supermarkt kocht ze wat levensmiddelen. De plank met Gijs' lievelingskoekjes sloeg ze over met een brok in haar keel. Maar ze bedacht zich toen ze bij de kassa stond. Haar koekjesmonster kwam weer snel thuis, had Van Ingen beloofd en dan moest er wel iets lekkers in huis zijn.

Aan Polle had ze een fantastische kracht. Hij kwam nu bijna iedere dag en ging pas weg als het werk af was. Harm deed ook een beroep op hem. Voor zes uur was Polle al op de boerderij om hem te helpen met de koeien. Ze dronken samen koffie en hij deed zich te goed aan de boterhammen die ze hem voorzette. Zelf kon ze ze niet eten, want iedere hap deed pijn. Ze leefde op vloeibaar voedsel en zachte spijzen. Elke seconde van de dag was Gijs in haar gedachten. Soms wat verderweg, als ze even was afgeleid, maar meestal zo dichtbij dat het leek of hij naast haar stond. Hoe kan ik zo gewoon functioneren, dacht ze verbijsterd. Ze zien niks aan me, hooguit dat ik wat bleker en strakker ben dan anders.

Later die dag deed ze boven een onaangename ontdekking: het dak lekte en het plafond van de slaapkamer van Gijs was doorweekt. Ze drukte op de startknop van de laptop. Hij kwam akelig langzaam op gang en haar ongeduld groeide. Eindelijk kwam ze op internet. Op de zoekterm "rietdekkers" kwam meer dan haar lief was. Ze had de keuze uit meer dan tien bedrijven in de regio. Ze informeerde bij Harm en Greetje. Vooral de laatste dagen hadden ze weer nauw contact. Greetje was inmiddels aardig bijgekomen van de aanslag.

'De laatste keer dat we een rietdekker nodig hadden was een jaar of tien geleden. Toen was jij nog niet in beeld bij Willem. Dat was een heel gedoe, ze zijn er wel vier dagen mee in de weer geweest.'

'Vier dagen? Dat meen je niet?'

'Hoe erg is het?' vroeg Harm.

'De plek beslaat bijna het hele plafond.'

'Klinkt niet best, ik kom wel even naar je toe.'

Een man met een baard en met schouders als Atlas kwam diezelfde dag kijken. Hij heette Adams. De beveiligingsman van dienst controleerde hem grondig en onderzocht ook zijn auto. Adams keek verbaasd. Hij wist kennelijk niet waar hij in terecht kwam, maar liet het allemaal gelaten over zich heenkomen. Harm mocht over de telefoon niets vertellen en had hem daarom niet kunnen waarschuwen. Adams bekeek de kamer boven, klopte op de muren en klom met de meegebrachte ladder het dak op.

'Een groot gat, moet er al even zitten en ik zag ook mos. Heeft u niet eerder iets gemerkt?'

'Ik ben de laatste dagen niet meer op die kamer geweest. Het is de kamer van mijn zoontje.' Ineens begon ze te huilen. Adams schrok maar herstelde zich snel. Ze verontschuldigde zich, en vroeg wanneer hij het zou kunnen repareren. Morgen zou hij beginnen.

De volgende dag kwamen er twee busjes het erf oprijden. Vier mannen stapten uit en de beveiligingsmannen waren druk doende met de inspectie. Ze fouilleerden het viertal grondig en controleerden met detectors de busjes. Twee rietdekkers klosten door haar huis, terwijl de andere twee het dak opgingen. Overal in de boerderij klonk getimmer. Adams had gezegd dat ze het misschien in drie dagen konden repareren. Harm had de coördinatie op zich genomen.

Het gebeurde op de vijfde dag aan het eind van de ochtend. Polle was in de schuur aan het werk, Isadora spoelde in de keuken de kopjes af waar ze net uit gedronken hadden. Ze veegde haar handen droog aan de handdoek en keek op haar telefoon; een oproep gemist, van datzelfde onbekende nummer. Ze toetste het nummer in maar de keuken was ineens geen keuken meer.

Ze bevond zich in een enorme kerk of kathedraal. Het zonlicht viel door het gekleurde glas in lood gezeefd op de stenen vloer en toverde wonderlijke patronen. De plek waar ze stond was het schip van de kerk. De kerk was leeg en de banken stonden symmetrisch gerangschikt. Ze keek omhoog naar de beschilderingen van het plafond. Enorme arcades spanden zich fijntjes over het gehele gewelf. Er stonden beelden in de enorme nissen, heiligen met mijters en ze leken haar te volgen met hun ogen toen ze naar voren liep. Er hing een scherpe geur in de kerk alsof er net geverfd was. Ze liep naar voren naar het altaar, dat hoog boven haar uittorende. Er stonden hoge ladders en er hingen lange plastic banen naar beneden, felle werklampen beschenen nog meer beelden die er door het licht dreigend uit zagen. De doodse stilte in de kerk werd ineens verbroken. Het geluid kwam van beneden. Een klein speelgoedtreintje reed vlak langs haar voeten.

Ze was weer in de keuken, buiten adem van wat ze had gezien. Dat wat er niet was, dat wat ze niet had kunnen zien. Heel voorzichtig bewoog ze zich. Het was nog steeds haar huis waar ze was. Geschokt realiseerde ze zich wie achter dat onbekende nummer zat. Een enorme angst maakte zich van haar meester: nee, niet weer die visioenen. Die vreselijke beelden die ze een paar jaar geleden doorkreeg, de crash in Amerika die ze van te voren had gezien. Haar hand klauwde om het toestel maar ze kon het niet opbrengen om hem terug te bellen.

De telefoon ging opnieuw en ze schrok hevig. Het was Van Ingen. Hij had nieuws. Er was contact geweest met de ontvoerders van haar zoon en hij wist nu ook de andere eisen die ze stelden.

'Maar hoe?...' begon ze.

'Niet over de telefoon, ik ben onderweg naar je.' Hij hing op.

Twee uur later was hij bij haar, zijn gezicht stond zoals altijd in de plooi. Binnen klonk gehamer. Van Ingen fronste zijn voorhoofd 'Wat een herrie.'

'Ze zijn bezig met het dak. Lekkage,' zei ze afwezig.

'We gaan even ergens anders heen,' stelde hij voor. In de auto vertelde hij dat er een brief met daarin de eisen van de ontvoerders per gewone post bij het ministerie van Binnenlandse Zaken in Den Haag was bezorgd.

'En wat willen ze?' vroeg ze gespannen. Ze ergerde zich wild aan zijn trage tempo. Het zou wel inherent zijn aan zijn baan. Bij de AIVD konden ze geen impulsieve mensen gebruiken, alles moest doordacht zijn.

'Wat ontzettend raar dat ze eerst mij belden en nu via de regering contact zoeken.'

'Ze willen een ruil. Frederik moet de plaats innemen van Gijs.'

'Dat is oud nieuws. Maar hoe willen ze dat bewerkstelligen?'

'Helaas, ze willen nog meer. Ze willen een helikopter en geld. Veel geld en daarom spelen ze het nu via Den Haag. Jij bent degene die Frederik kent, vandaar dat ze eerst jou belden en je bent natuurlijk de moeder van het kind. Emotionele exploitatie noemen we dat.'

'Hoeveel? Hoeveel losgeld vragen ze?' Ze stoorde zich aan zijn zakelijke benadering.

'Twee miljoen,' zei hij zonder zijn ogen van de weg af te houden.

'Twee miljoen,' herhaalde ze zachtjes. 'Is er al over gepraat hoe ze dat gaan aanpakken?'

'Dat is nu juist het probleem.'

Plotseling remde hij hard voor een hond die ineens uit het bos de weg oprende en met een ruk vlogen ze naar voren tot de riemen hen stuitten. Een jongen op klompen kwam verdwaasd uit de opgang van het bos aanhollen. Isadora's hart bonkte terwijl van Ingen het raam opendraaide en de jongen op strenge toon sommeerde het beest aan de riem te doen.

'Wat een idioot,' verzuchtte hij terwijl hij de auto weer startte. Hij had zo hard geremd dat de motor afgeslagen was.

'Ze willen niet betalen,' vervolgde hij alsof er niets gebeurd was.

'Ze willen niet betalen,' herhaalde ze. 'Je bedoelt Binnenlandse Zaken?' Haar stem was hees en sloeg over. 'Maar waarom, het gaat hier toch om een onschuldig kind?' Ze begon onbedaarlijk te huilen. 'En nu?'

Aan de kant van de weg stopte hij. Hij pakte haar polsen en gebood haar tot rust te komen, maar ze kon niet meer stoppen. Ze gooide het portier open en leunde tegen de deur. Met hysterische halen huilde ze totdat er niets meer kwam. Van Ingen hield haar vast tot ze kalmeerde.

Aan de overkant achter het weiland lag het bos. Het zicht suste haar emoties.

'We maken wel wat mee met elkaar, hè?' zei ze toen ze weer in de auto zaten.

Hij trok zijn wenkbrauwen op. 'Inderdaad,' zei hij met een zuinige glimlach.

Nu ben je net Dr. Spock uit Star-trek dacht ze: *"Highly logical."*

Ik moet het hem vertellen wat ik gezien heb, dacht ze, ik moet het vertellen.

21

De volgende morgen nam Van Ingen de eerste trein naar Zoetermeer. Ondanks het vroege uur was het stampvol en hij had met moeite een zitplaats veroverd. In het gangpad stond een jongen met een kaalgeschoren hoofd in een zwarte leren jas. Het hoofd knikte op de beat van de muziek van de koptelefoon. Aan de overkant maakte een echtpaar ruzie. Op gedempte toon sisten ze tegen elkaar. Een bleke magere man schilde tergend langzaam een appel. De schillen vielen op een stuk keukenpapier dat op zijn schoot lag. Bedachtzaam stak hij de stukjes in zijn mond.

Na een klein uur stopte de trein in Zoetermeer. Hij was van plan geweest om te gaan lopen; het ministerie lag een paar kilometer van het station. Zijn conditie had hij de laatste tijd schromelijk verwaarloosd - hij kreeg zowaar een buikje - en een beetje lichaamsbeweging kon hij wel gebruiken. Maar halverwege de reis was het gaan regenen en hij moest dit voornemen laten varen. Hij hield een taxi aan en stapte in. De ramen van de gloednieuwe Mercedes waren beregend en de straten glommen. Kinderen liepen voorbij in doorzichtige roze plastic jasjes en even kleurige laarzen.

In de hal van het Ministerie wachtte hij op zijn collega's Van Oord en Van de Wetering. Van Oord had samen met Van Ingen een paar diensten gedraaid. Van de Wetering was hun baas. Van Ingen drentelde naar de koffieautomaat die vijftig eurocent voor een plastic bekertje koffie eiste. Hij rommelde in zijn portemonnee, maar vond de benodigde muntjes niet. De vrouw achter de balie keek hem vanachter de dikke glaswand wantrouwend aan.

'Wij wisselen niet voor parkeergeld,' zei ze koel toen hij haar vragend aankeek.

'Ik wil alleen een kopje koffie,' zei Van Ingen.

Ze wisselde met zichtbare tegenzin een euro voor twee munten van vijftig cent. Van Oord kwam binnen en schudde zich af als een hond die in de sloot had gelegen. De regendruppels sprongen van zijn waxjas.

'Hollands klereweer,' mompelde hij.

Van Ingen grijnsde. De receptioniste leek steeds gereserveerder te worden. Van Oord keek hem met een blik van verstandhouding aan.

'Koffie?' zei Van Ingen. Hij bood zijn collega zijn eigen beker aan en haalde voor zichzelf een nieuwe.

'Hoe gaat het met je gijzeling?' vroeg Van Oord.

'Slecht,' zei Van Ingen. 'Er zit geen millimeter beweging in.'

'Wat doe je dan hier?' vroeg Van Oord.

Van Ingen haalde zijn schouders op. 'Bevel van hogerhand.'

Hogerhand kwam een kwartier te laat. Van de Wetering zwaaide naar zijn ondergeschikten en meldde zich aan. De receptioniste veranderde acuut van houding. Ze lachte minzaam en controleerde hun identiteitsbewijzen.

De lift stonk. Op de vijfde verdieping stond plaatsvervangend afdelingshoofd Wouter Vloed hen glimlachend op te wachten. Blijkbaar kon Van de Wetering een potje bij hem breken want over het oponthoud werd niets gezegd. Ze traden de kamer binnen. Op tafel lag het dossier over de gijzeling van Gijs de Roi. Er stonden vijf koffiekopjes en een thermoskan. Vloed schonk de koffie in en nodigde hen met een handgebaar uit te gaan zitten. Van Ingen moest zich inhouden om niet los te branden, maar wilde zijn chef niet in de wielen rijden.

Van de Wetering nam uitvoerig de tijd om Vloed in te lichten. Vloed knikte bedachtzaam toen Van de Wetering uitgepraat was. 'Ons standpunt is helder. Het is geen nationale maar internationale kwestie. Per Høgstrom is Zweed en hij heeft die spotprent waar die gijzelnemers zo boos over zijn in een Zweedse krant gepubliceerd.'

Hij nam een slok koffie en vervolgde met het kopje in zijn hand: 'Internationaal terrorisme is natuurlijk net zo goed onze zaak, maar de ontvoerders vragen twee miljoen. Als we toegeven kan iemand volgende week hetzelfde gaan doen.'

'Wat wilt u daarmee zeggen?' vroeg Van Ingen. De dreiging in zijn stem was onmiskenbaar. Vloed wenste het te negeren.

'Dat we voorlopig niets doen,' zei hij kortaf. 'We wijken niet voor terreur.'

'Ze hebben een kind gegijzeld, een Nederlands kind,' zei Van Oord.

'De zoon van de tekenaar, als ik goed ben ingelicht? Was hij daarom ook in Nederland?'

'Nee, hij was hiervoor niet eens op de hoogte van het kind.'

'Toeval dus?' Vloed stond op en keek uit het raam. 'Dat maakt het nog gecompliceerder. Die ruil met Høgstrom, wat doen we daarmee?'

'Niet doen, lijkt me,' viel Van de Wetering hem bij. 'We moeten van meet af aan ons standpunt handhaven en rechtlijnig blijven.'

Vloed knikte. Hij opende zijn mond om iets te zeggen, maar Van

Ingen was hem te vlug af.

'Jullie praten over dat kind alsof het een object is,' zei hij hard. 'Moet de jongen sneuvelen omdat jullie niet van jullie plan af willen wijken? Het gaat om een kind dat voor iets opdraait waarmee hij helemaal niets te maken heeft. Hij kende zijn vader niet eens. Waar zijn jullie eigenlijk mee bezig!'

'Van Ingen, hou het zakelijk alsjeblieft, je bent te persoonlijk bij deze kwestie betrokken,' zei Van de Wetering.

'Dat heeft er niets mee te maken,' snauwde Van Ingen. 'Dit is de eerste keer dat er een kind in het spel is, en jullie gedragen je als een stel ijspegels.'

Van de Wetering maakte een beweging alsof hij pas op de plaats maakte. 'Kunnen jullie ons even verontschuldigen?' vroeg hij op ijzige toon.

Vloed zei dat ze de kamer naast die van hem konden gebruiken.

De koele kamer had een even kille uitstraling als Van de Weterings houding. 'Ik dacht dat we het eens waren toen we het gisteren gedrieën bespraken,' zei hij kalm.

'Je bedoelt dat jij probeerde je eigen mening er door te drukken. Man, je luisterde niet eens naar mijn opmerkingen,' riep Van Ingen uit.

'Doe nu eens even rustig, Martin. Jij was er ook altijd een voorstander van dat de uitgezette policy gehandhaafd moet blijven, te allen tijde.'

'Nu praat je net als een politicus.'

Van de Wetering zei niets meer.

'Zie je wel,' zei Van Ingen.

Van de Wetering keek hem recht aan. 'Ik voel met je mee, echt, ik weet dat jij dat jochie kent. Het vreet aan je en helemaal omdat je er niets aan kunt doen.'

'Daar weet jij niets van,' antwoordde van Ingen en hij liep boos het kantoor uit.

Van de Wetering kwam hem achterna en vlak voordat de liftdeur dichtschoof hield hij zijn schouder er tegenaan. 'Pas op, Martin. Als je te ver gaat moet ik je schorsen.'

'Ik verdedig een kind,' zei hij kortaf.

'Dat is nobel van je en geloof me, ik voel met je mee. Maar nu past het domweg niet in de plannen van de dienst. Nogmaals: we willen beslist geen precedent scheppen. Als je het er niet mee eens bent, wat ik me in jouw situatie kan voorstellen, haal ik je van de zaak af.'

'Je doet maar,' zei Van Ingen woest. Hij stapte de stinkende lift in en suisde naar beneden.

De rietdekkers waren eindelijk klaar. Het dak van de boerderij van Isadora was weer gemaakt en het zag er inderdaad weer als nieuw uit. Harm verwachtte dat het een gepeperde rekening zou worden, maar Greetje antwoordde dat Isadora niet voor niets een dure verzekering had afgesloten voor de rietgekapte boerderij.

Niet ik, maar dat heeft Willem allemaal geregeld, dacht Isadora later. Vlak voor zijn dood, als ik me goed herinner.

In de loop van de ochtend kwamen de schilders. Isadora informeerde naar de kleur van de verf toen rond half elf de mannen in witte overalls voor haar deur stonden.

'Gebroken wit, de kleur die u doorgaf,' zei de jonge schilder.

'Ik heb me bedacht, ik wil graag dat je de hele kamer lentegroen maakt en het plafond een tint lichter.'

De jongen keek bedenkelijk. Die kleur hebben we niet bij ons.'

'Nou, dan haal je die toch,' antwoordde ze laconiek. 'En wat heb je voor versiering? Zo'n band die je halverwege de wand aanbrengt... Nee, ik heb nog een beter idee, fotobehang. Ja, dat wil ik,' zei ze. 'Kun je wat boeken meenemen?'

De jongen belde met zijn baas, hij overhandigde haar zijn toestel. 'Hij wil u even spreken.'

De baas van de zaak nodigde haar uit om naar zijn winkel te komen, dan kon ze alles zelf beoordelen en kiezen.

Tien minuten later zat ze naast haar beveiliger in de gepantserde Volvo. Ze was nog nooit in het gloednieuwe winkelcentrum van de provinciehoofdstad geweest. Toen ze door de schuifdeuren binnenkwamen rook ze de synthetische geur, net zoals de lucht die in nieuwe auto's hing. Alles was er te krijgen, kleding, schoenen. Er had zich een kapper gevestigd en de etalage van de aanwezige tattooshop zag er somber en sinister uit. In het midden was een fontein gebouwd. Er omheen stonden een paar tafeltjes waar wat mensen koffie dronken.

Ik zal er wel vreemd uitzien, met in mijn kielzog zo'n aangeklede spierbundel, dacht ze. En nog vreemder was dat ze hier zomaar rondliep, terwijl haar kind misschien doodsangsten uitstond. Ik ben een ontaarde moeder, dacht ze weer en met die gedachte was het of haar hart stilstond. Weerzinwekkend. Jij bent geen kind waard, dacht ze.

'Je moet door, door met de gewone dingen,' zei ze zachtjes tegen zichzelf. 'Als je elke seconde aan Gijs denkt ga je er zelf onderdoor.' Het was natuurlijk waar, maar waarom klonk het zo zwak, als een slechte smoes?

De man van de verfwinkel keek verbaasd naar de vrouw die in zichzelf stond te mompelen. 'Mevrouw, kan ik u helpen?' '

Isadora schrok op. 'Ja, ja, neem me niet kwalijk.'

De winkelier vertelde dat ze nog geen half jaar geleden in het pand getrokken waren. Het was een man op leeftijd die veel kennis van zaken had en hij toonde zich zeer hulpvaardig. Heel even vergat ze haar zorgen. Ze koos een prachtige afbeelding van de Alpen. Gijs was gek op de bergen. De eigenaar van de verfwinkel rekende uit hoeveel rollen ze nodig had. Nu besloot ze dat de rest van de ruimte in lichtblauwe tinten moest komen in plaats van groen. Blauw als de hemel, blauw als de kleur van zijn ogen. De schilders achter in de zaak keken elkaar aan met een lachje. Kwam dat even goed uit dat ze de groene verf nog niet aan het mengen waren.

Het gaf Isadora een goed gevoel toen ze dag erop met vier man aan het kamertje van Gijs bezig waren. Hij zou nu snel thuiskomen en ze wist zeker dat hij lyrisch zou zijn van zijn nieuwe kamer. Maar het hielp maar even. Al snel kwam de schrijnende pijn in haar borst terug.

'Luister goed,' zei Van Ingen, aan de telefoon. 'Ik ben in de buurt en ik moet je dringend spreken. Ben je over een half uur thuis?'

Twintig minuten later was hij er al. Hij zag er nog vermoeider uit dan anders. Isadora liet hem zwijgend binnen. Hij sprak geagiteerd en zakelijk.

'Ik vertel je dit één keer en daarna moet je zelf handelen. Ik ben zojuist van de zaak afgehaald, omdat ik er teveel bij betrokken zou zijn. Of dat klopt zullen we in het midden laten, maar wat ik nu ga doen kan me de kop kosten, dus ik reken erop dat jij niet vertelt dat je dit van mij hebt.'

Isadora schrok. 'Is het zo erg?'

'Nog niet. Dat hangt nu allemaal van jou af.' Hij gaf een kort verslag van het overleg op het ministerie en besloot: 'Er is nu maar één manier om de impasse te doorbreken: de pers inschakelen om zo de publieke opinie te bewerken.'

'Hoe wil je dat doen?'

'Ik doe niets meer. Ik ben zojuist gemuilkorfd, maar jij kunt het wel doen. Luister.'

Ze luisterde zwijgend en toen hij uitgesproken was haalde ze diep adem en zei: 'Die journaliste, wat is dat voor iemand?'

'Een bitch,' zei hij zonder aarzelen. 'Maar nu heb je niets aan zoete broodjes. Zij is de aangewezen persoon om dit onrecht aan het volk te melden. En reken maar dat het gebeurt.'

'Goed, ik doe het. Bedankt.'

'O, en Martin,' vervolgde ze. 'Ik weet niet zo goed hoe ik het moet zeggen, maar ik hoop dat je begrijpt hoe dankbaar ik je ben voor alles. Ik zal dit niet vergeten.'

'Graag gedaan, meid,' zei hij schor. 'Nu moet ik gaan.'

Ze keek hem na toen hij in de auto stapte, en het erf afreed.

Van Ingen kocht de volgende dag de Telegraaf. Het stond er zo in zoals hij had gehoopt. *"Regering en AIVD laten kind in de steek."* Een kop in chocoladeletters op de eerste pagina, mooier kon het niet. Daaronder een uitgebreide uiteenzetting, met de vermelding van *"onbekende bron"*.

Hij logeerde bij zijn tien jaar jongere zus Merel. Ze woonde met haar man in een doorzonwoning in Alkmaar en ze hadden twee puberzonen van zestien en achttien jaar oud. Hij had het altijd prima met zijn neefjes kunnen vinden, maar de laatste jaren leken ze zich van hem af te keren. Toen hij zijn zorgen daarover uitte bij zijn zus, lachte ze hem uit en zei dat de jongens zich tegen alles en iedereen afzetten, maar even later had ze spijt van haar krachtige woorden en hij merkte dat ze geroerd was door zijn onvrede.

Na het verschijnen van de krant leek het hem beter dat hij niet bereikbaar was. Merel kende haar broer goed genoeg om niets te vragen. Van Ingen had niet veel op met zijn zwager Henk die wat aanrommelde met een compagnon in elektronische retour-goederen. Hij had het vermoeden dat Henk rotzooide met de belasting. Vooroordeel? Henk had lang donker haar en droeg dit in een vlecht die tot halverwege zijn rug kwam. Van Ingen vond het verschrikkelijk zoals hij erbij liep, maar naast zijn werk zong Henk in een rockband en daar zou dit imago wel bij horen. Ach, en wie was hij om het liefdesleven van zijn zus te bekritiseren, wat bakte hij er zelf van de laatste jaren?

Het was zondagavond en de bekende klanken van de tune van *Boer zoekt Vrouw* begonnen. Van Ingen ging rechtop zitten, nu was het erop of eronder. Brenda Vermeulen had ineens een andere rol, nu eens niet die van kijkcijfercanon, al zou vanavond het maximaal aantal kijkers gehaald worden, dat ooit het programma zou aanschouwen.

Het kamertje was klaar, het hele huis rook nog naar verf. De schilders en behangers voelden zich opgejaagd door de vrouw die ze achter de broek zat om het zo snel mogelijk af te maken. Isadora had zijn bed zo geplaatst dat hij de bergen in vol ornaat kon bekijken, als hij erin lag. De telefoon ging, het was Renée.

'Zit je voor de tv?'

'Nee,' zei Isadora. 'Ik heb wel wat anders te doen dan tv kijken, en bovendien wil ik jou spreken over iets anders. Ik...'

'Als ik jou was, zou ik maar even gaan kijken,' onderbrak Renée haar. 'Het gaat over je zoon, Nederland 1.'

'Oké, sorry Renée, ik...' Maar ze had al opgehangen.

Isadora zette de tv aan en was verbaasd. *Boer zoekt Vrouw*, zeker een herhaling, dacht ze, belt ze me daarvoor? Het was een ingelaste uitzending van nog geen half uur met veel flashbacks en een paar nieuwe fragmenten maar met één belangrijke missie: het onrecht bevechten dat de zoon van Isadora de Roi was overkomen. De populaire kandidate, het goudhaantje in hun programma. Bij toeval was de vader van haar zoon in hun leven teruggekeerd. Maar de vader werd bedreigd door terroristen en was ondergedoken. Nu hadden ze zijn zoon te pakken en de regering wilde de eisen niet inwilligen.

Isadora was perplex. Ze belde haar buren die ook verbluft naar het programma keken waarin fragmenten te zien waren van de barbecue met een vrolijk huppelende Gijs die zorgde dat iedereen een drankje kreeg, met de hond waar hij zo gek op was, op zijn hielen.

Ze kon niet meer naar de beelden kijken en snikkend verborg ze haar gezicht in de kussens van de bank.

De dag erop stond Greetje alweer vroeg voor haar deur.

'Heb je de krant al gelezen?' vroeg ze.

'Welke krant?'

'Mijn krant natuurlijk, *De Telegraaf.* Ach nee, die lees jij niet. Hier...' Ze liet het ochtendblad zien en spreidde hem triomfantelijk voor Isadora uit.

'Gijs is voorpaginanieuws. Alles over hem en de gijzeling en dat ze niets willen betalen, het is toch bij de beesten af?' Ze vouwde de krant nog verder uit. 'Maar weet je wat ze van plan zijn? Ze gaan een tocht organiseren, een soort stille tocht voor Gijs. We moeten naar Den Haag!'

De tocht kwam er diezelfde avond nog. In het journaal werd er ruim aandacht aan besteed. Rond de twintigduizend mensen liepen mee wat ongekend veel was. Ze begonnen op het Malieveld om zeven uur en de tocht eindigde bij het Ministerie van Binnenlandse Zaken.

Isadora liep vooraan, met het gevoel of ze in een droom verkeerde en uit zichzelf getreden was. Mensen hielden spandoeken omhoog met niets verhullende teksten met scherpe veroordelingen aan het adres van de regering.

'Er moet een lek zijn,' zei de staatssecretaris Mimi Boeze tijdens het inderhaast ingelaste spoedoverleg. *De Telegraaf* lag prominent op tafel. Ze tikte woedend op de krant waarin een verslag van de protestmars voorpaginanieuws was.

'Er is weer een lek. Van de Wetering, ik wil dat je uitzoekt wie dit geflikt heeft. Wie wisten hiervan?'

Van de Wetering bestudeerde zijn ongeknipte duimnagel. 'Tja, die dossiers liggen niet altijd achter slot en grendel, overdag kan iedereen er bij, kantoorpersoneel, secretaresses, zeg het maar.'

'U maakt zich er niet echt druk om zo te zien?' De staatssecretaris verborg haar ergernis allerminst.

'Natuurlijk wel,' hij ging rechtop zitten.

'Wat moeten we nu?' De staatssecretaris zat met haar handen in haar donkerrode krullen: een toonbeeld van vertwijfeling. 'Wat moeten we nu?' vroeg ze. 'Wat willen ze precies?'

'Twee miljoen euro in gebruikte briefjes, een gereed staande helikopter en de ruil met Høgstrom, de vader voor de zoon.'

De staatssecretaris knikte. 'Ik bel met de minister. Hij zit in Amerika, maar is al onderweg,' Van de Wetering veerde op.

'En, meneer Van de Wetering,' vervolgde ze. 'Vind dat lek.'

22

Via de post kreeg de redactie van *Boer zoekt Vrouw* een brief van de kidnappers over de zoon van Isadora de Roi. Een A-viertje met vier regels: het tijdstip en de locatie van de ruil tussen Høgstrom en zijn zoon en een dankwoord aan BZV-presentatrice Brenda Vermeulen. *Boer zoekt Vrouw* mocht de ruil filmen, andere media werden geweigerd. Dat was alles.

Brenda besprak het met haar directeur. Hij aarzelde, maar ze overtuigde hem ervan dat ze A hadden gezegd en nu ook B moesten zeggen.

'Bovendien…,' zei ze, 'het is natuurlijk een drama en als er iets met dat kind gebeurt kunnen wij dat op ons dak krijgen. Maar als het lukt om hem ongedeerd te bevrijden is het een megasucces voor de kijkcijfers.'

'Ja, dat kan wel, maar we zijn geen *Opsporing verzocht*. We moeten ons houden bij de kern van het programma: een datingburo voor boeren die niet aan de vrouw kunnen komen, maar we kunnen ons nu niet terugtrekken, dat ben ik met je eens.'

'Het gaat bovendien om onze publlekslieveling,' voegde ze er met gemengd gevoel van trots en jaloezie aan toe. 'We kunnen dit niet laten zitten.'

De redactie van *De Telegraaf* ontving een briefje met vermelding van de locatie voor de ruil: een voormalig zanddepot, omringd door boerenland in de buurt van Zeewolde. De cameraploeg van *Boer zoekt Vrouw* mocht filmen. Andere media werden niet gedoogd.

De AIVD kreeg een kopie van beide brieven.

'We kunnen toch niet toestaan dat burgers zich hierin mengen?' zei staatssecretaris Boeze toen ze met haar minister Jan van Hout de mogelijkheden en de doemscenario's van de gijzeling besprak. Mimi pakte *De Telegraaf* van die ochtend waarin de locatie en de personenruil in vette letters waren afgedrukt. De minister las het artikel zorgvuldig en zei: 'Die rotzakken hebben ons in de tang; we moeten nu wel meewerken.'

'De moeder, Isadora de Roi, heeft dit jaar meegedaan aan *Boer zoekt Vrouw*, weet je dat?' Haar baas knikte.

'Ik heb haar gezien, ja. Mooie meid.'

Mimi keek hem met een sceptisch lachje aan. Jij zou geen schijn van kans bij haar maken, dacht ze, al ben je honderd keer minister. Ze ging voort: 'De makers van het programma uitten in hun aflevering van twee dagen beschuldigingen tegen ons, onder druk natuurlijk. En juist dat programma hebben ze benaderd om te filmen. Het is zij of niemand.'

Van Hout leek in verwarring. Weer keek ze hem een tikje meewarig aan. Geen sterke minister, deze Jan van Hout. En juist nu hebben we een mannetjesputter nodig, besefte ze. Hij besefte het ook en leek zich te herpakken.

'Waar heeft die redactie van *Boer zoekt Vrouw* zijn kennis vandaan? De brief met de locatie begrijp ik, dat is rechtstreeks naar hen gegaan, maar iemand heeft ze er bij gesleept, in een eerder stadium. We weten echter nog steeds niet wie. Het is al maanden geleden uitgezonden, dat programma met die moeder van dat kind. Er moet dus een informant zijn. Laat het uitzoeken, Mimi. We staan voor schut.'

De politiekorpsen Flevoland en Gooi en Vechtstreek leverden tweehonderd agenten, waarvan de helft in burger. De terroristen hadden het kavelnummer van het zanddepot in Zuid Flevoland opgegeven waar de helikopter en een koffer met het geldbedrag moesten klaarstaan.

Het depot lag tussen twee landbouwwegen. Het voorste deel, waar een soort halfverharding lag, diende als parkeerplaats. Die was al snel zo vol met ramptoeristen dat de laatkomers langs de berm moesten parkeren. Agenten sommeerden de parkeerders de weg vrij te houden voor de hulpdiensten die ook in groten getale aanwezig waren. Rondom de landingsplaats waren drang-hekken geplaatst die het publiek op eerbiedige afstand van het exacte punt van overdracht zouden houden. Er waren misschien een paar duizend mensen, maar het leken er nog veel meer.

Hoewel de kranten het dringend verzoek hadden gekregen "te-rughoudend" te zijn was de zaak uitgelekt.

Martin van Ingen stond in de menigte, vermomd met zonnebril en lange regenjas. Bij zijn zus had hij een plaksnor gepast, maar dat voelde of hij naar een carnavalsfeest ging. Zijn neven lachten zich slap, dus had hij hem snel verwijderd. Ondanks de beige hoed van zijn zwager en de bril was hij er van overtuigd dat zijn collega's hem zouden herkennen. Maar dat was minder belang-rijk dan hij stiekem had gehoopt. Hij was niet geschorst, alleen van deze zaak gehaald en hij had het volste recht hier te komen. Zijn bazen zagen de ernst van de situatie in. Iedereen besefte wat er op het spel stond. Het gaf genoegdoening, maar dat was op dit moment niet aan de orde en hij drukte de emotie meteen weer weg. Hij bekeek de mensen om hem heen. Sommigen hadden kinderen bij zich of troffen kennissen zodat het op een gezellig samenzijn ging lijken. Was dit de mentaliteit anno 2010? De mensen leken te vergeten dat de levens van een kind en zijn vader op het spel stonden.

Hij vloekte inwendig. Ordinair volksvermaak, een ultieme *real life* soap, dat was het. Dit was de grens, verder kon je niet gaan.

Een snackwagen verspreidde een lucht van bakolie en de uitbater deed goede zaken. In de verte reden tractoren met aardappelrooimachines over de akkers.

Er verstreek een kwartier waarin niets gebeurde. Vanuit het oosten verscheen een helikopter maar het was niet het toestel dat Van Ingen had verwacht. Hij keek met ingehouden adem naar de kleine, spierwitte machine die een lange bocht beschreef alsof de piloot het terrein wilde verkennen waar hij zou landen. Achter het donkerblauwe plexiglas van de koepel zag Van Ingen de twee piloten. Daarachter, opeen geprost in de kleine cabine zat nog een stel mannen. De helikopter vloog over het depot, bleef er een moment boven cirkelen en continueerde zijn vlucht naar het westen. Vijf minuten later was hij er weer, nu aanmerkelijk lager, en scheerde vlak over de menigte. De toeschouwers hielden hun adem in. Opeens schalde er een harde stem uit het toestel die gebood dat Per Høgstrom zich naar de gereed staande helikopter moest begeven. Van Ingen richtte zijn zakkijker en stelde scherp in op Høgstrom: een lange slanke man met een doodsbleek gezicht. Hij kwam in beweging en liep zonder weifeling naar het toestel. Van Ingen zag Isadora ook door zijn kijker. Ze leek een schim van zichzelf, zo bleek en smal zag ze eruit.

Veiligheidsmensen hielden haar vast anders zou ze misschien het strijdtoneel opgerend zijn, dacht hij met een gevoel van tederheid. De helikopter landde ruim honderd meter van Per Høgstrom af. De deur ging open en er kwamen twee mannen uit. Beiden droegen een sjaal die hun halve gezicht bedekte. Een van de terroristen droeg een deken met iets daarin gewikkeld. De man liep naar de wachtende helikopter en hield de bundel stijf tegen zich aan. De wentelwiek met de donkere glazen steeg weer op.

'Hij gebruikt dat kind als schild, die smeerlap,' klonk het in onvervalst Amsterdams accent. Van Ingen keek opzij. En vrouw met uitgegroeid geblondeerd haar balde haar vuisten.

Een van de mannen liep op Per af, maakte een heftige beweging dat hij moest instappen en even later begonnen de rotorbladen te draaien en steeg ook het tweede toestel op.

'Waar is mijn zoon?' schreeuwde Per Høgstrom. Hij ging door het lint toen hij erachter kwam dat de bundel die de man in zijn armen droeg een in een deken gewikkelde pop was. Door het raam zag hij gele kavels door de zon beschenen en een bosrand. In de verte begon de bebouwing. De hemel was blauw.

'*Your son is safe. Shut up,*' zei de man. De ander hield een revolver op hem gericht.

'*Just cooperate, you'll be fine.*'

Per Høgstrom kreeg een zak over zijn hoofd. Hij voelde dat het toestel zwenkte en dat ze een paar minuten bleven hangen. Hij kreeg een onbedwingbare aandrang om te plassen. Zijn broek werd nat in zijn kruis. De deur ging open en hij hoorde de terroristen in het Arabisch met elkaar overleggen.

De helikopter kwam terug en de mensen hielden hun adem in. Hij bleef hangen op een meter of tien van de grond, pal boven de menigte die in paniek alle kanten oprende. In de open deur stond Per Høgstrom. Hij droeg een tulband en een boernoes, een Arabische mantel. Zijn hoofd vormde een treffende gelijkenis met de spotprent die Kurt Westergard in 2007 had gemaakt en die sindsdien het zinnebeeld van de Arabische haat tegen het westen vertegenwoordigde: de kop van Mohammed als bom. Een reusachtige zwarte bol met een opzichtige witte lont zat op de plaats van zijn hoofd. Het zag er absurd griezelig uit en iedereen was doodstil.

Het toestel hing twintig meter boven de grond. Ze gooien hem eruit, dacht Van Ingen, maar dat gebeurde niet, integendeel: ze lieten hem met zijn voeten nog in de deuropening voorover zakken aan een dunne staalkabel die in de wind een raar fluitend geluid maakte dat zelfs boven het lawaai van de wieken te horen was. Hij spreidde zijn armen hulpeloos uit, als een parachutist die een vrije val gaat maken. Zijn mond was wagenwijd open en er kwam een onverstaanbaar geluid uit: het geluid van iemand in pure doodsangst.

'Een bom, het is een bom!' schreeuwde iemand. De paniek verspreidde zich bliksemsnel. In doodsangst zochten volwassenen en kinderen een veilig heenkomen. Politiemensen stonden klaar met een vangzeil. Er verstreken een paar seconden die minuten leken.

Door de luidspreker klonk een stem die in het Nederlands sprak: 'Prijs Allah, de almachtige en straf hen die blasfemie plegen.'

Ineens haakten ze de staalkabel los en duwden Per Høgstrom uit het toestel. De tulband ontplofte. Een bloedrode vloeistof spoot door de lucht en landde op de menigte die krijsend uiteenstoof. Een duivelse schaterlach schalde door de luidsprekers. Høgstrom viel in het vangzeil, van top tot teen onder de rode verf, maar ongedeerd.

'Het is verf,' gilde iemand.

De helikopter steeg verder omhoog en vloog weg.

Isadora viel flauw en werd in de ambulance gelegd waar ze een rustgevend middel kreeg toegediend. Ze wilde opstaan, maar de arts hield haar tegen.

'U kunt beter blijven liggen.' Maar het advies was aan dovenmansoren gericht en ze waggelde de auto uit.

'Gijs, waar ben je,' schreeuwde ze huilend. Ze ging zitten op de kale harde grond en wiegde heen en weer.

Er liep een speurhond rond die speciaal getraind was in explosieven. Toen het gevaar geweken was liep de hond samen met zijn begeleider terug naar de auto. De hond grauwde naar Isadora en de agent gaf een harde ruk aan de riem. Hij verontschuldigde zich. Ze verdwenen in de auto.

Plotseling besefte ze wat ze moest doen. Ze pakte haar telefoon en toetste het nummer in dat haar een paar keer had geprobeerd te bereiken. Haar handen waren kletsnat van angstzweet toen er eindelijk werd opgenomen.

'Rob, je moet me helpen,' zei ze ademloos.

Vier kavels verderop was Berend, de achttienjarige zoon van boer Bartels bezig met de aardappeloogst. Hij schoot op. Het was warm, de zon brandde op zijn hemd en hij had het zweet op zijn voorhoofd staan. Helikopters vlogen die middag over alsof er een militaire oefening was. Hij had gelezen over de zaak, maar zou het niet in zijn hoofd halen erheen te gaan. Hij had andere zorgen; een dikke twee weken geleden hadden ze het land doodgespoten, dus nu moesten de knollen genoeg gehard zijn. Nog een half uurtje en dan zat hij lekker achter zijn biertje en vanavond zou hij uitgaan met de jongens. Ineens trapte hij op de rem. Een kind doemde ineens op de akker op. Een jongetje, nog geen twintig meter van zijn machine af. Berend stopte en draaide de sleutel van het contactslot om. Hier liepen niet zomaar kinderen. De dichtstbijzijnde boerderij lag hier twee kilometer vandaan, en daar woonden geen jonge kinderen. Hij liep op het kind af en vroeg.

'Wat doe jij hier?'

Het blonde ventje keek hem ernstig aan.

'Je hoeft niet bang te zijn,' zei Berend. 'Ben je verdwaald?'

Het jongetje zweeg en kneep zijn ogen dicht tegen de felle zon.

'Ik heet Berend, en hoe heet jij?'

Een politieagent hield een tractor aan.

'Verboden gebied,' zei hij bars.

'Dat begrijp ik,' zei Berend Bartels. 'Maar ik denk dat mijn passagier u wel zal interesseren.'

Dapper stapte het jongetje uit de hoge trekker. De agent keek hem stomverbaasd aan, nam hem mee en lichtte onderwijl zijn collega's in.

Maar het jongetje was Gijs niet. Het was een Pools kind van een jaar of zes dat een paar dagen eerder als vermist was opgegeven door de moeder omdat de vader die het joch het weekend bij zich had gehad hem niet op tijd had teruggebracht. Misselijkmakend.

Het visioen was onontkoombaar. De lucht was strakblauw, het was een prachtige dag. Isadora zat samen met Gijs in de trein. Hun kleren waren ouderwets net als de trein waarin ze zaten. De wagon was helemaal van hout en er hingen kleine lampjes in de vorm van bloemenkelkjes aan het plafond. Isadora droeg een zachtroze jurk, haar taille was ingesnoerd en Gijs droeg een pak. Ze zagen eruit alsof ze honderd jaar terug in de tijd waren gegaan. Het bloesje dat ze droeg was van fijne kant, maar aan haar pols zat haar eigen Seiko horloge. Hij keek naar buiten, hij draaide zich even om en zwaaide naar zijn moeder en ze zwaaide terug. De trein minderde vaart, ze zag de stoom langs het raam vliegen. Ineens stonden ze stil en ze stegen uit. Isadora droeg een kleine mand met zich mee.

'Heb je Merlijn meegenomen?' Verrukt keek Gijs naar het kleine poesje dat onmiddellijk begon te spinnen.

'Hier moeten we zijn,' zei hij plechtig. Ze stonden voor een grote basiliek.

'Maar we kunnen niet naar binnen,' wierp zijn moeder tegen. Ze wees op het bord. "wegens restauratie gesloten."

'Ik weet een ingang, kom maar mee.'

De mobiel van Martin van Ingen ging af.

Isadora sprak afgemeten. 'Ik weet waar Gijs is. Heb jij een auto?'

Van Ingen zat binnen vijf minuten achter het stuur. Manoevrerend tussen vertrekkende ramptoeristen reed hij het terrein op, negeerde stoptekens en liet zijn penning zien. Isadora stond bij de ambulance. Ze was bleek van uitputting.

Eenmaal in zijn auto vertelde ze wat er gebeurd was en beschreef de drie visioenen in detail. 'Maar ik was zo bang en ik begreep het niet, ik begreep niet wat ze me wilden vertellen.'

'We hebben het er straks nog wel over, maar waarom heb je het mij niet eerder gezegd?'

Ze schudde haar hoofd. 'Het is niet te bevatten, nog steeds niet. De basiliek in Raalte, daar moeten we heen. Die is gesloten wegens renovatie.'

'Ik weet het niet, ik zit niet zo in de kerken,' zei hij nuchter.

Hij belde zijn leidinggevende, van de Wetering en lichtte in hem in over hun plannen. Van de Wetering reageerde zoals Van Ingen het verwachtte; hij informeerde of het hem in zijn bol geslagen was.

'Ik vertel het je alleen maar zodat je op de hoogte bent,' zei van Ingen en hij hing op.

'Worden we gevolgd?' Ze draaide zich om. 'Ik zie niets.'

Ze sloot haar ogen en probeerde in detail het laatste droombeeld te herinneren.

'We droegen kleding van honderd jaar terug en we zaten in een oude trein, met veel hout en romantische verlichting. Maar een ding klopte niet, ik droeg mijn moderne horloge, dit hier', ze hield haar linkerpols omhoog.

'Heb je iets met dat horloge gedaan, is het onlangs gerepareerd?'

Ze haalde haar schouders op. 'Ik heb het al jaren. Ik had het laten liggen bij een vriendin, ik heb het nog maar een dikke week weer terug.'

Van Ingen had geleerd tijdens zijn lange loopbaan dat ogenschijnlijk onbelangrijke details hem soms op even onverwachte als verbazingwekkende sporen zetten.

'Wat is dat voor vriendin, hoe lang ken je haar al?'

'Renée? Ik ken haar al vanaf mijn lagere schooltijd.'

'Geef hier,' zei hij. Ze keek hem stomverbaasd aan. 'Wat bedoel je?'

'Dat horloge,' zei hij kortaf. 'Afdoen en aan mij geven.'

'Waarom?'

'Niet vragen, gewoon doen,' zei hij op dezelfde besliste toon.

Ze deed wat hij gevraagd had. Hij pakte het horloge aan alsof het een wapen was dat elk moment kon afgaan. Hij rook eraan onder het rijden, schudde het voorzichtig heen en weer, bekeek het terwijl hij een half oog op de weg hield en gaf het haar terug. Binnen drie kwartier waren ze bij de spoorwegovergang die de toegangsweg naar het dorp doorkruiste.

De politie was er al toen ze bij de kerk aankwamen.

'Hier is niemand meer,' zei een potige man die zich voorstelde als inspecteur Beuns en blijkbaar de leiding had.

'Maar ze zijn hier wel geweest,' zei Isadora stellig.

Hij gebaarde dat ze naar binnen kon gaan. Wat ze zag benam haar de adem. Het was precies als in haar visioen, compleet met de inval van het licht en het plastic dat ter bescherming opgehangen was.

'Komt u even mee…' Beuns nam haar mee naar een afgeschermde hoek.

'En hier hebben ze gezeten.' Er lagen een paar matrassen op de grond, in de hoek stond een tafel met borden en etensresten en een lege colafles. Op de grond stond een klein straalkacheltje. Een miniatuur locomotiefje lag op zijn zij, de rails zaten nog aan elkaar en vormden een perfect ovaal. Isadora zweeg en keek Van Ingen aan.

Een stel mannen met witte pakken kwam de kerk inlopen.

Isadora riep haar zoon. Haar stem resoneerde door de enorme basiliek.

'Hoe groot is dit terrein?' vroeg Van Ingen aan Beuns.

'Dat loopt nog wel even door naar achteren.'

'Staat er nog iets op, een huis of een ander bouwsel?'

Beuns schudde ontkennend zijn hoofd.

'Nee, niks,' hij wendde zich tot een jonge agent in uniform. 'Die oude wagon waarin die jongeren vorig jaar feest vierden, die is toch al weggehaald?'

'Nee, die staat er nog steeds.'

Isadora was de kerk al uit. Maar de speurhond die haar ook al lastigviel in de polder, kreeg haar in de gaten en was niet meer te houden. Van Ingen legde de link snel. Hij stortte zich op haar en ze viel hard op straat. Ruw pakte hij haar pols beet trok met brute kracht het horloge af en gooide het zo ver hij kon van hen af.

'Idioot, stomme idioot, wat doe je nu,' schreeuwde ze. Ze duwde hem van zich af en rende naar de achterkant van de kerk.

'Waar is de wagon?' riep ze.

De jonge agent wees naar links. Een groene houten wagon waar weinig verf meer op zat stond op een afstand van ongeveer 150 meter. In een recordtijd legde ze deze afstand af, de pijn in haar onderkaak negerend. Ze rukte de deur open en daar zat haar zoon.

'Mama.' Zijn stem kwam van heel ver.

'Ik heb je, ik heb je gevonden.' Ze klemde hem snikkend tegen zich aan. Zo stonden ze tot ze niet meer konden en moesten gaan zitten. Op hetzelfde moment klonk een harde knal.

23

De verpleegster in haar witte uniform glimlachte om het grapje van haar patiënt en schakelde het televisietoestel uit. Het infuus had ze net weer bijgevuld en ze maakte aanstalten om zijn kussens op te schudden.

'Laat maar, dat kan ik nog wel zelf. Kunt u nog even blijven?' vroeg de man met zwakke stem. 'Of moet u zich strak houden aan de restricties die het ziekenhuis u voorschrijft; niet meer dan vijf minuten per zieke?'

De zuster antwoordde dat ze wel even de tijd had. Haar gezicht verzachtte en ze zette zich aan zijn voeteneind. Ze bekeek de man in het ziekenhuisbed. Hij was notaris, wist ze, een achtenswaardig man die over het wel en wee van erfgenamen had beschikt. En kijk nu eens, nu hij zelf hulpbehoevend is en op de drempel van de dood terugkeert naar de kwetsbaarheid van een kind. Hij had pijn, zag ze, maar de morfine zou zo gaan werken. Ze kon ertegen maar het bleef moeilijk en eraan wennen zou ze nooit. Zijn gelaat had een grauwe, bleke kleur alsof de dood hem langzaam aan het inhalen was. Van zijn haar dat nog vol was toen hij hier drie weken geleden kwam, was weinig meer over. Maar zijn ogen waren net twee sprankelende diamanten.

'Wilt u iets voor me doen?' vroeg hij zacht. 'In mijn kastje heb ik pen en papier.'

Wat was het motief, dacht Martin van Ingen. Jaloezie? Of toch gewoon geld? Hij pijnigde zijn hersens, maar kwam er niet uit. Vrouwen, hij zou ze nooit begrijpen. Die twee waren ooit boezemvriendinnen. Waarom pleegde de een dan zo'n levensbedreigend verraad? Toch jaloezie? Jaloers op het leven dat Isadora leidde? Was er nijd vanwege haar schoonheid of haar carrière? Mensen waren om veel redenen jaloers op anderen, dat zit in onze natuur, bedacht hij. Misschien was ze simpelweg afgunstig op de keuzes die Isadora had gemaakt in haar leven. Maar in zee gaan met een stel terroristen met een missie die ver af stond van alles wat we hier aan waarden hebben? Hoe haalde ze het in haar kop?! Ze riskeerde een gevangenisstraf van twaalf jaar en als Isadora haar aanklacht volhield zou de vrouw, die ooit haar boezemvriendin was, wegrotten in de hel. Hoe zou ze zijn als ze er ooit uitkwam als ze tweederde van haar straf had uitgezeten? Een verbitterde vroegoude vrouw die al haar dromen bij het oud vuil had gezet. Dom, dom mens.

Hoe zou het hemzelf vergaan? Hij was te ver gegaan, had zijn chef hem te verstaan gegeven. Morgen had hij om tien uur een afspraak met Van de Wetering. Geen twijfel mogelijk, hij zou de zak krijgen, maar hij voelde geen spijt. Hij had voor eens in zijn leven iets goeds gedaan, iemand echt geholpen. Dat gaf hem een voldaan gevoel. Natuurlijk was hij buiten zijn boekje gegaan, maar hij had niet impulsief gehandeld.

In de supermarkt kocht Martin van Ingen kipfilet en cashewnoten. Ineens had hij zin om uitgebreid voor zichzelf te koken. Hij koos een fles rode wijn van bijna negen euro. In de keuken van zijn appartement brak de kurkentrekker toen hij de fles openmaakte. Hij vloekte, maar ondernam meteen actie en belde bij zijn buurman aan. Kasper, een vroege dertiger was culinair journalist. Van Ingen liet hem de fles zien. Kasper bekeek het etiket. 'Lekkere wijn hoor,' zei hij terwijl hij de fles overnam. In de keuken verwijderde hij de rest van de kurk. In de huiskamer klonk zachte operamuziek.

'Houd je me gezelschap? Drinken we hem hier op of bij mij?'

'Bij jou,' zei Kasper. 'Het ruikt trouwens ook goed bij jou.' Hij deed een hond na die iets interessants rook.

Van Ingen lachte, 'Tja, je mag mee-eten, maar ik wil je wel waarschuwen, ik ben niet bepaald een kok.'

'Nou heel graag. Ik neem een nieuwe fles wijn mee en een kurkentrekker. Merlot?'

De volgende morgen waren de wegen verstopt en Van Ingen stond een kwartier in de file. Hij was op tijd van huis gegaan en wond zich op. Hij belde naar kantoor, maar Van de Wetering was er niet, dus gaf hij zijn vertraging door aan de secretaresse. Hij parkeerde zijn auto in het directievak op het terrein van het ministerie, in de wetenschap dat hij hier snel weg zou zijn. Hij groette de mensen achter de receptie en nam de trap naar de derde verdieping. De deur van Van de Weterings kantoor stond half open. Hij gaf een klopje op het hout en liep naar binnen. Van de Wetering zat half gedraaid op zijn stoel. Vloed leunde op zijn bureau. Ze dronken koffie. Toe maar, het halve circus is op komen draven, dacht van Ingen.

'Van Ingen, daar ben je. Ga zitten.'

Hij knikte en sloot de deur.

'Martin, ik val met de deur in huis,' zei Van de Wetering op kalme, niet onvriendelijke toon. 'Vertel nog eens precies wat er gebeurd is.'

Van Ingen haalde diep adem. Toen begon hij te praten. Zijn bazen stelden af en toe een vraag, maar ze lieten hem helemaal uitpraten. Ten slotte leunde hij achterover en zei: 'Dat is het hele verhaal'.

Met een ironisch grijnsje stak hij zijn polsen vooruit.

Van de Wetering zijn schudde zijn hoofd en zei op dezelfde kalme toon: 'Doe gewoon, Martin. Je bent je boekje ver te buiten gegaan, maar in ons vak is het soms nodig en als het goed uitpakt, zoals nu, is er buiten de dienst geen haan die er naar kraait.'

Hij schudde weer zijn hoofd, vol ongeloof nu. 'Semtex in een horloge, hoe verzinnen ze het. En wat een krankzinnig toeval dat die vrouw van De Roi dat niet in de gaten kreeg.'

'Ze had andere dingen aan haar hoofd.'

'Ja, dat zei je al.' Van de Wetering keek hem scherp aan. 'Je hebt toch niet met haar eh...'

'Nee, natuurlijk niet.'

'Gelukkig. Zulke escapades maken een zaak nodeloos ingewikkeld. Goed, een horloge met Semtex. Waarom is die andere vrouw er ingetrapt?'

'Daar kunnen we alleen maar naar gissen.'

'Heb je haar gesproken?'

'Ze zit nu in volledige beperking. Maar ik wil wel met haar praten, al was het maar om te horen hoe ze met die Arabieren in contact is gekomen.'

'Of zij met hen.' Van de Wetering keek Vloed aan. 'Zien we nog iets van dat geld terug?'

'Nee chef.'

'Ik was er al bang voor.' Van de Wetering grijnsde naar Van Ingen. 'Daar gaat je bonus.'
's Middags vond hij een reprimande van de parkeerbeheerder
achter zijn ruitenwisser.

'Ik kon er zoveel voor krijgen,' was Renée's excuus. 'Je weet dat
ik een kindje krijg, geen baan meer heb... We konden het geld zo
goed gebruiken. Ik kon toch ook niet weten dat ze Semtex in je
horloge deden, ik dacht gewoon een zendertje of zoiets.'
Isadora hoorde zwijgend toe. Gewoon een zendertje, echode het
in haar hoofd. Zes weken na haar arrestatie mocht Renée bezoek
ontvangen en Isadora was na Allon de tweede die haar opzocht.
Het had heel wat zelfoverwinning gekost om de tocht naar de
gevangenis te maken maar ze wilde haar vroegere vriendin de
waarheid zeggen. Nu ze hier zat, in die kale, lawaaierige bezoe-
kersruimte en de sterk vermagerde en bijna onherkenbare Renée
tegenover zich zag viel opeens de behoefte aan vergelding weg.
'Hoe kwamen ze eigenlijk bij jou terecht?' was het enige dat ze
vroeg.
'Ze hebben ons een keer samen gezien in de stad,' begon Renee
aarzelend. 'En je was zelf ook slordig met je horloge... je hebt er
mij nooit meer naar gevraagd.'
Onzin, dacht Isadora, alsof dat een vrijbrief was om het klokje
aan duistere figuren mee te geven. Renée zweeg. Ze keek Isadora
schuw aan of ze haar gedachten wilde peilen. Ze beet op haar
lip om het trillen te bedwingen en toen, in één lange eruptie van
woorden vertelde ze alles, hoe de terroristen haar benaderd en
ingepalmd hadden, hoe sluw ze te werk waren gegaan en hoe on-

gelofelijk naïef ze was geweest. Ze sprak heftig, geëmotioneerd, kon soms nauwelijks uit haar woorden komen. Ze keek Isadora strak aan, met ogen die bijna die van een psychopaat leken en dan weer opeens weg dwaalden alsof haar geest haar ontvoerde van de plek waar ze zat.

'De tijd is om,' zei de bewaakster. 'Ik heb jullie al een kwartier extra gegeven.'

Renée knikte. Ze stonden op, bleven onwennig tegenover elkaar staan.

'Kom je nog eens?' vroeg Renée zachtjes. 'Ik heb je nog zoveel te vertellen.'

Isadora aarzelde. 'Nee,' zei ze toen. 'Ik wil je nooit meer zien. Jij hebt mijn kind kwaad gedaan, mijn weerloze kind. Jij, jij bent geen mens, en je verdient het al helemaal niet om zelf moeder te worden.' Ze hijgde en haar hart bonsde in haar lijf en het werd licht in haar hoofd.

Renée maakte een beweging alsof ze gespleten werd en ze deed een poging om haar vroegere vriendin te omhelzen, maar Isadora stapte snel achteruit en de bewaakster opende de deur van de ruimte. Buiten steunde ze tegen de muur om bij te komen. Ze stond daar tot de zwarte vlekken langzaam uit haar gezichtsveld verdwenen.

Drie maanden later.

Op zondagmorgen werd Isadora gewekt door het geluid van de kerkklok dat het hele dal leek te vullen. Ze stond op en liep door de grote schuifdeuren naar buiten. Het was koud, maar het was fijn om de frisse vrieslucht in te ademen en de natuur te ruiken.

Een paar wilde eenden zwommen in het meer. De hemel was grijs. Meeuwen krijsten boven haar. De kou drong door haar nachtkleding en ze ging weer naar binnen. Ze bekeek de enorme ruimte die door het veelvuldig gebruikte hout een warm karakter had. Het vuur smeulde nog zachtjes. Ze legde er een paar nieuwe houtbokken op, hurkte neer en blies tot de vlammen weer oplaaiden. Dit waren de laatste blokken, er zouden weer nieuwe van buiten gehaald moeten worden. Ze glimlachte. Wie zou dat doen? Frederik had het aanbod van de Zweedse staat gekregen om in deze luxe boerderij bij te komen. Hij had de invitatie van zijn zoon om te komen eten met beide handen aangegrepen en stond drie dagen later op de stoep om de uitnodiging om te draaien en moeder en zoon te vragen bij hem te komen logeren. Eerder had helaas niet gekund, gezien alle mediabelangstelling die over hen heen was gekomen. In overleg met de AIVD had ze afgehouden wat ze af kon houden, maar voor *HP de Tijd* had ze in een uitgebreid interview haar verhaal uit de doeken gedaan. En ook *De Telegraaf* kon ze niet opzij schuiven, want die krant had gezorgd dat de eisen van de kapers ingewilligd werden. En trouwens: als ze niet had ingestemd met een interview dan hadden ze waarschijnlijk zelf iets in elkaar geflanst.

Met Gijs ging het boven verwachting goed. Dr. Heutz, de kinderpsycholoog, had zijn diensten aangeboden en vond dat de jongen buitengewone vorderingen maakte. Gijs praatte moeiteloos met hem over de heftige gebeurtenissen, wat Isadora verbaasde. Hij was niet altijd zo open bij haar. Ineens realiseerde ze het gemis van een vaderfiguur voor haar zoon.

'De kinderziel is veel flexibeler dan wij denken,' had Dr. Heutz gezegd. De kidnappers hadden hem goed verzorgd. Er was speelgoed voor hem, alleen kon hij niet met zijn overvallers praten en had zich erg eenzaam gevoeld. Hij was ontzettend bang geweest toen hij zag hoe ze Greetje overmeesterden en bedwelmden zodat ze in elkaar zakte. Isadora huiverde bij de gedachte aan wat haar kind had doorgemaakt.

En Rob, wat was er tussen haar en Rob… Afgrijselijk had ze het gevonden. Ruim twee jaar geleden, toen ze dacht in hem haar nieuwe liefde te hebben gevonden, kreeg ze op brute wijze verschrikkelijke visioenen. Beelden van gebeurtenissen en taferelen van de nabije toekomst die ze op een raadselachtige manier binnenkreeg. In haar hoofd draaide een ijzingwekkende film met details die al even gruwelijk waren. Ze rook de geur van de gebeurtenis die zich in haar verbeelding afspeelde en voelde de pijn van de ongelukkigen die het ondergingen. Op die momenten was er geen verschil tussen de realiteit en de fragmenten die haar opgedrongen werden. Pas toen ze samen met Van Ingen op verzoek van de CIA naar Amerika afreisde, ontdekte ze dankzij hem dat die helderziendheid zich alleen voordeed als ze in contact stond met Rob.

Destijds had Rob pertinent niet willen meewerken aan het onderzoek. Uiteindelijk besloten ze dat het beter was hun relatie te beëindigen, omdat Isadora er aan onderdoor dreigde te gaan. Uiteindelijk had hij zijn geluk gevonden bij Anna en hadden hun wegen zich gescheiden.

Nu had hij een paar keer zijn hulp aangeboden. Eén keer was er een kort telefoongesprek tussen hen geweest en ook nu was het een heftig en angstig avontuur geweest, maar Gijs was terug en ze was Rob innig dankbaar dat hij de eerste stap had gezet.

Zouden de verschijningen altijd blijven komen bij enige toenadering tussen hen - hoe futiel en ogenschijnlijk onbelangrijk ook - of juist alleen in extreme nood? Ze wist het niet. Natuurlijk had ze hem na afloop gebeld en uitvoerig bedankt. Ze zouden elkaar zeker nog eens treffen, zei ze, maar ze wist dat ze loog. Het was beter om Rob niet meer te zien, nooit meer.

Er was meer tussen hemel en aarde, maar ze bande de gedachten uit haar systeem. Voor altijd zaten ze veilig achter slot en grendel en niemand zou er nog bij kunnen komen.

En nu waren ze hier bij Frederik in dit prachtige land, waar nog ruimte was en een eindeloze ongerepte natuur. Idyllisch, maar ze waren nog maar drie maanden bij elkaar. Isadora was reëel en besefte dat alleen de tijd zou kunnen uitwijzen of deze relatie stand zou houden. Kon een mens maar in de toekomst kijken, verzuchtte ze. Dwaze gedachten.

Brenda Vermeulen was twee maanden geleden met de crew van *Boer zoekt Vrouw* nog een keer langs geweest. In het gesprek dat de halve middag in beslag nam, deed Isadora haar plannen uit de doeken. Ze had een makelaar ingeschakeld die de boerderij inclusief landerijen taxeerde op acht ton. Er was iemand aangetrokken die de kaasmakerij samen met Polle draaiende hield tot de verkoop een feit was. Greetje en Harm zouden haar zaken verder behartigen en de tuin en het erf onderhouden. Ook Merlijn hadden ze opgenomen tot de verhuizing.

'Je bent dus boerin af?' vroeg Brenda, recht op de vrouw af als immer. 'Wat staat er in het draaiboek? Ga je een baan zoeken of emigreren?'

'Dat weet ik niet, Brenda,' pareerde ze. 'De vader van Gijs en ik gebruiken deze periode om te zien of er nog genoeg tussen ons is om een herstart te maken. En alleen de tijd kan ons daar meer over vertellen. Ik ben dus niet meer op de markt, althans niet op jouw markt.'

'Maar dat is toch prachtig nieuws,' antwoordde Brenda oprecht hartelijk. 'Dan sluiten we jouw dossier van *Boer zoekt Vrouw*, of was het *Vrouw zoekt Boer*?' voegde ze er nadenkend aan toe.

Isadora lachte. 'Daar sluit ik me bij aan, op alle fronten.'

Het werd weer winter, Isadora liet de mensen uit en keek de laatste auto's na. Haar adem condenseerde in de koude lucht. De uil kraste in het donkere bos.

Epiloog

De post bracht Isadora een aangetekende brief uit Nederland. Het was een ecru kleurige enveloppe, voorzien van het logo van een notariaat uit Leiden. Ze beefde toen ze het papier openvouwde.

Leiden, 21 november 2010

Lieve Isadora,

Weet je nog wat je zei bij onze eerste echte ontmoeting? 'We hebben de tijd...' Welnu, die hadden we niet. Helaas, want als er iets is dat ik zou willen dan is het die tijd die me restte met jou door te brengen. Het lot heeft anders beslist. Als je deze brief leest, ben ik er niet meer. De week nadat we elkaar voor het laatst zagen had ik een afspraak met mijn arts. Steeds negeerde ik de klachten die ik eigenlijk al bijna een jaar had, maar nu kwam de pijn en kon ik een consult niet meer uitstellen. De arts stuurde me diezelfde dag door naar het ziekenhuis, en al snel was het duidelijk. Ik had kanker, een zeer agressieve vorm, die zich snel deelde. De oncoloog die mij behandelde was een eerlijke man en draaide er niet om heen toen ik vroeg waar ik aan toe was. Beschroomd gaf hij toe dat ik hooguit nog een paar maanden had. Omdat er ernstige uitzaaiingen waren, was opereren nutteloos en het enige wat hij me kon bieden waren levensverlen-

gende chemokuren. Mijn haar viel uit en ik werd vrese-
lijke ziek van die troep, maar na een week knapte ik weer
wat op en kon ik weer wat doen. Die tijd heb ik vooral
gespendeerd aan gedachten aan jou, mijn lieve blonde
Godin, want jij hebt mij diep geraakt. Die twinkeling in
je ogen, dat bruisende van je, ik had je graag de mijne
willen maken. Tijdens mijn betere periodes had ik de
mogelijkheid om de heftige gebeurtenissen die jou en je
zoon zijn overkomen, te volgen. Vanuit mijn bed keek ik
televisie en een attente verpleegster las de krant voor als
ik het zelf niet meer kon. Je weet dat ik noch christelijk
ben opgevoed, noch in iets geloof maar ik heb gebeden
tot Hem, en vanuit mijn diepste wanhoop vroeg ik om
Gijs zijn leven te sparen en het mijne te nemen. En mijn
gebed is verhoord.
Vergeef me, lieve Isadora, dat ik deze weg heb gekozen.
Dit gevecht moest ik alleen voeren. Mijn goede vriend
en collega Jaap Bartelink zal na mijn overlijden contact
met je opnemen. Ik laat jou en Gijs 50.000 euro na.

Je t'embrasse,

Lennard

Veel dank ben ik verschuldigd aan:

Jacob Vis, Kampen;
mijn ouders, Leeuwarden;
en Gert Maat, Nieuwleusen.